U0720911

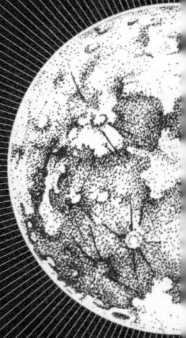

在那些梦中的风景里，

一切都沾染上鲜艳的原色，

大海也好，天空也好，

都是一片如玻璃般透明的蔚蓝。

飞鸟从他的胸中穿过，倏尔消失。

日 本 幻 想 文 学 杰 作 集

王子豪 编译

〔日〕 夏目漱石
太宰治 等 著

月海与游梦人

广西师范大学出版社
·桂林·

图书在版编目（CIP）数据

月海与游梦人 /（日）夏目漱石等著；王子豪编译.——
桂林：广西师范大学出版社，2023.1（2025.8重印）
ISBN 978-7-5598-5233-5

I.①月… II.①夏… ②王… III.①幻想小说 – 小
说集 – 日本 – 现代 IV.①I313.45

中国版本图书馆CIP数据核字（2022）第139959号

YUEHAI YU YOUMENGREN
月海与游梦人

作　　者：（日）夏目漱石 等
编　　译：王子豪
责任编辑：谭宇墨凡
特约编辑：徐　露　徐子淇
装帧设计：汐　和　　at compus studio
内文制作：陆　靓

广西师范大学出版社出版发行

　广西桂林市五里店路 9 号　邮政编码：541004
　网址：www.bbtpress.com
出版人：黄轩庄
全国新华书店经销
发行热线：010-64284815
北京启航东方印刷有限公司印刷
开本：787mm×1092mm　1/32
印张：14　　　　字数：220千字
2023年1月第1版　2025年8月第7次印刷
ISBN：978-7-5598-5233-5
定价：65.00元

如发现印装质量问题，影响阅读，请与出版社发行部门联系调换。

幻想文学，狭义指 19 世纪浪漫主义催生的文学体裁，广义指一切取材于幻想世界的文学。流贯欧洲历史的绮想谱系——两希神话、欧洲民俗故事、中世纪神迹剧、神秘主义、矫饰主义及巴洛克艺术……于 19 世纪法国作家夏尔·诺迪埃的《论文学中的幻想》中汇流。英国的哥特风格小说、德国 E.T.A. 霍夫曼式的奇幻短篇，以及我们更加耳熟能详的卡夫卡、博尔赫斯、卡尔维诺，都在这一幻想谱系之上。

而在东洋，日本幻想文学呈现出另一番妖冶面相，它起源于古老的神代纪事，在不同时代的文学体裁中竞相争幻，王朝文学的洗练、中世谣曲的哀绝、近世怪谈的谐谑，至于近代——明治、大正、昭和时代，诸家文豪也留下了或梦幻、或神秘、或犹疑、或惊异的手笔。

《月海与游梦人》作为一页·日本幻想文学大系的开幕篇，共收录 24 篇恢诡谲怪之名作，篇目裒辑以年代划分：

第一篇章·幻妖的物语，故事集中于古典时期，从扶桑最古之神话《古事记》起，至于"厌作人间语"的志怪小说，尽显怪谈传说的苍古与粗粝。

第二篇章·梦的透视法，选取明治、大正时期的幻想故事，承接古典系谱，又各自呈现风格迥异的"逢魔时刻"。

第三篇章·废墟的永夜抄，则将视野投射至昭和与战后，之中既有国内读者早已熟悉的名家，即太宰治、坂口安吾、三岛由纪夫等；亦有目前鲜见译介的遗珠，即小栗虫太郎、萩原朔太郎、久生十兰等。

三岛由纪夫曾将"月海"称为丰饶之海，同时，却也是不毛之海。这或许是幻想文学最熨帖的比喻，读者，又何尝不是在梦中泅渡之人呢？

幻妖的物语

～幻妖の物語～

梦的透视法

～夢の遠近法～

废墟的永夜抄

～廃墟の永夜抄～

幻妖的物语

～幻妖の物語～

古事记（节选）

安万侣

天地始分，男神伊邪那岐命和女神伊邪那美命受天神之命结合，先生下大八岛（日本群岛），后诞下海、川、风、木、山等诸神。最后伊邪那美命因生小儿子火神被灼伤，卧病死去。伊邪那岐命因悲伤思念追至黄泉国……

黄泉国

伊邪那岐命欲见其妹伊邪那美命，遂追往黄泉国。当伊邪那美命自殿舍闭锁的门走出时，伊邪那岐命道："我深爱的妻子呵，你我所造国土尚未完成。同我回去吧。"伊邪那美命答道："可恨你未早些来。我已吃了黄泉灶火烹煮的食物，但我深爱的夫君特来寻觅，我亦欲归。且待我与黄泉神相商，你切勿窥看。"说罢，她退入殿内，良久未返。因而，伊邪那岐命不复相待，取下左角髻所插的素朴梳篦，折下粗壮栉齿点作烛火，入内窥视，只见伊邪那美命的身上蛆虫遍布。大雷居于其头，火雷居于其胸，黑雷居于其腹，猛雷居于其阴，稚雷居其左手，土雷居其右手，鸣雷居其左足，伏雷居其右足，共生出八柱雷神。

伊邪那岐命见此状畏惧逃还，其妹伊邪那美命道："你令我蒙羞。"随即差遣豫母都志许卖[1]追赶。伊邪那岐命取下黑色葛藤头饰掷于地，遂生山葡萄，趁其摘食之际方得脱逃。又被追上时，伊邪那岐命取下右角鬓所插的素朴梳篦，折下栉齿掷于地，遂生笋，趁其拾食之间复得脱逃。后伊邪那美命复遣八柱雷神，率一千五百名黄泉军追来。伊邪那岐命拔出所佩十拳剑，在身后挥舞，且战且退。直至黄泉比良坂[2]下，伊邪那岐命取坂上所生三颗桃实，向追者扔去，令军势退散。伊邪那岐命对桃子道："若日后苇原中国[3]苍生遭遇苦难，你当如今日助我一般助之。"并赐名意富加牟豆美命。

最后其妹伊邪那美命亲自追来，乃举千夫方可

1　《日本书纪》作"泉津丑女""泉津日狭女"。即黄泉丑女。（译者注。本书若无特殊标记，均为译者注。）

2　《日本书纪》作"泉津平坂"，日本神话中黄泉国与现世的分界线。

3　苇原中国，亦称苇原瑞穗之国，即日本的古称，记纪神话中与"高天原""黄泉国"相对的世界，是所有生灵居栖的现实世界。

牵动之磐石，封塞黄泉比良坂。二神隔石相望，伊邪那岐命立绝妻之誓，伊邪那美命道："我深爱的夫君，既然如此，我必一日扼死一千名你的国人。"伊邪那岐命答道："我深爱的妻子，你若如此，我必一日兴建一千五百座产房。"因此，一日之内必有千人死去，亦必有一千五百人诞生。伊邪那美命故号黄泉津大神，因曾追赶其夫，又号道敷大神。堵塞黄泉坂的巨石被尊为道反大神，亦号塞坐黄泉户大神。所谓的黄泉比良坂，即今日出云国的伊赋夜坂 [1]。

天之岩户

天照大御神行幸圣洁的织坊，命人纺织献予神的御衣之时，速须佐之男命破坏织坊的屋顶，倒剥下天斑马的皮扔进屋中。天服织女见之大惊，被梭子撞击阴部而死。

天照大御神畏惧，遂开天之岩户，避隐其中。

---

[1] 不详。《出云国风土记》中关于"出云郡宇贺乡"的段落有记："即北海滨有矶。……自矶西方有窟户。高广各六尺许。窟内在穴。人不得入。不知深浅也。梦至此矶窟之边者必死。故俗人自古至今，号黄泉之坂、黄泉之穴也。"

于是高天原皆暗，苇原中国悉幽，由是永夜不逝。无数神祇的声音如五月蝇群般喧嚣，种种灾异皆生。于是八百万诸神聚于天安河原，高御产巢日神之子思金神想出了对策，乃召集常世国之长鸣鸟[1]，诱其长鸣；取天安河上的坚石，采天金山里生的铁，乞请锻匠天津麻罗[2]；令伊斯许理度卖命制作镜子，令玉祖命以八尺勾玉缀成玉链；召来天儿屋命、布刀玉命，拔下天香山牡鹿之肩骨，又取天香山的朱樱，焚烧鹿骨以占卜神意；连根拔起天香山之神木，其木繁茂非常，上枝挂着八尺勾玉之链，中枝挂着八尺镜，下枝挂着白帛蓝布。凡此种种，皆为供奉，令布刀玉命手持着，天儿屋命唱祝词，天手力男神匿于岩户旁，天宇受卖命以天香山的松萝束袖，以蔓柾为发饰，手持成束的天香山小竹叶，将空桶倒扣于岩户之外，在其上踢踏作响，有如神灵附体，袒露胸乳，衣带垂至阴部。于是八百万诸神哄然大笑，高天原为之震动。

天照大御神颇为奇怪，微开天之岩户，由内说道：

1　鸡的古称。

2　日本神话中的铁匠之神。天津麻罗的神名只在《古事记》中出现，《日本书纪》中对应的神名叫天目一箇神。

"我隐居于此，以为高天原自是一片漆黑，苇原中国亦是幽暗。为何天宇受卖命仍在跳舞？八百万诸神这般欢笑？"于是天宇受卖命答道："有比你更高贵的神来了，所以大家欢喜发笑。"说罢，天儿屋命、布刀玉命举镜供天照大御神观看。天照大御神更觉讶异，正当稍稍欲出岩户观瞧，藏于一旁的天手力男神即握住她的手将其拉出。布刀玉命在她身后挂起界绳道："从此以后，勿得再入。"就这样，天照大御神走出岩户，高天原与苇原中国都被照亮了。

少名毗古那神

大国主神[1]在出云的御大之御前，有神自海上归来，乘天之罗摩船，以整张剥取的蛾皮[2]为衣。大国主神问其名号，也不作答，复问所从的诸神，皆云不

1　大国主神，速须佐之男命之子，出云神话的主神，与少名毗古那神共同创建出云国，后让国于天照大神之孙、大和皇室之祖琼琼杵尊。下文的"苇原色许男命""大穴牟迟命"皆为其别名。

2　《日本书纪》作"以白蔹皮为舟，以鹪鹩羽为衣"，极言此神身形之小。

知。这时多迩具久[1]道："久延毗古[2]必知其底细。"大国主神即召久延毗古，答曰："此乃神产巢日神之子少名毗古那神。"大国主神向神产巢日御祖命禀告此事，答道："确是我的儿子。诸子之中，唯有他从我的指间漏堕。故而，他可与你苇原色许男命结为兄弟，作坚国土。"自此之后，大穴牟迟命与少名毗古那二神相并，共同作坚了国土。后来，少名毗古那神渡海去了常世国[3]。

三轮山传说

活玉依毗卖[4]乃一妍丽女子。有一男子，形姿威仪举世无匹，夜半之时倏忽到来。二人相悦，同眠共住，不久，美人就怀了身孕。其父母觉得女儿怀孕一事很怪异，问道："你已有孕。你不曾有丈夫，怎会怀孕呢？"女儿答说："有个美丽无瑕的男子，我虽

---

1 癞蛤蟆的古称。

2 稻草人的古称。

3 常世国，指位于大海彼方的不死之国。《日本书纪》有关于少名毗古那神渡海的异文："亦曰，至淡屿，而缘粟茎者，则弹渡而至常世乡矣。"

4 "活"为美称，"玉依毗卖"意为神灵依凭的少女。

不知其姓名，但他每夜都来同住，自然有孕。"父母欲知此为何人，便教女儿道："你把赤土撒在地上，用针穿好这盘成环结的麻线，刺在他的衣裾上。"女儿依父母所教一一照办，隔日清晨再看时，麻线穿过门的锁孔。残余的麻线还有三轮。于是得知男子是从锁孔而出。循从锁孔穿过的麻线去寻，便来到了美和山神社。……因麻线遗下三轮，此地被称作美[5]。

葛城山

又一时，天皇登葛城山，百官皆身着红纽青摺的衣裳。彼时，对面山脊也有人登山上来。与天皇的行列仪仗相同，其装束及人众亦不差分毫。天皇望见则问道："在这倭国，除我之外别无他王，而今何人出行如此阵仗？"闻其所答，也与天皇御言一模一样。于是天皇震怒，挽弓搭箭，百官人等也随之搭箭。对方的人亦皆搭箭在弦。因而天皇问道："那就报上名来。各自告知了名字，再射箭。"于是对方答说："你

5　日语"美和（みわ）"与"三輪（みわ）"同音。

发问在先，那由我先来自报姓名。虽恶事而一言，虽善事而一言，我乃言离事决之神，葛城之一言主大神是也。"天皇惊畏道："实在不胜惶恐，我从未想到，大神有显现于世的形体。"于是将御刀、弓矢以及百官人等脱下的衣裳悉数拜献。于是，一言主大神抚掌受纳了供品。天皇归去时，大神一行会聚于山顶，为其送行，一直送至长谷山口。

今昔物语集（节选）

入道觉念持法华知前生

昔时，有一个入道[1]名叫觉念，是明快律师的兄长。他潜心崇佛，出家之后恪守戒律，习读《法华经》，且能以训音[2]诵读。

但那经书中有三行经文，他如何也念不出来。每每诵读至此处，便会忘记这三行经文。觉念为此忧心悲叹，祈念三宝，发愿能唱念出这三行经文。是夜，一个仙风道骨的老僧出现在觉念梦中，对他说道："你是由于前世的宿因才无法诵读那三行经文。你前生乃

1　指皈依佛教、落发出家之人，语近沙弥、沙门。

2　日本僧侣读经通常为棒读。依照顺序用日文读音阅读汉文的方式叫作棒读，与之相对，能够按照日文语法，在改变语序的同时直译读出汉文的方式叫作训读。

是一只衣鱼 [1]，困在《法华经》的经卷之中，蛀食了三行经文。你在经书中度日，助你今生修成人身，出家人道，得以诵读《法华经》。只不过，被你吃掉的三行经文是无法念出来了。今念你诚心悔改，我就帮你读出来吧。"言讫，觉念就醒来了。从此以后，他果然能够自如地唱念出那三行经文。这就是忏悔前世罪业，勤恳读经结出的善果。觉念终其一生，每日诵读经书三卷，从无倦怠，永久舍弃了现世的名利欲望，一心祈愿来生的无上菩提。

世人皆说，觉念藉着《法华经》的法力知晓了前世的果报，于是愈发虔心地诵读法华。

（卷十四第十三）

天竺天狗闻海水音渡本朝

昔时，天竺有一只天狗，自天竺渡海前往震旦 [2] 的途中，只听得海水往复鸣响：

1　缨尾目衣鱼科昆虫的总称，是一种蛀蚀书籍的害虫。中国古代称之为书蠹、蠹鱼。

2　古代印度人对中国的称呼，多见于佛典。

"诸行无常，是生灭法。生灭灭已，寂灭为乐。"

天狗听了非常惊讶："海水何以唱念如此深奥的偈语？"它感到很奇怪，思忖道："我要探明这水的真身，阻挠佛法的传播。"它循着水的声音一路溯流，来到震旦，水依然在鸣响。

过了震旦，来到日本境内的海面上时，依然能听见唱颂声。它经过筑紫的波方津，到了文字关，那声音更加高亢了。天狗越发觉得不可思议，继续寻找，穿越诸国[1]，终于来到淀川的河口。它跟随声音，沿淀川而行，那声音更加高亢了。从淀川进入宇治川，那声音越来越大。天狗逆流而上，最终来到了琵琶湖。那唱经声越来越高亢，循声去寻，它走到了比睿山的横川分出的一条支流，此地的唱颂声几乎震耳欲聋。天狗朝河上游望去，只见四天王及诸护法都在守护这条河。天狗很惊讶却又不敢接近，它满心疑惑，只好暂躲起来偷听，感到一阵无以言喻的惶恐。

半晌未过，当一个没有那么尊贵的天童[2]走近时，

1　此处"国"指令制国，为古代日本基于律令制的地方行政划分。从飞鸟时代沿用至明治时期，于明治四年（1871）废藩置县时废除。

2　以童子之身现世的佛教守护神明。（编者注）

天狗战战兢兢地上前询问道："敢问此水为何能唱念此深奥的偈语？"天童答道："比睿山上有众多博学的僧侣，茅厕的秽水流入了这条河，所以连水也能唱念经文。我等天童故在此地守护。"天狗听罢，阻挠佛法的心思霎时荡然无存，"就连茅厕流出的秽水亦能唱诵深奥的经文，这座山上的僧侣岂不是更加高贵？我一定要成为这座山的僧人"，它如是发誓之后便消失不见了。

其后，天狗转世为宇多法皇之皇子兵部卿有明亲王的儿子，在其妃腹中结胎而生。后来它依誓在比睿山受戒，落发为僧，法号明救。它成为延昌僧正的弟子，位阶渐升，最终当上了僧正。世人皆称其为净土寺僧正或大豆僧正。

（卷二十第一）

高阳川狐变女乘马尻

昔时，仁和寺以东有一条高阳川。每逢夕暮四沉，一个姿容姣好的少女便会伫立川畔，若是谁乘马向京都走去，她就会央求那人载她去京都。骑马人许她坐在马上，但走了不到四五町¹，背后的少女忽而翻身下马，逃之夭夭。再去追时，她已经化作狐身，尖声啼叫着跑远了。

这样的事情屡有发生。某天，宫中的泷口武士²正在侍卫府中闲谈，说起了高阳川少女乘马之事。一个有胆有谋的年轻泷口放言："我必能捉住那女娃。是那些人太过蠢笨才放跑了她。"其他年轻气盛的泷口都说："你肯定抓不到她的。"于是那夸下海口的泷口说："明晚我一定把她带到这儿。"众人也不甘示弱，纷纷叫嚷："你铁定办不到。"翌日夜里，他没有带任何帮手，独自一人乘骏马渡过高阳川，但少女并未出现。

正当他准备返回京都的时候，发现少女就站在那里。走马而过，一打照面，少女流露笑意，亲昵地说："请让我坐在您的马背上。"那模样煞是惹人爱怜。泷口问道："快坐上来吧。要往何方？"女童答道："欲往京都去，只是天色已晚，才想央您用这骏马载

1　町，日本距离单位，1町约等于109.09米。

2　泷口武士，亦称泷口，隶属于藏人所，平安镰仓时代负责宫中戒备的侍卫。因守候于清凉殿东北口的泷口而得名。

我一程。"泷口爽快地答应了，但等少女一乘上马，泷口便用缰绳把她绑在了马鞍上。少女说："您这是作甚？"泷口说："我想带你回去一度春宵哩。可不能让你跑了。"就在泷口把她带回去这当儿，天色全然暗了下来。

自一条大路向东走，路过西大宫大路之时，泷口望见东方灯火通明，宝马香车，还有人在前大声吆喝开道。泷口心想，看来是有贵人出行。于是他折返回西大宫大路，向南一直走到二条大路，由此调头向东，经东大宫大路走到了土御门。他事先已经嘱咐侍从在土御门等候，于是高声问道："侍从何在？""我们都在呢。"那边如是答道，应声跳出十几条大汉。

这时，泷口解开缰绳，一把将少女拉下马，猛然抓起她的手腕朝大门里走。他命人手执火把在前引路，前面就是侍卫府，泷口们坐在屋中相候，听到动静，纷纷问道："怎么样了？"泷口答道："我把她捉来了。""请您放过我吧。在这众目睽睽下好生叫人难堪。"女子哭诉着，忸怩着身子欲挣脱，可泷口毫不留情地把她拽了进来。众人把她层层围住，点燃火把道："把她放在正中间。"捉人的泷口说："不，兴许会给她跑掉，我还是不松手为好。"众人皆已张弓搭箭："你只管放手。多么有趣，倘若她敢逃走，就立刻射她的腰。一人放箭或许会失手，但我们这么多人一齐瞄准，还怕射偏不成？"那泷口见十几人的箭矢都对准少女，便说："那好吧！"可就在他放手的刹那，少女变成了狐狸，尖声啼叫着逃走了。原本围成一圈的泷口也都消失不见，火光俱熄，周遭陷入一片黑暗。

泷口慌张地呼唤侍从，也无一人回应。回首望去，他正身处一片不知名的荒野之中。他吓得胆战心惊，惊魂不定，久久才稳住心神，仔细察看四周，依山景来看，此处原来是鸟部野[1]。他思忖自己是在土御门下马步行，但这附近也不见马匹的踪影。莫非他以为自己折回西大宫大路，实际上是来到了这里？他这才恍然大悟，在一条大路遇见的灯笼火把和贵族行列，都是狐狸变出的把戏。事已至此，留在此地也无计可施，他步履蹒跚地往回走，直到深夜才到家。

翌日，他仍然感到心烦意乱，在家昏昏沉睡，倒

---

1 位于京都东山六条与七条附近，平安中期以降作为火葬场和墓地闻名。

像是死了一般。另一头，一众泷口足足等了一宿也未见他露面，纷纷嗤笑道："那位大人说要捉来'高阳川之狐'，谁知道进展如何了呀？"于是他们差人去唤来那泷口。第三日的黄昏，泷口终于出现在侍卫府，他的气色仿佛大病了一场。众人问道："那一晚狐狸捉得怎样了？"泷口答："那一晚我病得下不了榻，未能成行。今晚定要一试身手。"众人奚落道："那你今晚可得捉两只狐狸回来。"泷口听罢也不作声，就退了出去，暗自下定决心："前番我对那狐狸使了诈，今夜她未必敢现身。如果她出现了，我就捆她个整宿。如果她不出来，那我从今以后隐居在家，再不踏入侍卫府半步。"当夜，他带领一伙精心挑选出来的身强力壮的随从，策马驱驰来到高阳川畔。他虽然也想过说不定自己会为这无益之事白白丢了性命，但一言既出，也便非做不可了。

他渡过高阳川时未见少女身影，返回之时却见少女伫立在岸边。她的容貌与之前的少女并不相同，但与前回同样的是，她也央求泷口道："请让我坐在您的马背上。"于是，泷口故伎重施，用缰绳把她拦腰捆绑，而后向京都驰去。一行人来到一条大路之时，天色已然昏黑，侍从或是点燃火把在前引路，或是不慌不忙，高声吆喝开道，但这次他们一路上没有遇见任何人。泷口在土御门下马，拽着少女的头发，把她拖到了侍卫府。尽管少女哭泣讨饶，还是被硬拉了进来。

众人道："怎、怎么了？"泷口答："就在这里。"这回泷口将她五花大绑，未敢松懈。尽管少女维持人形许久，但在严酷的拷打之下，终是露出了狐狸原形。泷口举起一根火把，把狐狸身上的毛烧得精光，又用鸣镝箭连连射她，大喝道："小狐狸，今后不许再戏弄人。"他最后未下杀手，将狐狸放走了。可那狐狸几乎走不了路，踉踉跄跄，好容易才逃走。随后，泷口才将前日被狐狸骗至鸟部野之事向众人和盘托出。

十余日后，泷口又想再试一遍，便打马来至高阳川。前日那少女仍在川畔，只是看面色仿佛大病了一场。于是，泷口像先前一般说道："坐上来吧，小娘子。""我倒是想坐，可也经不住火烧呀！"说罢就消失不见了。

这只狐狸本想诓骗世人，却害得自己吃尽苦头。据说这桩奇事就发生在最近，在世间流传颇广。

想来，狐狸化作人身自古有之，也称不上稀奇，但这只狐狸竟能凭借精妙的戏法把人骗至鸟部野。不过，第二次被捆缚的时候，为什么宝马香车不再出现？道路也不再错综变化？世人由是怀疑，狐狸骗人也须趁其不备。

（卷二十七第四十一）

近卫舍人于常陆国山中咏歌死

昔时，某天皇御世之时，有一个名唤某某的近卫舍人 [1]。他平素负责演奏神乐，极擅歌咏。

此人作为相扑节宴会的使臣出使关东，去各国召集力士进京比试。从陆奥国翻越山道进入常陆国的时候，途经了一处叫烧山关的地方。他走在深山穷林之中，百无聊赖，骑在马上都要打起瞌睡来了。忽然他睁开眼，想道："啊呀，此地已是常陆国了。不知不觉，我都走了这么远了。"他顿时心生凄恻，便踢踏着沾

---

[1] 指近卫府的侍卫，可被遴选为上皇、摄关、大臣等贵族出行时的仪仗军士，在举行朝仪时负责演奏舞乐。

满泥污的马镫，打起节拍，咏唱起了常陆歌 [1]，一连唱了两三遍。这时，大山深处传来一个可怕的声音："妙哉！"说着还鼓起掌来。舍人勒马停下，向侍从问道："是何人在说话？"众人回道："我等不曾听见有人说话。"舍人吓得寒毛倒竖，匆匆离开了那里。

这之后，舍人感到心神不定，仿佛身染沉疴，侍从也都觉得很古怪。当晚，舍人就在旅舍一睡不起了。由此观之，这种歌谣绝不可在深山中吟唱。想必是山神闻之大悦，就把他留在了那里。

想来，常陆歌在当地广为流传，当地的山神自然也爱听。山神感叹舍人精湛的歌技，便留下了他，这也是凡人无可奈何之事。

侍从们半是惊愕，半是悲哀，料理完许多事才赶回京都，并把此事传了出去。

（卷二十七第四十五）

1　见《古今和歌集》卷二十之东歌，收录有常陆歌二首："筑波山上，佳荫欲翳，却不胜君姿。""红叶落满了筑波山，知者爱怜，陌客心欢。"此卷为大歌所御歌，故作为神乐歌在宫廷演唱，舍人所吟咏必为其一。

常陆国某郡漂来巨尸

昔时，有个人名叫藤原信通朝臣[1]，曾经出任过常陆守。在他任期结束那一年的四月，某夜，狂风呼啸，有一个死人被风浪冲上了某郡的东西滨。

死人身长五丈有余。他半截身子掩埋在沙中，半截身子横亘在地上，如若有人骑着高头大马从对面远远走来，从尸体这边看去，也仅仅能看见其所持之弓的末梢，这具尸体之庞大也就可想而知了。死人的脖颈以上被整个砍去，没有头颅，此外也没有右手和左脚，想必是被鲨鱼咬断的。倘若四肢俱存，就更骇然了。死人俯卧在地上，半身被沙子埋没，所以无从知晓其是男是女，但其体形与肌肤看上去像是女人。国中之人见了都大感惊讶，他们围在死人周旁，吵嚷个不休。

陆奥国海道地方的国司听说有这么一具巨尸漂上岸，遂遣家臣前来验看。由于被沙土掩盖，难知其男女，但外观更像女人，所以有个博闻的僧人推测道：

1　"八色之姓"制度之下的身份之一。"八色之姓"是天武天皇在 684 年为了确立以天皇为中心的新体制确立的姓氏制度，规定了真人、朝臣、宿祢、忌寸、道士、臣、连、稻置等八种身份。（编者注）

"佛未曾说过世间有容此等巨人居住之地。我观其体态绰约，或许是阿修罗女[1]。"

国司说："这真是一桩奇事，我必须上报朝廷。"赴京的使节正欲出发之时，当地百姓却说："若是公文呈报上去，朝廷必定派遣使者来查验。如此一来，免不得要花钱接待照应。不如就按下此事不报。"国司从其言，隐瞒未报。

此国有一个姓名不详的武士。他看了巨人后说道："如果这样的巨人攻杀过来，该如何是好？让我来试一试弓矢是否奏效。"他挽弓便射，箭矢深深没进巨人的肉里，听闻此事的人都交口称赞道："试得好！"

几日过去，死人日趋腐烂，恶臭难堪，令人无法接近。方圆十町二十町的地方都住不了人。

尽管此事被隐瞒不报，但在国守上京之后，自然也就传了出去。

（卷三十一第十七）

---

1 详参《观音义疏》："阿修罗千头二千手。万头二万手。或三头六手。……男丑女端。在众相山中住。或言居海底。"因此，僧人将漂至岸边的女巨人联想为阿修罗女。

23

牡丹灯笼

浅井了意

　　每岁七月十五至廿四，家家户户摆设、装饰迎灵坛祭祀亡人。人们扎出形色各异的灯笼，或用来照亮祭坛，或张挂房檐，又或者手提着前去扫墓，后将其系于墓地的石塔前。灯笼上常绘以花鸟草木，笼内点燃火光，彻夜悬挂。街市上往来交织着赏灯的游人，舞娘一齐随着清越的歌调跳起盂兰盆舞，京都的大街小巷无不是一派热闹景象。

　　此事出在天文戊申之年（1548），京都五条京极有一人唤作萩原新之丞。此人新近丧偶，难以抑制对亡妻的怀恋，每每念及其生前事，眼泪便沾湿襟袖，哀叹良久。七月十五日的亡灵祭，萩原为供养亡妻之灵，一心诵念经文，不复出游。即便友人前来邀约，他也不为所动，只是倚门伫立，歌咏道：

为何那故人面影，常在眼前，时时添悲？

　　歌罢，他又禁不住擦拭泪痕。夜深了，行人渐稀，街市重归寂静，有二人从萩原宅门前悠然走过。一位是年约二十的美人，一位是十四五岁的少女，提着美丽的牡丹灯笼。美人的眼梢若芙蓉初绽，身姿若杨柳婷嫋，月眉黑发，光可鉴人，真叫一个说不尽的美艳。萩原在月下目睹了她的容颜："好比天津乙女降了凡尘，嬉游作乐；又似龙宫仙女离了海原，逍遥散心。此娘子究竟何许人也？"萩原早已魂飞心醉，尾随她们而去。他时而走在其前，时而落于其后，期望能够委婉地引起她们的注意。向西走了一町路时，女子忽然回首笑道："我并非那种想与人结好却仍施计令其苦等心焦的人儿。只为观赏今宵的月色，我竟不知不觉间走了这么远。道路昏黑得令人不安，可否请您送我归家？""既然归途甚遥，且夜色已深，寒舍尽管鄙陋却近在咫尺，如蒙不弃，不妨在寒舍借宿一晚？"萩原邀请道。女子笑着答说："独自一人对着流入窗棂的月华沉吟作歌以待天明，该是多么寂寥。再没有什么比您所言更令人喜悦的了。"萩原欣喜地执起女子的手，相携归家，取酒与女子、女童三人推盏共酌。明月渐沉，荻原想起一首古歌："难期不忘于来日，何妨自绝于今宵"[1]。他遂吟咏了一首和歌：

　　　　未期许后日相逢，只望尽今宵之欢。

　　女子对吟道：

　　　　夜夜待君，君可来乎？何故作痴言。

　　新之丞听罢大喜，两人宽衣解带，互诉衷肠，巫山云雨未散，天却已是拂晓了。荻原问道："敢问芳卿家住何处？可否将过往身世说与在下听？"女子答道："妾乃藤原氏之末裔、二阶堂政行之子孙。祖上昔日也曾显赫于世，然则世殊事异，荣华零落，如今过着避世隐居的生活。家父政宣死于京都战乱之际，兄弟皆亡，家道中衰，独留妾身一人存世，与这丫鬟寓居万寿寺旁。细说家门故事，实在教人可耻可悲。"

1　出自《新古今和歌集》卷第十三·恋歌三，作者为仪同三司母。

月海与游梦人

女子词气婉丽，举止妩媚，格外惹人怜爱。

及至横云迤逦，灯火俱灭，尽管情意正浓，女子还是辞别而去了。此后女子日暮而至，天明而归，从未失约。萩原的心神全然被女子勾了去，茶饭不思，一心只盼着相逢时刻，絮念着千世不改的誓言。即便在白昼也寸步不离家门，不再与人往来。如是过了二十日。

邻家住着个通达世情的老翁，对于每晚从萩原家传来的年轻女子的歌声与媚笑，他不由深感诧异，便从墙壁的缝隙窥视，只见灯火下，新之丞与一具骷髅相向而坐。萩原每一说话，骷髅便挥动手足示意，头盖骨上下点动，从似乎是嘴的部分发出声音答复。老翁大惊失色，等不到天明就叫来萩原，试问道："府上似乎每晚都有客人来访，此人是谁？"见萩原隐忍不言，老翁告诫道："长此以往，你必遭灾厄！昨夜我从墙缝中看见了。凡人在世之日，至盛之纯阳充盈四体，然则一旦死后变作幽灵，便会鬼气顿生，化为幽阴邪秽之物。故而人们对死亡讳莫如深。现今，你与幽阴之灵同处而不知，邪秽之魅共宿而不悟。倘若真元耗尽、魂魄被夺，祸端顷刻便会降临，届时任何药石针灸都无济于事。可惜你正当少年，竟不得全寿，俄而成了黄泉客，身首埋没在荒苔之下。岂不悲夫！"萩原这才心生惊悸，将艳事缘由和盘托出。老翁听罢说道："那女子自言住在万寿寺旁，去那里找找看。"

萩原径直从五条向西走，在万里小路附近四处寻找，穿行徘徊于堤上林间，问及往来的住人，皆言不识此女。暮色西沉，萩原在万寿寺中稍事休憩，从澡堂浴室后朝北走，但见一间破旧祠堂，离近看，屋内停放着一口棺柩，其上写有"二阶堂左卫门尉政宣之女弥子，吟松院冷月禅定尼"的字迹。棺旁置有一个古旧的伽婢子 [1]，背后写有姓名"浅茅"。棺柩前悬挂着一盏残破的牡丹花灯笼。萩原心想，这无疑就是女子的真面目，不禁一阵毛骨悚然，头也不回地逃出了寺庙。萩原从痴恋中清醒过来，曾经焦急等待日暮、无言怨恨天明的心情早已烟消云散。今夜她若再来，该当如何？萩原不敢住在自家，只好在邻舍老翁家借宿了一夜。

翌日清晨，不知如何是好的萩原唯有叹息，老

1　伽婢子，孩童形象的人偶，用来驱邪避凶。

月海与游梦人

翁指点道:"东寺的卿公兼具修行、学问,作为修验者[1]素有声名。你应当速速去恳求他相助。"萩原连忙造访东寺,卿公一见他便说:"阁下被妖魅所缠,耗费精血,迷惑心魂。不出十日必将命丧黄泉。"萩原把事情原委如实相告。于是,卿公写下符箓交与萩原,嘱咐他将其贴于门扉。女子果不再来。

过了约五十日,萩原前往东寺向卿公拜谢,极尽酒酣之乐,大醉而归。可就在归去途中,萩原怀恋起那女子的面影,竟跟跄着来到了万寿寺的门前。他扒开门缝向里探望,女子忽而出现,怨诉道:

"昔日所约许许的誓言成了虚妄。君何故这般薄情!本以为君绝非轻薄之人,遂以身相许,暮往朝来,愿结千世连理。奈何听信卿公之言,遽生疑惑,便欲永绝。今有幸重逢,请与妾一同入内。"说着,女子执起萩原的手,将他引入寺门。萩原的仆人见此状吓得肝胆俱裂,逃回家中。众人听说后皆惊恐不已,急忙赶至万寿寺,只见萩原已被拉入女子的棺椁中,与白骨交缠于一处,早已咽了气。寺僧们也惊讶于这桩咄

1　修验者,又称山伏,指在山林中修行以期感悟灵验之人。通常戴头巾、着麻衣、持金刚杖、吹法螺。

咄怪事，不久后将二人的尸骨合葬于鸟部山。

自此之后，每逢云阴雨晦之夜，萩原与女子携手同行，女童挑着一盏牡丹灯笼走在前面。遇者便会身染沉疴，附近的住人无不畏惧。萩原一族感慨其事，召集族人在一日之内抄写一千部《法华经》，供养于墓前，由是幽灵不复出现。

月海与游梦人

梦路风车

——飞驒国深山之旧事

井原西鹤

世间常有诡怪离奇之事。飞驒国的深山中，自古有一处秘境，连当地人也鲜有耳闻。

一日，在领地内巡查的奉行[1]在大路断绝处发现了一条山民踏草折木走出的小径。他循径而入，翻过飞鸟难渡的险峰，在山谷间行了三里许，见得一处可怖的岩窟。想必那山民已经进过这洞窟了。奉行向里张望，窟中是不见五指的黑暗，淙淙清泉在脚边流过，无数金鱼游弋其中。

"既已至此，若不一探究竟便委顿而归，岂不有辱武士之道？"他下定决心，径直向岩窟深处走去。行不过四五町，一座唐门玉阶的建筑豁然眼前，中庭

---

1 武家政权下的职务名，即负责执行公务者。江户时代成为行政司法等方面的长官的称谓，常设有寺社奉行、勘定奉行、町奉行等。

地上撒满了金、银、砗磲、琉璃、玛瑙这五色彩玉，想来那传说中的喜见城[1]也应是这般光景。纵使时当玄冬，群山冷寂，踏遍落叶白霜的奉行却在此地看到一派春色。莺歌正繁，雀啼流啭，叫卖乌贼和鳜鱼的吆喝声不绝于耳。眺望着这片宁静祥和的市景，奉行倏尔生出困意，便以道旁野草为枕，昏昏睡去。

在梦中，两个商人打扮的女子走近他枕畔，恳求道："我等不揣冒昧前来拜谒，还望阁下宽恕则个。我二人居于京城边，织绢为生，日子过得无忧无虑。没承想，相公偶染风寒，在榻上一病不起。本以为是小疾，谁料竟断送了性命。他临终前将积存的两千匹绢作为遗物，嘱咐道：'你们日后没有子嗣奉养，可变卖这些绢绸维持生计，亦可出家为尼。'我们听从亡夫的遗训，在各地贩绢为生。出人意料的是，一年未到，就有人传寄红笺，倾诉爱意。此人名叫谷铁，是当地出了名的精壮汉子。他对我们未予回信一事怀恨在心，趁夜潜入家宅，将我二人杀死，夺走了贮藏的丝绸。我们的尸体被埋在荒野，虽然官府当时多方

---

[1] 帝释天的居城，位于须弥山顶的忉利天。此城有四门、四大园供诸天人游乐。

查探，却仍未查明凶手。谷铁至今还在这浮世之中逍遥快活，实属可恨！而他所谓的恋心也不过是抢夺丝绸的托辞罢了。望阁下不吝怜悯，将此事奏明圣上，为我二人报仇。"

"这并非难事，只是口说无凭，有什么证据能为尔等洗刷冤屈呢？"奉行问道。"证据就在此地以南的旷野之中。我们所埋之地，草木不生，唯有一棵分为两杈的玉柳。"女子细致地叙说道。言毕之时，他从梦中醒来了。

奉行深感不可思议，他赶往那片旷野，只见村民围绕着一棵柳树，一齐惊叹道："之前从未见过这棵树！"奉行由是相信梦中女子所言非虚，他向皇帝奏报了此事。皇帝遂命令众人掘开柳树下的土地，果然与奉行梦中所闻一致，两个女子的尸骸身首异处，面容却一如生前娇艳。于是，皇帝派人闯入谷铁家中，把犯人五花大绑。"天理昭彰，报应不爽啊！"谷铁叹道。他被铁扦贯穿双眼，暴尸街巷。

之后，皇帝赏赐奉行数之不尽、华美无匹的唐绢，说道："汝留在吾国将会夭寿损年，速速归返故乡吧。"说着，他让奉行乘上了一架鲜红色的风车。

在浮云间穿梭的奉行没有片刻看向他处的工夫，须臾之间就回到了故乡。他向官府如实禀报，因而被命令道:"去把这个地方找出来。"于是他带领数百人进山，在深山长谷中寻觅，然而时至今日，也无人知晓那座岩窟究竟在何处。

梦应鲤鱼

上田秋成

昔日延长[1]年间，三井寺的兴义和尚以擅长丹青而名重于世，但他平素不绘佛像、山水、花鸟，而是在寺务清闲之时，泛舟于琵琶湖上，将钱财散给张网垂钓的泉郎舟子，命其将捕获的鱼悉数放生，观察游弋跃动的鱼儿落笔成画，如此经年累月，其画越发臻微入妙。一日，兴义醉心于作画，一时间竟恍了神，在梦中游入江河，与大小鱼类偕同嬉戏。及至醒来，他依梦中所见绘制了一幅画，挂在墙上，取名为《梦应鲤鱼》。很多人感佩此画的精妙，争相向兴义求取。然而，兴义对花鸟山水画是每求必应，却唯独对鲤鱼画吝惜不舍。他与索画者谐谑道："贫僧绝不敢把亲

1　延长（923—931），醍醐天皇的年号。

手饲养的鱼儿赠与列位杀生食鲜的施主呐。"他的风趣与画技并为天下所闻。

某一年，兴义突然患病卧床，仅仅过了七日便阖目气绝了。弟子、友人皆聚其床榻边，不由得惋惜哀叹。然而，众人发现兴义的胸膛尚存余温，或许还有苏醒过来的转机。众人守在尸体旁，等到第三日，忽见兴义的手脚微微动了起来，他突然长吁一口气，睁开双眼，犹如大梦初醒般坐起身来，向诸人问道："我不醒人事有几日了？"众弟子答道："师傅断气已逾三日。寺内僧众以及平日相善的施主都来了，葬礼也已经筹备妥当，但因着师傅胸前仍有微微暖气，才没有殡殓入棺，幸而今日得以起死回生。大家都说幸亏没有下葬哩！"

兴义点头道："你们速速派一人前往檀家[1]平之助大人的府上，告诉他，兴义法师不可思议地复活了。平之助大人此刻正在召开酒宴，招待宾客的菜肴便是鲜美的生鱼。请暂且中断宴席，光临敝寺，老僧有一桩前所未闻的奇事相告。你好生端详平之助府上的情

1　指隶属于特定寺院的信徒，对该寺院进行布施等经济援助的同时，由该寺院负责此家的葬礼与法事。

月海与游梦人

景，看是否如我所言。"

使者带着满腹狐疑来到平之助的宅邸，说明来访缘由，入内细细打量起来，主人平之助果然正与其胞弟十郎、家臣扫守等人围坐对酌，与师父所言丝毫不差。平之助等人闻说此事后，也大为惊奇，随即停杯投箸赶来寺庙。

兴义直起身来，感谢他们不辞路途劳顿而来，平之助也恭贺兴义死而复生。兴义发问道："大人，请您耐心听我叙说。您是否曾向渔夫文四买了一条鱼？"平之助惊讶道："确有此事。您是如何知晓的？"兴义说道："那渔夫把三尺见长的鱼放入笼中，送到府上。是时，您与令弟正在南面的屋中弈棋。侍奉在侧的扫守一边大口吃桃子，一边观赏棋局厮杀。扫守见渔夫提来大鱼，格外高兴，便把高脚漆盘里盛着的桃子赏给了他，又赐酒三杯。厨师神气十足地把鱼取出笼，切成薄片。至此为止，老僧说的应是一字不差吧？"平之助一行人闻言又是惊异，又是迷惑，不住地向兴义打听个中原委。兴义说道：

"老僧此番身染重病，苦痛难堪，浑然不知此身已然死去。只是这身上的燠热实在挨不过，一心思量寻个清凉处，我便拄着藜杖出了寺门，登时便如笼鸟举翮云天一般，陶然自得，将病痛全数忘诸脑后。徜徉在山野乡村之间，不觉又来到了琵琶湖畔。但见湖水真个澄膏湛碧，令人心神荡漾，不禁想要下水游乐。我便脱去衣衫，纵身跃入深潭，恣意遨游。我自幼不习水性，此刻竟游弋自如，想来这梦还够荒唐的。

"可人身终究不似鱼健，我不禁艳羡起自在的游鱼来。身旁的一条大鱼说道：'尊师所望实属易事，请稍候片刻。'说罢，大鱼便朝深杳的水底游去。少焉，一个身着衣冠束带的人跨坐在大鱼背上，前后导从着无数鱼鳖鼋鼍，向我说道：'海神有诏，高僧平日放生积德，今既欲享鱼龙潜跃之乐，故赐金鲤服一件，足以使你享水府无穷逸致。只是切不可贪食钓饵，免得招致刀俎之灾。'言毕辄返，霎时消失得了无影踪。

"我心下大为骇异，回顾身上，不知何时已遍生金鳞，化作了一条鲤鱼。于是我抛却顾虑，摇尾鼓鳍，逍遥自在地游弋远去。

"我乘着直驱长登山而下的山风，放浪于骤起的波涛间。忽而游至志贺大湾的渚汀，却被浅滩上裳裾濡湿的行人脚步所惊扰；忽而向着那倒映出比良山峰影的幽深水底潜去，却见坚田的渔火明灭飘摇，宛若迷梦。夜色已沉，月影落江浦，镜山的峰峦辉映着清光，将八十处野渡[1]照得是纤尘不染，真有说不尽的风韵。冲津岛、竹生岛上神社的朱栏玉垣落映在波光水影中，引人惊叹。迎着自伊吹山拂来的晨风，轻舟从朝妻港驶出，惊扰了我在芦苇间的美梦。方才从矢桥的摆渡人的船蒿下逃脱，时时又为濑田的守桥人的脚步声所追赶。风和日煦之时便浮出水面，风雨如磐之际则遁入千寻水底。

"忽然间，我顿感肚肠饥饿，四处觅食却一无所获。辘辘饥肠简直使我发了疯，正在此时，恰遇着文四垂下钓钩。鱼饵是那般芳香四溢，可我仍不敢忘却海神的规诫。我乃佛门弟子，即使觅不得食物，又岂能贪食鱼饵呢？但片晌未过，我实在饥饿难耐，转念又想道：'太难熬了！就算我吃了鱼饵，也不会愚蠢到被捉住吧？何况文四与我是老相识，定不会加害于

1　典出《万叶集》第三卷二七三，高市连黑人羁旅歌八首其四。原歌为："驾舟驶过矶石滩，闻听鹤鸣，响穷近江海上八十野渡。"八十，虚数，表示数量多。近江海，指琵琶湖。

我，还怕他作甚？'于是，我一口咬下鱼饵，文四眼疾手快，迅速收竿，将我一把抓住。我大叫着：'你要做什么！'他却置若罔闻，用绳线穿过我的鳃部，把小舟系在芦苇丛生的岸边，将我放入鱼篓中，径直来到了贵府。君正与令弟在南面的屋中下棋，扫守则在一旁吃果子。眼见文四送来一条大鱼，你们纷纷称赞他，这时我朝你们大声喊道：'诸位不认得兴义了吗！请原谅我，放我回寺庙去吧。'你们仿佛全然不曾听见，反倒拍手称快。厨子用左手摁住我的双眼，右手取出一把新磨的快刀，将我置于砧板上举刀欲剁，我痛苦地哭喊道：'杀害佛门弟子，法理不容！救救我！救救我！'但无人理会，待那鱼头被一刀剁下，我猛地从梦中醒来。"众人听罢莫不深感惊奇，平之助说道："我听了尊师讲的故事才想起来，当时那条金鲤的鱼嘴确实翕张不止，却没有发出任何声音。若非亲眼所见，实难相信世间竟有如此奇事。"他命仆从赶回家中，将其余的鱼悉数放回湖中。

兴义的病就这样痊愈了，此后他又活了很久，寿满天年，无疾而终。临终前，他将平生所画的鲤鱼图扔进琵琶湖，画中的鱼儿从纸绢上一跃而出，在湖水中逍遥游弋。故而兴义的画作未能留存后世。弟子成光继承了兴义的妙笔，当时亦颇负盛名。古代物语[1]中有载，成光在闲院殿的障子门上所画的鸡，惹得活鸡拿爪子去踢踩。

1　见《古今著闻集》卷第十一、画图第十六之"成光闲院障子画鸡之事"。

虚舟女

泷泽宗伯

享和三年（1803），岁次癸亥，仲春二月廿二午时，在曾为寄合[1]的小笠原越中守（俸禄达四千石）的采邑[2]——常陆国的原舍滨发生了这么一桩事。遥遥可眺自彼方海面漂来一叶孤舟，于是，众多渔民驾船摇橹出海，将那小舟曳引上岸，仔细察看。舟形圆若香盒，直径三间[3]有余，舟顶是涂满松脂的玻璃障子，底部则是并列的条条铁板，即使礁石也无法将其凿沉。透过玻璃障子，舟内一览无余，众人皆凑到跟前窥探，舟中端坐着一个充满异域风情的妇人。

此舟此女之状，皆如画中所现：

1　指江户时代俸禄在三千石以上、没有官职的旗本。

2　古代君主或诸侯分给臣下或部将的领地。

3　日本长度单位，1 间约等于 1.818 米。

眉发赤红，面如春桃，长长的白色假发一绺绺垂在身后。没有人知道她的假发是用兽毛还是捻丝编成的。由于言语不通，也无从知晓她来自何方。蛮女抱着一个二尺四许的匣子，格外珍重，片刻不离身，也不让他人靠近匣子。渔民们又检查了舟中的物品。有一樽装有二升水的小瓶（在另一版异文中，二升变为二斗，小瓶变作小船。孰是孰非，未有定论），有两张毯子、一些点心，还有看似炖肉干的食物。

聚集的渔民们议论纷纷，而女人只是在一旁面露微笑，悠闲地观望着。一位长者说道："此人乃番邦之王的女儿。虽已嫁作人妇，却暗中勾结情夫。私情败露后，奸夫遭戮，但国王不忍处死公主，就令她乘上虚舟，流放沧海，生死交由天命。若果真如此，匣中盛装的想必是情夫的头颅。昔日也曾有乘坐虚舟的蛮女漂流至附近的海岸。在那艘船内的砧板上便摆放着一颗血淋淋的人头。由此观之，这蛮女之所以重视匣子，从不离身，定是因为里面盛放着人头。"

渔民们商议道，如将此事上报官府，就须承担杂七杂八的费用，况且此前也有过将漂流者流放回大海的先例。于是，他们依照旧例让女人坐回船内，把小舟再度放逐回了海上。倘若渔民们能够多存一分仁心，也不至于做出这等残酷之事，或许这就是蛮女的命数吧。另外，虚舟中还发现了大量的蛮族文字，诸如△王呂㊂，而近来在浦贺停靠的英国船只上也有相同的文字，那么虚舟女也许是英国、孟加拉或者美国等蛮国之王的女儿？我们不得而知。以上即是当时的好事者笔下对漂流至常陆国的蛮女的记述。图文虽齐备，却皆是时人杜撰。若有人知悉这桩奇谈之内情，愿闻其详。

【原注】马琴按，据《二鲁西亚一见录》[1]之人物条目所载，"该女衣裳腰部以上的位置用筒袖细致地缠缚住"以及"在头发上涂抹白粉后再编束"。因此，蛮女的白色发绺应是涂抹了白粉的真发。蛮女也许是俄国或其属国之人。

1　此书无考。鲁西亚即一种日语中依照发音进行的汉字表述，意为俄国。"鲁西亚"多用于江户时代，今作"露西亚"或者片假名"ロシア"。

梦的透视法

〜夢の遠近法〜

龙潭谭

泉镜花

踯躅之丘

日头偏南。悠缓的长坡上立着紫杉，却不见一寸树荫。坡下两旁是寺院的大门、园艺屋的庭院、花店的铺子等，正处于小镇的入口，但若沿着坡向上走，便只有农田了。地势稍高处可见一间像是岗哨的房屋。山谷中尚有晚开的菜花。道路左右，踯躅花鲜红烂漫。此刻，远眺前路，回望后途，皆是盛开无际的踯躅。我走着走着，出了少许的汗。

万里晴空无云，和风拂过原野。

"不可以一个人出去喔。"我把姐姐温柔的叮嘱抛诸脑后，悄悄地溜了出来。这是一派多有情致的风景呀。从山顶的方向走来一个肩挑柴禾的汉子。粗眉毛，丹凤眼，缠着头巾，额头上满是汗水，慢吞吞地走了过来。小路极狭窄，他挪身退到路旁给我让道，却别过头独自絮叨着：

"很危险喔。很危险喔。"

言罢，他便紧皱着眉头匆匆离去了。我回头一看，汉子早已走下坡道，他的肩膀隐没在踯躅花海下，只有那颗束发的头颅漂在其上，不消须臾，也消失在山阴了。草径长而又长，小溪流过山谷，我瞥见田埂上现出一个赤脚妇人的背影，她头戴苔草编的斗笠，肩扛锄头，牵着一个小女孩向彼方走去，很快就走入杉树林里不见了。

去处亦是踯躅，来处亦是踯躅。放眼望去，连裸露的山肌也染作红色，美得人畏葸不前。正当我想要回家时，从我身旁的一株踯躅花中倏地飞出一只虫，伴着响亮的振翅声，掠过我的脸颊，落在对面约五六尺开外堆满石砾的地方。它的翅膀不住地颤动着。我举手猛扑过去，虫忽地飞了起来，又停留在离我约五六尺之处。我捡起一颗石头照那里掷去，扔偏了，虫在空中飞速盘旋了一周，依旧落回原处。我一追上去它便迅速逃走，但也不远远逃去，而是始终与我保持着相同距离，轻盈地振动着熠熠生辉的鞘翅，从容自得，上下摆动两根细须，仿佛在画着圆，显得尤为可憎。

我急得捶胸顿足，使劲踩踏那虫停过的地方，一边嘟哝着"混账！混账"，一边飞扑过去，伸手拍打，却只是徒然被泥巴弄脏双手罢了。

它在同我一步之遥的地方悠然整饬着翅膀。我心中充满恨意，死死盯着它，那虫纹丝不动。细端详起来，它的身形近似羽蚁，但体型更大些，周身遍涂着五彩颜色，辉映出泛着青蓝色的光芒，美得使人噤声不言。

"颜色绮丽、闪闪发光的虫有毒。"我忽然想起了姐姐说的话，所以灰溜溜地打算回去。然而，看见刚才投掷的石头恰好躺在脚边，碎成两瓣，我骤然改变了心意，捡起石子又折返回去，恶狠狠扔向那只毒虫。

这回没打偏，精准地砸死了飞虫。我兴高采烈地跑过去，拿石头重重地砸向那只死虫，然后把石头一脚踢飞。只听得石头在踯躅花丛中滚动，卷挟着沙砾，纷纷落入深谷。

我掸去袖兜上的尘土，仰望天空，日脚已有几许倾斜。暖和的日光照在脸上，我感觉嘴唇发干，眼眶到脸颊之间奇痒无比。

我发觉自己在不知不觉间走下了坡道，但这坡道看上去并非来时的那条长坡。也许是我已经翻越了一座山丘？归途已变作与出发时无异的上坡。我向远处眺望，向四周张望，只见一条红土路窄如羊肠，仿佛没有尽头般逶迤绵延，两旁是无穷无尽的踯躅花，延伸向前后四方，弥远无垠。在饱吸日光而纷葩盛放的鲜花之中、在苍蓝的天空之下，踯躅不前的，只有我。

镇守神社

坡道虽不陡也不长，可登罢一坡又是新的一坡，犹如巨浪般起伏，不断涌来，全然无从得知路何时才会遽然平坦。

我心生厌倦，走下了一个坡道，便蹲在身后的下坡和下一个上坡之间的低洼里，无所事事地用手指在土地上写起字来。写了一个假名"さ"，又写了一个假名"く"[1]。歪扭的字符，笔直的字符……我随心信手地涂着鸦。这时候，我感到方才被毒虫触碰的脸颊一阵瘙痒，就不断用和服的衣袂去揉搓。揉揉搓搓、写写画画，这样一来二去之间，难看的字迹逐渐浮现为一句确切的话："我想见姐姐。"忽然间，我好想再见到姐姐那张脸。

我站起身望向去路，左右两边是盛绽的踯躅，枝茎交错，簇集得不露一丝间隙。日光更添了花儿的嫣红，我张开手来看，但见春晖盈满掌心。

我径直登上坡顶。这回如何呢？依旧是踯躅盛开的徐缓悠长的下坡。我跑下这条坡道，又跑上那条坡道。究竟什么时候才能走出去？这回一定是最后一个坡了，但事与愿违，路仍然随坡道蜿蜒。不知不觉间，脚下的地面变得柔软，一颗小石子也看不见了。

离家肯定还很远。我越发想念姐姐，片刻也无法再忍耐。

又一次上坡再下坡的时候，眼泪不觉间淌了下来。我边哭边跑，一刻也不停，但是怎么也找不到回

1　"さく"即为日文中的"咲く"，意为鲜花盛开、绽放。

家的方向，只有同先前一模一样的坡道和踯躅花。日已西斜，我感到不安，肩膀和后背都开始发凉。夕阳乍然洒下一片茜红，不禁怀疑那令人目眩神迷的踯躅花是飘落的红雪。

我号啕大哭，声嘶力竭地呼唤着姐姐。一声、两声、三声呼喊之后，我仿佛听见了回应，再侧耳倾听，是从远方传来的瀑布声。在冽冽水声之中，另有一个清脆尖厉的声音杳然可闻：

"藏好了哟！藏好了哟！"

这是我年幼的伙伴们玩捉迷藏时的信号。一声听罢，顷刻，回归了寂静。我渐渐平复了心情，朝着声音的方向走去，又走下一坡、爬上一坡，向下俯望，发现了一处地势稍高的地方。杉树丛间隐约露出神社的瓦葺屋顶。我终于能够逃离这片纷繁缭乱的红雪。四散的踯躅在我身后绽放，稀疏的青草逐渐掩埋了红花，待我走到神社里面时，连一株红花都已看不见了。黄昏的颜色笼罩着神社内的御手洗[1]附近。有一口被栅栏围拢的井与银杏古木，树后是寻常人家的土墙。

---

1 御手洗，神社入口处供参拜者在敬拜神佛之前洗手、漱口的场所。

此方是后栅栏门前的空地，彼方是一间小小的稻荷神社 [1]。有石鸟居，亦有木鸟居。木鸟居左侧的柱子嵌有一圈粗铁环，布满裂缝，我觉得仿佛曾在哪儿见过。一想到这里离家已不远，方才的恐惧便彻底忘却了。只是，夕阳余晖映照在生长于高过人头之处的踯躅花间，怒放的红色淹没了我的前后左右；羽翼泛着绿色、红色、紫色以及苍白色光芒的毒虫飞舞其间，流光溢彩——这幅宏大的风景画已挥毫于我小小的心中。

捉迷藏

方才哭着向姐姐求救的呼喊声幸好没被她听见。倘若，她知道我不听话独自溜出来，还怯懦地抹眼泪，一定会讪笑说："你瞧瞧你！"虽然温柔的人儿和善可亲，但是被当面叱责还是不免令人懊恼。

我心里一阵喜悦，也就不再着急想着回家了。当我一个人在神社境内徘徊时，忽听得"哇"的一声，笑声自树荫后、枯井里、神社深处、回廊下传来，

---

1 指崇奉稻荷信仰、祭祀司掌五谷的仓稻魂神的神社，总社是京都的伏见稻荷大社。

五六个孩子前后脚走了出来，从五岁到八岁的都有。大概是某个玩捉迷藏的孩子已经被"鬼"给抓住了吧。两三个孩子凑到我跟前，站住身打量起我来。大家的目光都集中在我身上，不停地邀请我：

"来玩嘛！一起来玩嘛！"他们想必是住在附近的小乞丐，星星点点散布在神社周遭的小屋就是他们的家。他们的生活习俗与住在镇上的我有稍许不同。其父母即便家底不薄，也不会给孩子置办华美衣裳。大家都打着赤脚。那些时而上家里弹三味线的人、在污水河里捉泥鳅的人、兜售火柴或者草鞋的人就是这些孩子的母亲、父亲或者祖母。我的朋友常告诫我不能和他们一起玩。仅仅因为我住在镇上，这些小乞丐对我充满尊敬，经常亲昵地央求我一同玩耍，哪怕就一会儿也成。我一直对他们敬而远之，但我这时太孤独了，对朋友的渴望越发强烈，让我无法拒绝这份恐惧过后骤然而至的欢乐。我点了点头。

孩子们高兴得欢呼雀跃。"那么再玩一次捉迷藏吧！"我们猜拳决定由谁来当"鬼"，结果，这个角色落在了我身上。我照他们说的，捂住脸。四周变得静悄悄，神社深处的山崖上似有瀑布挂流，掠过耳畔的只有凛冽水声、拂过松树与杉树梢头的晚风声。孩子们压低嗓子，喊道：

"藏好了哟！藏好了哟！"

这呼唤回声般在神社中回荡。我睁开双眼，周围重返静寂，黄昏的暮色浸得更深了，并排而立的参天巨树仿佛要隐没在这冥冥薄暮之中。

似乎有动静的地方，谁也不在。我找遍了所有地方，但都阒无人迹。

我又回到神社境内的中央，满心落寞，四下张望。忽然传来神社大门紧锁的骇人响声，那声音仿佛响彻深山，继而再也听不见任何声音。

他们不是我的朋友，何况我平日又时时避忌人家，或许，他们打算趁机让我尝尝苦头。他们若是藏匿起来，然后悄悄逃走，那任我再怎么寻找也不会有结果。别做毫无意义的事了，我这么想道，干脆直接回家吧，但是，万一他们还在等待我，始终没有露头，那也未免太可怜了。该怎么办呢……正当我手足无措、呆立原地的时候，不知何时起，一个不知从何处而来的美丽女子已伫立在我身旁。昏暗的神社内，打扫得一尘不染的灰色土地将她的肌肤映衬得更加雪白。她俯下脸庞，凝视着我。

这个身材极为高挑的女子双手伸入和服前襟，香肩微垂，用温柔的声音说道：

"到这边来。这边。"

她走在前面为我带路。尽管是不认识的女人，但只瞥见那玉颜上浮现的笑靥，我便觉得她定是个好人。她一定是要告诉我孩子们的藏身之处。所以我毫无迟疑，兴冲冲地跟在她身后。

逢魔之时

与我想的一样，从神社前向左走不远，路尽头有一间小小的稻荷神社。神社堂前立着两三面蓝旗和白旗，堂后与山麓相接，斜坡上生长着繁杂的树木，遮蔽住神社的屋顶。她的眼神悄然投向树荫之下那片幽暗之地、那片地穴般的空地。那眼瞳宛若流波，斜睨着我的脸，我好像读懂了她的心思。

因此我没有丝毫踟蹰，毫无顾忌地伸头向稻荷神社内窥探。冷风打在鼻头上。院内堆满落叶、朽叶，闻得到泥土的潮气。好像没有人在。脖颈忽然一冷，激得我一哆嗦，我惊讶地回头望去，女子的身姿刹那间消失无踪。她去了哪儿？四周愈发地昏黑了。

我浑身的寒毛都立起来了，不自觉地发出"啊呀"的叫声。

"不可以到看不清人脸的昏暗角落去。尤其是在黄昏时分的隅角，会出现蛊惑人心的怪物喔。"姐姐曾这么说过。

我茫然地瞪大着眼睛。双腿打战，动弹不得，灌了铅似的杵在原地。左手边有条坡道。地穴般凹陷的低洼中有风吹来，有什么东西正从黑暗的坡脚爬上来。留在这里会被抓住的，我害怕得脑海一片空白，拔腿就往狭小的神社里跑。我捂上眼睛，屏住呼吸，躲在阴暗的角落里。四条腿的生物正在屋外踱着步，从神社前横贯走过。

我已经吓得失了神，一心祈祷千万别被发现，不停瑟缩着手脚。这时，我又记起方才那女子美丽的面容、温情脉脉的眼睛。现在想来，女子想要告诉我的并非孩子们藏身的地点，而是"躲在这里就能安然无恙"。她欲在某种想要捉住我的可怕之物的魔掌下解救我。我心中不断浮现出这些缥缈无据的念头。未久，几点灯笼的火影急匆匆地自坡脚向上飘来，然后逝向彼方。不一会儿，灯火又折回我藏身的神社前，不止一人，似是二三人。

就在他们停留这当儿，又有脚步声从坡脚传来，有人爬上坡与他们会合。

"喂，还没找到吗？"

"真不可思议。有人说好像在这附近看见过他呀。"

搭话的声音很像是我家雇佣的男仆。终于可以出去了，但我转念一想，这说不定是那可怖的生物诱骗我现身的陷阱。笼罩心头的恐惧又加深了一层。

"慎重起见，你再去田圃那边找找看吧。有劳了。"

"那我先去了。"说罢，他们分别向着坡道上下离开了。

寂静再次降临。我轻轻挪动身子，伸直了腿，手扒在木板的接缝处，心想只露出眼睛应该没事。我稍稍探出头望向外面，并无异常。我感到些许安心。"你们这些怪物终究也没有找到我吧。可真蠢！"我得意地笑着说。正当这时，没想到忽而传来一个惊惶的声音。是谁呢？那人慌慌张张地朝这边跑来。我惊诧地藏了起来。

"千里！千里！"在坡下悲戚地连连唤着我的，是姐姐的声音。

大湖沼

"也不在这里。老爷爷，我该如何是好？"

"看来他确实没来这边。天色已晚，真叫人担心哪！你们外出玩耍之前，用细带系的结轻轻叩打过他就好了。"

"哎，我一直以来都是这么做的，但今天，他瞒着咱俩偷偷溜出去了嘛。"

"实在是太粗心了。若是被用细带系的结叩打过，他身上就会携有姐姐或者母亲的魂魄，魔物便无从下手。"

"是啊。"她惆怅地说道。那声音从神社前飘过。

我走出了神社，却已经太迟了。

为何我连姐姐也要怀疑呢？

即便后悔也莫及了，我一直追到对面神社里的鸟居，却仍未发现姐姐的身影。

我噙着泪水，踯躅不前，偶然瞥见在夜空之底，繁茂的银杏树落下巨大的圆形阴影，那女子的背影浮现在我的眼中。

太像了。以至于我险些就脱口喊出"姐姐"了。可是如果跟来历不明的人搭话，给她知道了我在这儿，或许会招致危险。想到这里，我连忙噤声。

曾几何时，那身影便不知往哪里去了，再也看不见，反倒叫人依恋。纵使是多么恐怖的怪物，也决不会变成温柔的姐姐将我捉住，因为这太过残忍了。即便先前的声音不是姐姐，片刻之前望见的幻影兴许就是她，为什么我没有张口说话？我不禁抽泣起来，却什么也无法改变。

唉！一定是我的眼睛出了毛病，才看见刚才的诸多怪异。不然就是泪水模糊视线，导致出现了错觉。于是，我走近对面的御手洗，想要洗净眼睛。

御手洗处摆着一盏老旧泛黄的行灯[1]，竹灯框很宽，灯身绘有杜鹃鸟主题的画与俳句。在灯火曳映下，

1　日式灯具的一种，以木或竹为框架，表面糊纸，底座放置油碟来点火。

水面殊为澄澈，连石钵底部附着的青苔也历历可见。当我俯身想用手掬水之时，意外地看见自己的脸映在水上。我忍不住失声尖叫。我抚平心绪，强作镇定，揩拭着双眼，又俯视水面。

那张脸我决不愿看第二遍。水中映出的根本不是我的脸。肯定是我鬼迷心窍了。再看一次……再看一次的话……我颤抖着望向水面，这当儿，我的肩膀被人抓住。一个发颤的声音问道：

"噢，噢，千里！是你吗？"说话的是姐姐。我回过头想要抱住她，但姐姐看到我的脸，惊声道：

"啊！"

她向后退了一步。

"我认错人了，孩子。"只留下这么句话，她便匆匆跑走了。

古怪的神明为什么要一而再地戏弄我？我忿忿不平，跺着脚，一边抽搭着鼻子啜泣，一边疯跑着想要追上姐姐。至于追上姐姐后该怎么做，我也不知道，但我已经懊悔过一次，无论如何，这次都要先回到姐姐身边。

跑下坡道，又跑上坡道。我穿过像是大路的街道，走过黑暗的幽径，横穿过荒野，越过田埂。我头也不回地向前奔跑。

不知究竟走了多少路。漫无边际的水面如同黑暗中的银河横亘在我身前，四方围绕着漆黑恐怖的森林，这座大湖沼堵塞了去路。我倒在了茂盛的芦苇荡中，失去了意识。

五位鹭[1]

眼眶丝丝清凉，芳香扑鼻，分外凉爽。我醒来了，发觉自己横卧在柔软的被褥上。微微从枕上抬起头，只见障子门是开着的，外边是竹叶掩映的檐廊，庭院伸向群山环绕的山坳，那里，生长着露水沾湿的萋萋芳草。庭中的岩石一角上布满光滑的青苔，仿佛垂挂于远方的山腰上似的。一根点亮的蜡烛落下清冷的灯影，清水从竹笕汩汩流下，珠飞玉溅。浴盆中是个美丽的女子，束着发髻，身上不着寸缕。她背对我，浸身在水中。

---

1 即夜鹭，鹳形目的水鸟，头和背为黑绿色，腹部为灰白色，翅膀为灰色。因醍醐天皇御游神泉苑时授予此鸟五位官阶而得名。

但听闻竹笕的水落入浴盆，盈满而溢，流入地上的坑洼。

蜡烛在山风的吹拂下时明时暗，闪烁不定，映在我眼中的肌肤白若霜雪。

听见我翻身的声音，她倏而回头望向这边，轻轻颔首。她单手扶着浴盆边缘，素足正欲探出，响起一阵淅淅飒飒声，翩然飞来一只体形比乌鸦小的白鸟，掠过了美人的小腿。鸟儿一点儿不怵人，敛起羽翼，"哗啦"一声扬起水花。美人莞尔一笑，妖冶娴都，揽手用衣裳遮住胸脯。鸟儿仿佛受惊似的拍着翅膀飞走了。

夜色极深，秉烛美人的身姿鲜明地浮现，庭下屐[1]的拖曳声显得格外沉重。她怡然坐在檐廊边，双手反撑在廊上，身体向后反弓，注视着我的脸：

"好些了吗？孩子。"

她倾首说道。近看去，那张脸更显高雅，眉黛青䰐，眼若秋水，鼻梁微翘，唇如涂朱，额头、脸颊透着股柔婉的气质。她像极了我以前觉得美艳无双的

1　在庭院中行走时穿的做工简单的木屐。

女儿节雏偶，想必是位门第高贵之人。她比姐姐要年长些。虽不是熟稔的人，却也没有初次相见的感觉。可她究竟是谁呢？我目不转睛地望着她。

美人又嫣然笑道：

"你呀，遇到了叫作斑猫的可怕毒虫。已经不碍事了。你刚才完全变成了另一副面貌，也难怪你姐姐会认不出你来。"

我似乎有些明白了，这么想来，至今发生的一切确实都说得通了。我闻言轻轻点头。周遭的事物是那么光怪陆离。我裹着件棉睡袍，正想起身，她泰然自若地按着我的肩头。

"别动。你的身体情况还未好转。安下心来吧。镇定点，好吗？"

我没有反抗，用眼神回答了她。

"那么……"她站起身的时候，传来了谁慢悠悠踏过道边草的声音，一个衣衫褴褛、面色通红的老头走近了檐廊。

"哦？哎呀哎呀，怎么有个孩子在？真是个可爱的小孩，您似乎也满心愉悦呢，哈哈哈。那么可否像往常一样予我赏赐？"

他身体前倾，低下头，嘴巴恰好对准竹笕，咕嘟咕嘟地把流水灌进喉咙。然后，他猛地吹了一口气，仰望着夜空。

"多甘甜的水呀！那么我就先行告退了。"

美人的呼声唤停了那对转身欲归的脚踵。

"老爷爷，有劳你了。不过得请你再来一趟，把这孩子送回去。"

"明白，明白。"

答罢，他就离去了。山风飒然吹起，那只白鸟又飞落下来。鸟立在黑色浴盆的边缘，静悄悄地啄理着羽毛。

"别着凉了，我来哄你睡觉吧。那么，我也……"

美人静静放下了遮雨板。

九回声

未几，她在我身侧躺下。因着她刚沐浴净身罢的缘故，我的肌肤感到几分寒凉，不由得慄然发颤，但我仍然毫无芥蒂地紧抱住她。"后来呢？后来呢？"我一再央求她讲故事听。又过了会儿，她说：

"一回声。来，孩子，跟着我念。二回声，会念吗？"

"二回声。"

"然后是三回声。试着说'四回声'好吗？"

"四回声。"

"五回声。接下来是？"

"六回声。"

"对对，接着是七回声。"

"八回声。"

"最后是九回声——'九回声'就是这座山谷的名字。好啦，乖孩子，该睡觉了。"

她的手搭在我的背上，把我拉到她怀中，让我含住那温润如玉的乳房。她半露着纤白的脖颈和肩膀，披散着几绺未拢上的鬓发，那模样与姐姐迥然不同。若是我纠缠着要吃奶，姐姐断然是不会答应的。

倘若我伸手往姐姐胸前摸索，一定会受到呵斥。母亲离世迄今已有三载，虽不至于忘却了乳汁的味道，但从未像现在这般含在口中。垂玉似的乳房一入口，辄如淡雪化在舌尖，似若无物却唇齿生津。

她轻柔地摩挲着我的后背，我从似睡非睡中清醒。不知从屋脊还是天井，传来骇人的声响，半晌才复归平静。继而旋风劲吹，柱子也摇晃不止，见我恐惧得瑟瑟发抖，她紧紧搂住我。

"嗳呀！不可以，今夜有客人在，你就稍作忍耐吧。"

她用严肃的语调说道，顷刻间便又鸦雀无声了。

"不用害怕。只是老鼠什么的罢了。"

她淡然地安慰道。可我仍对刚才的巨响心有余悸，那东西的咆哮仿佛还在我的耳际回荡。

美人从被褥中探出半身来，从莳绘[1]手匣中取出一口护身短刀，威严十足地说道：

"无论什么来了都不必害怕，安心地睡吧。"她是那么可靠，我把脸深深地埋进她的胸间。不知过了多久，我忽而从梦中醒来。残灯晦暗，泛着黑色光泽的壁龛立柱上透出点点淡紫，空气中还残留着熏香的气味。我抬头离开枕畔，凑近美人的脸庞，近得能够数清她轻阖的双眼上的睫毛。她睡得正香甜。我想张口叫醒她，却又有些胆怯。久久地凝望着她，着实不

---

[1] 起源于奈良时代、兴盛于平安时代的漆器工艺，先以漆绘出纹样，再用金、银、锡以及彩粉涂饰。

堪寂寥，我便想用指尖轻轻触碰她的嘴唇。可手指却偏离了唇瓣。她只是浓睡依旧。我想要捏一下她的鼻子，抑或轻按一下她的眼睛，于是我盯着她的脸，冷不丁朝她的鼻尖伸手，但只捻了个空。美人犹如雏偶般一动未动。我又试着触摸她的眉眼，她的发梢仿佛抚弄着我的脸颊，可指尖依然碰不到那张脸，好似想要取出水晶中倒映的事物一般徒然。我终究放弃了，将脸埋在那对乳房下，用力贴紧额头。我的脸仿佛被暖霭笼罩，喉头涌过一阵松软的触感，与其胴体未隔一纱的额头俄而朝下沉落。待我注意到时，美人依然平躺在我身旁，胸部向上仰，但我的鼻子深深埋进了被自己的皮肤烘暖的柔软被褥。真奇怪。

渡舟

不知是否犹在幻梦中，当我平静地睁开双眼时，自己枕在美人的手臂上。她酥软的身体横卧在被褥上。

她另一只手搭在胸前，雪白的五指慵懒张开，那口护身小刀已经滑落至胸间，金饰的孔钉和涂漆的刀鞘映出美丽光芒。那张脸仰面朝上，鼻梁高挺，微启

68

朱唇仿若在说些什么，轻阖的双眼也像在微笑，秀丽的长发披散在枕畔。加之她胸前还放着一柄短刀，一时间我将眼前的光景与亡母临终前的模样混淆了。啊，这女人已经死去了。为了挥散这种念头，我连忙去拿她胸前的短刀，可这么一抽，刀鞘却松动了。随着一道青光射进我的眸子，短刀顺势滑出，一股鲜血乍然迸出。我感到阵阵晕厥，慌忙用双手抵住不断渗流的血，却无济于事。只听得鲜血溢出的汩汩声，淋漓滴流，血潮将和服染成了红色。美人像石像一样寂然不动，心口以下的半身已浸没于朱红色之中。忽然，我发觉自己的手上丝毫未沾染血色，手指在灯火幽映下泛出的红也非人血的颜色。我惊诧地又试着摸了一下，手掌仍未沾上血迹。我缓过神来，细看去，拂扫得一尘不染的寝具上，美人露出恬然的睡姿，透过薄绢能窥见覆在肌肤上的鲜红和服衬衣。那一刻，我仿佛忘却了自我，声嘶力竭地叫喊着、呼唤着"母亲！母亲"，甚至用力推她、摇晃她，却都是枉费功夫。我泣不成声，哭着哭着，不知不觉睡着了。许久，我感到面部温热，胸膛好像压着什么东西。我张开眼睛，青空响晴，日光刺眼，连氤着暑气的草木也光艳照人。

我被昨夜所见的红脸老头驮在背上，正在某条山路上行走。那个美丽的女人跟在后面。

她遵照昨夜说过的话，要把我送回家，我这样猜想道。我心中仿佛洞悉了一切，无论是分别时的依恋，抑或是昨夜的诧异，都不须再说出口。若有什么要嘱咐我的，她也会先行开口。

既然命中注定要回家，再怎么乞求她让我留下也是枉然。这是无可奈何的事，我老实地倚在老人背上，默不作声。

左右是高耸的断崖，能听见水珠在某处滴落的声音。走过杂草丛生的小径，亦从松柏间行过。未曾闻其声的鸟儿唱着歌，偶有褐色的野兽跃入草丛之中。虽不是不披荆斩棘就无法前行的道路，但道路掩埋在去年的落叶之下，故而几无行人。

老头腰间别着一把斧头。若遇着茂盛的荆棘挂住衣袖，便麻利地抽出斧头将荆条砍断，再请那位美人通过。因此，山路走得也不算辛劳，美人间或梳理着和服长长的下摆，高高的涂漆木屐时隐时现。

于是，来到了大湖沼的岸边。湖水浩渺，流溢着无边的湛蓝。耀眼的日光照不进这里的森林，横渡水面的风挟着寒气，响起飒飒风声。老头轻轻把我放下来。我跑到美人跟前，她牵过我的手，搂住我的肩膀，长长的衣袖挂在了我的左右肩膀上。

老头解开系在芦苇荡中的小舟的缆绳，把我抱起来放在船上。"一起走嘛。"我在这当口撒起娇来。"我会晕船的。"女子说。她终究也没有坐上小舟。恰当她道出那声"再见"之时，老头撑起了船篙。小舟启程了。我哇的一声哭起来，想要站起身，却跟跟跄跄摔了个屁股墩儿。这是我第一次乘舟。小舟划开水面，泛起炫目的圆形大波纹，随着水波远逝，本以为被留在后方的那人却出现在了前方的汀渚。正当我思索她是如何渡水来到对岸时，她的身影出现在了左手边的沙洲，转眼间又现身于右手边的湖畔，不一会儿，却眼见她仍伫立在后方的岸边。在这座簸箕形的巨大湖沼之中，岸汀的芦苇、松木、路标以及站在一旁的美人共同描绘出一个平缓的圆环。圆环回转着，起初很缓慢，但渐渐愈来愈快。轱辘、轱辘、轱辘……那圆变得越来越小……转啊转……就在那圆环距离我的脸仅有一尺之隔，我想，那女人正扶着松树望向这边呢。我的眼前忽然现出她那张美丽而高贵的脸庞，对着我莞尔含笑。其后就再也看不见了。繁茂的芦苇高过人头，"嘭"的一声，小舟抵在了岸边。

故乡

老头把我扶下了船，然后把用后背对着我，安慰道：

"别哭了，别哭了，马上就要到家啦。"

我并不是悲伤，而是不知说什么好，只得呜呜哭泣。我渐渐感到筋疲力尽，手脚绵软地耷拉在老头的肩上，低垂着头，任凭他背着我走。落日微斜，我们走到眼熟的板墙前，这时老头把我放了下来，他站在排水沟边，笑着频频点头。

"以后也要做个好孩子呀。"

他留下这么句话之后就走了。离别自然是不舍的，但我已经没有追他的力气，只是目送他的身影直至消失不见。我不知道回家的路，也走不了路，只要一迈腿，脑袋就摇摇晃晃的，腿脚变得异常沉重。从我身旁掠过走向前方的人、打过照面后走远的人，都是我熟识的面孔，但谁都没有理睬我，只是自顾自熙攘往来。不止如此，他们走过时，还会像瞧见什么稀罕玩意儿似的向我的脸投来一瞥，目光中满是冷漠与讥嘲，仿佛对我心生憎恨。好无聊的小镇，我生气地想着，不觉间已转过身，步履蹒跚地朝那座山谷的方向走去。

刺耳的脚步声传来，我的衣领忽地被揪了起来。"啊！"我惊叫着回头看，是魁梧的奈四郎叔父，他是我和姐姐的监护人。他面露凶相地叫嚷道：

"你这被妖怪魔住的东西！往哪儿溜达去了？"

他粗暴地把我拖走，带回了家中的庭院，朝我身上猛浇水。哪怕我哭喊着试图挣脱，他仍死命地摁住我的双手：

"欸！老实点！"

他狠捶我的后背，疼得我两眼昏黑，然后把我提起来往屋里走。他厉声呵斥那些喧嚷的仆人，找了根细绳，结结实实地捆住我的双手，把我拽到大宅深处昏暗的三叠[1]房间，拴在柱子上。"你瞧，他咬牙切齿瞪着我们，八成是想等人挨近时狠咬上一口嘞！""眼

1　即榻榻米，用稻草缝制成草垫，再由灯心草编制席面而成。亦作计量和室面积的量词，一叠长六尺宽三尺，约等于 1.62 平方米。

睛的颜色都变奇怪了，双目眦裂，肯定是妖魔干的好事。"围观的众人七嘴八舌地谩骂着我。我只余下满腔的愤懑。

屋外人声嘈杂，似乎是不知跑去哪里的姐姐回来了。我听见好几声推开障子门的声音。姐姐很快就要到这里来了。然而，叔父在屋外迎面拦下了她，告诫她道：

"嘛，好不容易才找回来是不假，但还不能解开绳子。他一心想要追随妖魔而去。瞧那两眼充血的样子，逮着个疏忽便要逃走的。"

叔父的话正是我心中所想，不错，只要有可乘之机，我怎会留在这里？

"好吧。"

答罢，姐姐急匆匆闯进房间，一把抱住了我。她什么也未说，只是潸然落泪。她的悲悯仿佛都寄托在双臂，于我，却只觉被勒得胸口发闷。

在我伏在姐姐膝头的时候，医师到了，给我诊了脉。叔父和医师一同走了出去。

"小千，快清醒过来。姐姐该怎么做才好。小千，是我呀。是姐姐呀。哎？明白吗？是我呀。"

她一边叹息，一边注视着我的脸，眼角的泪痕还未干。

为了让姐姐安心，我勉强地挤出笑容。

"噢！真叫人瘆得慌。"

奈四郎的妻子站在一旁，浑身发抖地喃喃道。

过了一会儿，众人又将我团团围住，催逼责问事情原委。即使我想详细交代，解开他们的疑惑，但幼童嘴里说出的话自然是颠三倒四的。面对盘根究底的诘问，我感到身心俱疲，恍恍惚惚也不知道自己说了些什么。

终于，绳索被解开了，但人们依然将我视为发狂的异类。无论我说什么也无人相信，做什么都会招致怀疑。我在深院中被关了数日，愈发面无血色，形容枯槁。姐姐很担心我，便瞒着监护人叔父夫妇，悄悄在暮色的掩蔽下带我出去看看外面的景色。聚集在门边的小孩一看见我便交口喊道："就是他被妖怪掳走了。""这家伙发了疯病。""瞧！是被狐狸附身了。"这些拿石头和碎石子砸我的人，都是以前亲近的朋友。

姐姐用衣袖护着我，羞得面红耳赤，匆匆逃回家中。她找了个掩人耳目的地方强按我坐下，自个儿无力地伏在地上。

我悲恸地哭出了声，她又慌忙轻抚着我的后背。

"再忍耐一下就好了。就一下。孩子已经这么可怜了，他们还……"

她的话戛然而止。

"为什么不让我也一起疯掉？"她痛切地喃喃自语道。我明明还是从前的我，姐姐为何也会产生这种误解？就连我在这世上最挚爱的姐姐，每每看到我的脸时也会流着泪说："快清醒些，镇定下来。"她对于自身的不安与日俱增，"也许我也已经疯了。"最后她竟真有点疯癫的迹象了。

我仿佛被千万重妖异的丝线所缠绕，不断向幽冥的渊薮坠落。我无法割断纠葛的丝线以脱身。凡我所作所为，人们见之必定对以蹙眉、嘲讽、冷笑、轻蔑、咒骂或者悲叹。我青筋凸起，我情绪激昂，我焦躁再焦躁，我对这一切感到怒不可遏。

这种懊恼、愤懑使我把周遭的一切都视为敌人。小镇、家宅、树木、鸟笼，它们究竟是什么？就连姐姐……她真的是我的姐姐吗？她见到我却忘了我是她弟弟，前几日不是刚刚发生过这么一桩事吗？万物在我眼中都化为怪异，纵使是一粒尘埃，亦是恐怖怪异的神明为了折磨我而变成的。对，一定是这样，姐姐为我康复而念出的祈祷，实是令我心智发狂的咒语。这种想法一经出现便无可抑制。我若拥有力量便要肆意妄为，但凡有人靠近就撕咬、猛踹、乱抓，一旦有隙可乘就要逃回"九回声"，逃回那位高贵美丽的人身边。这些念头在我心中无休无止地涌现。我再度被关进了暗室。

千咒陀罗尼[1]

我怀疑他们在食物中下毒，所以什么都不吃，药也决不喝。即使生了张俊俏脸庞，不论再怎么温声细语，我也不理会这个假姐姐。我狂暴地叫骂目力所及的一切，但终归嘶哑得发不出声，身体一动不动，连谁是谁也分不清，心想就这么死去吧。意识恍惚间，有人把我抬了起来，登上高高的石阶，走入一扇大门。

---

1 即真言，源自梵文，指蕴含教义精髓的言语。具有使人永记教义、守护僧侣以及赐予神通的力量。译经时不意译，而照梵文语音诵读。

走过一条打扫干净的赭红色长路，左右两旁是交错的石灯笼与矮石榴树，两者间保持着同样的距离，延伸向远处。寺庙的佛堂前是一根粗大的圆柱，四周薰香弥漫，他们让我坐在那里。骤然间，耳旁响起刘竹声，僧侣三五人齐齐高声诵经，振聋发聩。我不堪忍受这喧嚷。这些杂碎秃驴究竟要做什么！我举拳便要打向一人的脑袋，此时，一道青光飒然射过窗纸，照得僧侣手中的水晶念珠闪闪发光，那光剌向我的眼瞳，啪的一下打在我的胸口。我畏怯地蹲了下去。这时，一个沙弥两膝着地，从圆柱对面挪过身来，正襟危坐，轻轻收拢起织金帐，端坐在璀璨耀眼的佛龛之中的宝相展露了出来。诵经声愈发高昂，与此同时，一道惊雷响彻天地。

如来微妙色端严，云袖霞袴上装饰着纷扬的璎珞，纤手添在玉胸之前，恰似要抱起稚童一般。我安静地仰视着，佛的眼瞳似乎悄然转动，朝我露出微笑，这时，温柔的手指放在了我的肩头，是姐姐开始为我念经祈福。

恰逢此时，暴雨忽降，犹如瀑布从这座佛堂的上空飞流直下。扶摇盘旋的大风之声自远方呼啸而来，

月海与游梦人

顷刻席卷了这座山脉。

佛堂被青光盈满，激荡的奔雷划破天穹，令人胆战心惊。我现在能够依靠的只有姐姐了。我爬上姐姐的膝头，紧紧地抱在她的胸前。姐姐没有抛弃我，而是把温暖的手臂环在我的背后。我的心神终于缓和下来，周围的事物不再模糊不清，耳鸣也逐渐消失。惊耳骇目的风雨声之中，吟唱陀罗尼的圣僧之声显得清朗悦耳。这副骇人的光景令人不安，我不愿再待在这里。如果死掉就好了。我的双手紧紧抓着姐姐的肩膀，把脸抵在她的胸间。姐姐解开了和服衣领，把我的头拥入乳房之下，两袖交叠蒙在我的后背上。佛便是这么抱住孩子的吧，我欣喜地想道。我恢复了冷静，顿觉心地澄明，胸中只有安详平静。不久，唱经声落，雷声亦已远逝。始终紧紧抱住我的姐姐终于松开了胳膊，我偷偷从她怀里探出头，战战兢兢地抬头望她。她的美丽丝毫未减，但却大为憔悴。堂外依旧风狂雨骤，看不清外面的景象，只好留在寺中静待雨停。大雨下了一整夜，我们终究是没能回家，姐姐便彻夜为我祈祷。据说经过一夜的风雨，第二日拂晓时，有个樵夫发现，车山中那座俗称"九回声"的山谷已经化作了千尺深潭。

　　无论是乡野村夫，还是小镇居民，纷纷前去观望。过了些时日，我也与姐姐一同来了。那日，天朗气清，湛蓝的水天浑如一色。徐徐轻风吹动微澜，碧青的水面上纤尘不染，没有一片浮叶，唯有白鸟展翅横飞。

　　这场骇人的暴风雨将山谷变成了药碾的形状。

　　数不尽的松柏被连根拔起，滚落谷底，再加上山腰的泥土崩落蓄积，形成了一道天然的堤坝，堰塞了流淌在山谷中的河川，使得大量的河水积作深潭。人们害怕这道堤坝一旦溃决，城下的小镇就会化作水底之都，故而丝毫不敢懈怠，他们背上满筐的土石加固堤坝。此事发生在关屋少将的夫人——也就是我姐姐十七岁那年。流年飞逝，当时的嫩苗今已长成参天的常绿树。如今，这条堤坝上青草芊芊，苔藓遍布，让人恍惚觉得，这潭水仿佛很久以前便已存在。

　　"喂，别往潭中扔石头。不要惊扰那位美人的梦。"

　　面容清隽的年轻海军少尉候补生制止了血气方刚的友人的恶作剧。在薄暮的余晖之下，他伫立在暗碧色的潭水边，肃然不语。

梦十夜

夏目漱石

第一夜

我做了这样一个梦。

我抱着双臂坐在枕畔,仰面躺着的女子轻声地说,我将要死去了。女子的长发披散在枕上,中间是那张轮廓柔和的瓜子脸。白皙的面颊泛着温和的血色,朱唇微启,怎么看也不像是将死之人的面相。然而女子用平静的声音决然地说,我将要死去了。她自己确信死亡即将到来。这样啊,你将要死了吗?我俯身凝望着她,这样问道。就要死去了,她边说着,边睁开了眼睛。那双又大又水灵的眼睛被长睫毛围在中间,显得那般漆黑。黑眼眸的深处,鲜明地浮现出我的模样。

我端详起这双清澈见底的乌黑眼眸上流转的光泽，心想，即便如此也会死吗？于是，我殷勤地贴近枕旁，反复问道，不会死的吧？一定不会有事的吧？女子那双黑眸仿佛昏然欲睡，她依旧轻声地说，可是，死是无可奈何的事。

那么，你能看见我的脸吗？我急切地问道。看不看得见呢？喏，不正映在这里吗？她嫣然一笑，给我看她的眼睛。我不再说话，脸离远枕畔，又抱起了双臂。我想，看来她无论如何也要死了。

须臾过后，女子又这么说道：

"待我死后，请将我埋葬。用硕大的珍珠贝挖掘墓穴。然后，请你将自天空落下的星星残片当作墓标。之后就在墓旁等候吧，因为我会来与你重逢。"

何时才能重逢？我问道。

"太阳升起，然后又落下。然后又是一轮日升日落。——赤红的太阳东升西落，复又东升西落之间——你，愿意等待我吗？"

我沉默地点点头。女子平静的声调变得高扬，她决绝地说：

"请等待一百年。"

"百年……请坐在我的墓旁等候。我定会来与你重逢。"

我只回答说，我等。忽而，那双黑眸中鲜明映出的我的模样分崩离析了。我想，这就仿佛惊动一潭幽水，缭乱了水中的倒影，流淌出她的眼睛。女子阖上了双眼，长长的睫毛间有泪珠垂落脸颊。——她已然死去了。

我走下庭院，开始用珍珠贝挖起洞穴。硕大平滑的珍珠贝边缘很锐利。每当我用它舀土时，贝壳里的月光便会熠熠生辉。我嗅到了泥土的湿润气息。墓穴没多久便挖好了。我把女子放入其中，然后轻轻地盖上一层柔软的沙土。每次倒土时，月光仍会照进贝壳。

那之后，我拾起落在大地上的星星残片，轻轻将它放置在墓土上。星星残片是圆形的。我想，大概是在自长空坠落的漫长时间中磨平了棱角。我抱起它安放在土上的时候，感觉自己的胸膛和手掌微微温暖了起来。

我坐在了青苔上。从今以后的百年间便这么等待吧，我边如是想，边在胸前抱起双臂，眺望着那枚浑圆的墓石。其间，如女子所说的那般，太阳从东方升起。那是一轮巨大的红日。又如女子所说的那般，不久便向西方落下。红日犹盛却转瞬即逝。我计起次数来，这是第一回。

不久，深红的日轮再度缓缓升起，然后又默然沉入地平线。第二回，我想。

我就这么"第一回、第二回"地数下去，自己也不知究竟见过多少轮红日。我一直数、一直算，看那数不尽的红日在我头顶越过。即使如此，百年依然未至。我眺望着长满青苔的圆石，不禁想道：或许我被那女子骗了。

这时候，石头下斜生出一枝青茎，不断向我伸展而来，一眨眼工夫就爬上了我的胸部。在这枝摇晃的青茎的顶端，有一串微微倾斜的细长花蕾，绽开出饱满的花朵。这花儿的芬芳好比触及鼻尖的洁白百合般沁人心脾。迢遥上空"啪嗒"落下一滴露珠，使得花儿承受不住自身的重量，颤颤悠悠摇曳起来。我伸出脑袋去亲吻冷露滴流的白色花瓣。当我把脸离开百合花的时候，不经意间望向悠远的天空，唯见一颗晨星在闪烁。

直至此时，我才终于意识到：

"百年已逝。"

第二夜

我做了这样一个梦。

我从僧寮退了出来，沿着走廊回到自己的卧室，屋中行灯的火光影影绰绰。我单膝跪坐在褥垫上，挑弄着灯芯，啪嗒一声，一颗灯花落在了朱漆灯台上。屋中登时亮堂起来。

隔扇[1]上的画是芜村[2]的手笔，画中是浓淡有致、远近不一的墨柳，畏寒的渔夫斜戴着斗笠走过河堤。壁龛[3]中悬着一幅"渡海文殊"的挂轴。尚未燃尽的线香还在暗处散溢着香味。寺院宽广而更显清幽，杳无人迹。行灯的圆影倒映在漆黑的天花板上，仰头望去，影子仿佛是活着的。

1　原文"襖"，和式房间中起到间隔作用的活动拉门。一般边框为竹制，内外由纸或布料糊成。（编者注）

2　与谢芜村（1716—1783），别号夜半亭，画号谢寅，江户中期的俳人、画家。

3　和式客厅中正面上座背后高于地面的场所，一般用于张挂画作、摆放陈设、装饰花卉等。

我就这么支着膝，左手掀开褥垫，向右边摸索一番，果不其然，那东西好好地在这儿呢。只要东西还在，我也就放心了。于是我把褥垫放回原位，安安稳稳地坐在上面。

　　你是武士，和尚说道。既然身为武士，如何能不悟呢？他说。看你这副模样，不知道要执迷不悟到什么时候，根本不配当武士。你是个废物，哈哈——你生气了，和尚笑着说。你若是觉得受辱，就把开悟的证据拿来吧！说罢，他冷淡地别过脸去。真是岂有此理。

　　直至隔壁厅堂壁龛中的座钟在下一个整点报时之前，我一定开悟给他看。等我开悟之后，今夜便要回到那僧寮。开悟便可换和尚项上人头，不悟则不能取和尚性命。无论如何也要开悟。我是武士。

　　倘若不悟，我就自行了断。武士蒙受羞辱，断无苟活于世的道理，务必要死得干净利落。

　　想到此处，我不知不觉把手又伸进褥子里，然后摸出了一把朱鞘短刀。我握紧刀柄，取下朱红色的刀鞘，昏暗的屋内乍现一道寒光。我感到有什么不得了的东西正从手边嗖嗖溜走，继而聚集在刀尖，将杀气凝结于一点。我看见锋利的刀刃不无可惜地缩小如针头，九寸五分的刀身变得越来越尖细。我突然想挥刀猛扎些什么。全身的血液都流向了右手手腕，刀柄的握感也变得黏着不堪。我的嘴唇在发颤。

我将短刀收入鞘中，佩戴在身体右侧，然后盘腿而坐。——赵州曰无[1]。何谓无？我咬牙切齿，骂了声"死贼秃"。

我看见挂轴，看见行灯，看见榻榻米，清楚地看见和尚的秃头，听见他张开大嘴发出的嘲笑声，这直娘的秃驴。我非得割下那颗秃驴脑袋不可。我偏要悟给你看。我用舌根诵念着，无，无……嘴上念着"无"却还是闻到了线香味。这线香怎么回事？

我攥紧拳头猛砸自己的脑袋，恨得后槽牙咬得咯吱乱响，两腋直冒冷汗，脊梁僵硬得像根木棒，膝盖突然痛了起来。就算是骨折又有甚要紧的，我想道，但是好疼、好痛苦。我怎么也参不透"无"，刚觉得要开悟就疼痛难忍。我愤怒。我懊恼。我感到无比悔

1　见《从容录》第十八则：……又有僧问，"狗子还有佛性也无？"州曰，"无。"僧云，"一切众生皆有佛性，狗子为什么却无？"州云，"为伊有业识在。"

恨。眼泪潜然而下。我真想把自个儿摔在巨岩上，摔他个粉身碎骨。

我仍在极力克制，一动也不动。难以抑制的痛苦在胸中翻腾，我唯有忍受。这痛苦从下方而来，托起我浑身的每一寸肌肤，焦急地想要从毛孔向外迸发，但残酷至极的现状是所有地方都水泄不通，根本没有出口。

没多久，我的神志变得不清醒。行灯、芜村的画、榻榻米、高低参差的橱架都变得若有若无。然而，"无"从未在我眼前出现。我只是勉强坐在那里，可就在此时，隔壁厅堂的时钟忽然"叮——"的一声鸣响起来。

我吃了一惊。右手迅速按在短刀上。时钟"叮——"的一声敲了第二下。

第三夜

我做了这样一个梦。

我背着六岁的孩子。的确是我的孩子。不可思议的是，他不知何时瞎掉了眼睛，变成了青坊主[1]。我问他眼睛是何时瞎的，他答说，嘻，老早就瞎了。虽然声音是孩童，措辞却俨然一个大人，而且仿佛在跟平辈说话。

左右两旁是青翠的稻田。路极细狭。鹭鸶的影子不时在黑暗中掠过。

"飞回田里去了。"他在我的背后说道。

"你怎么知道？"我扭头问他。

"不是正在那里鸣叫着吗？"他答道。

这时，鹭鸶果然发出了两声啼鸣。

虽说是我的孩子，可我心里多少有点害怕。背着这么个家伙，谁知道往后会怎样。有没有什么地方能把他丢掉呢？只见前方的黑暗中有一片大森林。我正寻思，如果在那里的话……倏地，背后传来了声音：

"哼哼。"

"你笑什么？"

孩子没有回应我，只是问道：

"父亲，沉吗？"

---

1 出自鸟山石燕的《画图百鬼夜行》的妖怪，形象为伫立在草庵旁的独眼和尚。

"不沉。"我答道。

"就要变沉喽。"他说道。

我沉默着朝森林走去。田中的小路蜿蜒曲折，极不规则，全然无法预料路将通往何处。不久后，路岔为两条。我站在岔道口稍事休息。

"这里应该立着一块石头才对呀。"小孩说道。

确实立有一块宽八寸、高齐腰的石头。石上写着，往左是日洼，往右是堀田原。鲜红的字迹在黑暗中也清晰可见，红得像蝾螈的肚皮。

"往左边！"小孩命令道。向左望去，森林的黑影正从高空投下，荫蔽着我们的头顶。我感到几分踌躇。

"用不着多虑。"小孩又说道。我只好朝森林方向走去。我心底暗自揣摩：一个瞎子怎么什么都知道呢？沿路走近森林之时，他在我背上说：

"眼睛瞎了真是行动不便，没法自个儿走。"

"所以我才背你嘛。这还不好吗？"

"谢谢你背我，但我不想被人蔑视，哪怕是亲生父母也不行。"

我莫名感到厌烦，脚步变得急促，只想赶紧到森林把他遗弃掉。

"再往前走走你就明白了。——恰好也是这样一个夜晚。"他在我背后自言自语般说着。

"明白什么？"我迫切地张口问道。

"什么？你不是心知肚明吗？"孩子嘲笑般说道。听他这么一说，我似乎确实知道些什么，却无法鲜明地回忆起来。只想起，也是这样一个夜晚。我想，再往前走一点或许就会明白了。可一旦回想起来就糟了，还是趁未想起时早早丢掉他，免得一直惶恐不安。我走得越来越快。

方才下起雨来了。路愈来愈黑。我仿佛身临梦中。唯有紧贴在我背后的这个幼小孩童，他知悉我的过去、现在与未来，有如一面洞悉一切事实的镜子般闪烁发光。而且他是我的孩子，还是个瞎子。我实在无法忍受了。

"这里！这里！就在那棵杉树下。"

小孩的声音在雨中仍清晰可闻。我不由得停下脚步。不知不觉间，我们已经走入了森林。大约一间之外的地方有一团黑影，确如小孩所说，那是一棵杉树。

"父亲，就在那棵杉树下噢。"

"嗯，是啊。"我不假思索回答说。

"文化五年（1808）。好像是辰年？"

没错，文化五年确实是辰年。

"距你杀死我的那晚，正好过去了一百年哪。"

我听到这句话时忽然想起，一百年前的文化五年正是辰年，也是这样一个黑夜，我在那棵杉树下杀害了一个瞎子。当我意识到自己是杀人犯的时候，背上的孩子霎时间变得像地藏菩萨的石像一样沉。

第四夜

宽敞的泥地屋中央横着一条长凳，周围摆放着几只小马扎。长凳黑得发亮。角落里有一张四方桌，老爷爷正在独自饮酒，吃的像是焖菜。

酒过三巡，老爷爷喝红了脸。他面容光润，找不到一丝皱纹，只能从那把大白胡子上看出他是个老人。我虽然是个孩子，却琢磨起老爷爷有多大岁数。这时，在屋后的竹筐用提桶打水归来的老板娘在围裙上擦了擦手，问道：

"老爷爷多大岁数了呀？"老爷爷咽下一大口焖菜，若无其事地说：

"早就把自己的岁数给忘啦。"老板娘把擦干净的双手插在缠腰的细带间，站在一旁盯着老爷爷的脸。老爷爷端起茶碗大的酒碟咕嘟咕嘟灌酒，然后从白髯间长长呼出一口气。老板娘又问：

"老爷爷，您家在哪儿呀？"老爷爷打住吁了半截的气息，说：

"在肚脐眼里呢。"老板娘的手依然插在细带间，又问道：

"您到哪儿去？"正说着，老爷爷又端起茶碗大的酒碟猛灌热酒，像刚才那样长吁一口气，说道：

"去那儿。"

"从这儿直走吗？"在老板娘发问的时候，老爷爷吐出的气穿过了障子门，在柳枝下飘逸而过，径直朝河滩的方向飘去。

老爷爷走出屋子。我跟在他身后。老爷爷腰间奔拉着一个酒葫芦，肩上背着的四方箱子吊在腋下。他套着条浅黄色细筒裤，穿着件浅黄色坎肩，只有短布袜是黄色的，像是用什么动物的皮制成的。

老爷爷直接走到柳树下。树下有三四个孩子。老爷爷笑呵呵地从腰间抽出浅黄色的手巾，搓成细长捻儿，放在地上，然后在手巾周围画了个大大的圆圈。末了，他从背着的箱中拿出一支吹糖人儿的小贩常用的黄铜笛子。

"这条手巾马上要变成蛇了，看好喽，看好喽。"

孩子们屏息凝神地盯着手巾。我也在看着。

"看好喽，看好喽，准备好了吗？"老爷爷边说边吹起笛子，沿着圆线轱辘辘地转起圈来。我目不转睛地看着手巾，但它纹丝不动。

老爷爷吹出嘀哩嘀哩的笛声，循环往复地在圆上转圈。他趿拉着草鞋，踮起脚尖，生怕踩到手巾似的蹑手蹑脚地转着圈。看上去既十分可怕，却也饶有趣味。

不一会儿，老爷爷忽然止住笛声，打开肩上背着的箱子，轻轻捏住手巾头，倏地一下扔进了箱中。

"这样一来，箱中的手巾就变成蛇了。现在就给你们瞧！现在就给你们瞧！"说着，老爷爷迈出步子，走过柳树，径直下到一条小路上。我因为想看蛇，也寸步不离地跟着他身后。老爷爷一会儿吆着"立刻就变”，一会儿喝着“纸变作蛇”，最后竟唱了起来：

> 立刻变，纸作蛇，
> 一定变，笛作声。

唱着唱着，他已经来到河岸。附近既无渡桥，也无舟楫，我以为他要在这儿休息，给我们看箱中的蛇。老爷爷蹚进河中，激起一片哗啦哗啦的水声，一开始水只有及膝深，后来渐渐漫过腰，浸没胸膛。即便如此，老爷爷仍在唱着歌：

> 水深了，夜沉了，
> 一直朝前走呀。

他一直朝前走，胡须、脸颊、脑袋以及头巾都慢慢看不见了。

我想，等到老爷爷登上对岸，就会给我看蛇。我伫立在芦苇曳响的地方，就这么一个人始终等着。可是老爷爷终归没有上岸来。

第五夜

我做了这样一个梦。

那是很久以前的事了，似乎是近于神代的古昔。我率军征伐却因时运不济而败北，遭生擒后被押解至敌军大将面前。

彼时的人都很高大，而且还蓄留长须，腰间束有革带，上面挂着状如木棒的长剑。弓由粗藤蔓制成，既没有涂漆，也没有打磨抛光，看上去极其简朴。

敌将右手握住弓身，弓的一端插在草上。他坐在一个有如倒置的酒瓮般的东西上。我看向他的脸，左右两条浓眉在鼻子上方连成一字。那时自然没有剃刀之类的玩意。

作为俘虏的我当然没有座位，只得盘腿坐在草上。我穿着一双宽大的草靴，这个时代的草靴都是高帮的，站着的时候，能高及膝头。鞋沿还留了一串稻草作装饰，流苏似的垂下，走起路来窸窣摇晃。

大将透过篝火的火光看着我的脸，问道：死还是生？这是那时的习惯，对任何俘虏都要先这样问上一遭。说生，便意味着投降；答死，则表示绝不屈服。

我只答了一个"死"字。大将把插在草上的弓扔向对面，从腰间"锵啷啷"拔出状如大棒的剑。篝火随风靡倒，横吹的火星洒在剑上。我将右手张开呈枫叶状，掌心朝向大将，把手举得高过双目。这是表示"等一等"的手势。大将"锃"的一声把长剑收入鞘中。

即便在那时，爱情也是存在的。我说希望在死前再看心上人一眼。大将同意等到夜尽天明，雄鸡初啼。我必须在鸡鸣前把女子唤来此地。若鸡鸣时她没有赶到，我将抱恨而亡。

大将依旧岿然不动，只是眺望着篝火。我把那两只宽大的草靴搭在一起，坐在草上等待着女子。夜色愈来愈深了。

篝火时而发出火星进溅的灼烧声。篝火每进溅一回，渐熄的火焰就狼狈不堪地朝大将的方向倾斜一分。在那条黝黑的眉毛下，大将的双眼显得炯炯有神。于是有人来将许多新树枝抛进火中。不久，篝火噼啪作响，那凛凛之声仿佛能够驱散黑暗。

这时，女子牵出了系在后面那棵楢树下的白马，三度抚摸其鬃毛，纵身跨上了高高的马背。这是一匹未佩鞍蹬的裸马。女子用她纤长雪白的腿一踢马腹，马儿便一溜烟地跑起来。因这时有人仍在往篝火里添薪，于是女子望见远处天际透着微亮。马儿在黑暗中疾驰，朝着那片微明飞奔而来，累得马鼻喷出两股火柱般的热气。即便如此，女子仍频繁用纤足猛踢马腹。飞驰的马蹄声在天地间回荡。女子的头发仿若风幡，在黑暗中摇曳飘扬。然而，她到底没能抵达那堆篝火。

漆黑的道旁乍传来"喔喔"鸡鸣。女子向后仰起身子，两手使劲握紧缰绳。马儿的前蹄咣当一声砸在坚硬的岩石上。

又响起一声"喔喔"鸡鸣。

啊，女子不由呢喃道。勒紧的缰绳松了下来。快马顿时失蹄，连人带马一起向前栽倒。岩崖下是无底深渊。

马蹄印至今仍残留在岩石上。模仿鸡鸣的是天探女[1]。只要蹄印还刻在岩石上，天探女就是我的凤敌。

---

1 天探女，出自记纪神话的女神，后经民间故事演变为"天邪鬼"，形象为被四天王和金刚力士踩在脚下的恶鬼。该词在日语中亦代指专与人唱反调的乖僻者。

第六夜

坊间风传运庆[1]正在护国寺的山门雕刻仁王像，我便打算散步途中去看一看。那里早已聚集起人群，七嘴八舌地大发议论。

山门前五六间远的地方有一棵巨大的赤松。倾斜的树干遮掩住了山门脊瓦，伸向遥远的青空。翠绿的松树与朱漆的山门交相辉映，甚是美观。且松树的位置极好，丝毫未曾遮蔽左侧的山门，而是旁逸斜出，在屋脊之上长成巨大的树冠，看上去古意盎然，令人忆起镰仓时代。

不过观者和我一样都是明治时期的人。其中大多是人力车夫，想必是在路旁候客无聊，才在这里扎堆。

"真是个大家伙哪。"有人说。

"这可比雕刻人像更费工夫。"还有人说。

这当儿，有个男人说："哎，原来是仁王啊。现今还有人雕刻仁王？这样呀，我一直以为仁王都是古

1　运庆（？—1223），镰仓时代早期的佛像雕刻师，庆派佛像的代表人物，作品有圆成寺的大日如来像等。

时留下的。"

"看起来很强啊。嘻，不都这么说嘛？过去的人个个是好汉，但没人能比仁王还强。仁王比日本武尊[1]还厉害哩。"有个男人搭话道。他把衣摆掖进裤带，没戴帽子，一看便是个目不识丁的粗人。

运庆对看客的评判丝毫不以为意，一心挥动凿子和槌子。他一次也不曾回头，在高处笃定地雕琢着仁王的面部。

运庆戴着一顶小小的乌帽子似的帽子，穿的不知是素袍还是什么别的衣裳，宽大袖子扎系在背后，那身装束颇有古风，与叽喳吵嚷的人群显得格格不入。我暗想，运庆怎么会活到现在？我一边寻思着世间竟有如此不可思议的事情，一边伫立原地眺望着。

然而，运庆仿佛一点也不觉得自己有什么古怪之处，只是全神贯注地雕刻着佛像。一个年轻的男子抬头望到运庆这种态度，转脸对我称赞道：

"不愧是运庆，眼中根本没有我们。那态度仿佛在说，'天下英雄，唯仁王与庆耳'。真令人敬佩。"

---

1 即倭建命，日本古代大和王权建立时期的传说人物，奉天皇之命征讨九州熊袭、东国虾夷。

我觉得这番话很有趣。当我看向年轻人的时候，他不失时机地说道：

"请看那凿子和槌子的挥法，简直已臻于大自在的妙境。"

运庆正在横向雕凿出仁王那足有一寸粗的眉毛，纵向挥下的凿子方一拉起，槌子随即斜向捶打下来。坚硬的木料被一点一点刨削，厚实的木料应槌声而飞散，只见仁王鼻翼翕张，怒气倏忽间在鼻侧浮现。运庆的刀法看上去随性恣意，不带片刻的迟疑。

"他那般漫不经心地挥舞凿子，却能随心所欲地雕凿出眉毛与鼻子的形状。"我心中深为感佩，不禁喃喃自语道。那个年轻人听罢说道：

"什么嘛，那可不是用凿子雕刻出来的。他只是借由凿子和槌子的力量把埋藏在树木之中的眉毛与鼻子挖掘出来而已。这与从土中掘出石头毫无区别。"

此时，我豁然大悟，所谓雕刻，原来是这么回事。果真如此的话，岂不是谁人都能够胜任吗？我忽然想试试亲手雕刻仁王像，便不再驻足观看，匆忙回到家中。

我从工具箱中拿出凿子和铁槌，来到后院，前几日暴风雨吹倒的栎树已经被木工锯成长短合适的柴禾，堆成小山那么高。

我从中挑选了一根最大的木料，充满干劲地开始雕刻起来，但不幸的是，我没有找到仁王。我换了根木头，依然运势不佳，没有掘出仁王。第三根木头里也没有仁王。我把堆积的木柴凿了个遍，哪根木头里也没藏着仁王。我这才领悟，明治年间的树木根本没有埋藏着仁王。于是，我终于有些明白，运庆一直活到今日的理由。

第七夜

我似乎是乘在一艘大船上。

这艘船不分昼夜地倾吐黑烟，在海上破浪前行，发出骇人的响声，但我不知道它驶向何方。只见太阳犹如烧红的火箸般从浪底升起，一直攀爬到高耸的桅杆顶端，还未在上面挂多久，不知何时已赶过大船，向前渐行渐远，最终又如烧红的火箸般无声沉入浪底。每逢此时，碧波苍茫的远方就会翻滚起苏木的暗红色。大船发出骇人的巨响，循落日的轨迹追去，但无论如何也追赶不及。

有一回，我逮住一个船员问道：

"这艘船是向西行驶吗？"

船员露出诧异的神情，盯了我好一会儿才反问道：

"为什么这么问？"

"船像是在追赶落日一样。"

船员放声大笑，然后朝对面走去。

"西行之日，尽头为东，是真的吗？东出之日，故里为西，也是真的吗？身在水上，枕橹而眠。漂泊吧，漂泊吧。"有人打着拍子唱道。我走到船头一看，众水手正在一齐拽拉粗重的帆绳。

我感到一阵局促不安。不知何时能够登上陆地，也不知这艘船究竟驶向何方。我只知道船正倾吐黑烟、破浪前行。波涛万顷，眼中那无边无际的苍蓝，不时也会泛出紫色。船身周遭无时无刻不是白沫翻腾。我打从心底感到不安。与其待在这艘船上，不如投身碧波一死了之。

船上有很多乘客，大抵是外国人，但相貌迥然有异。天空阴霾，船身摇晃起来，一个女子独自倚凭栏杆，不住地抽泣。她抹眼泪的手帕有些发白，但她身穿的是印花布洋服。看到这个女子的时候，我才意识到悲伤的不独是我一人。

某天夜里，我登上甲板，独自眺望星空。有一个外国人走来，问我是否懂得天文学。我百无聊赖得想要寻死，哪儿还有必要知道天文学？我默不作答。接着，外国人为我讲起了位于金牛宫顶端的七姊妹星，说星辰和大海都是神的造物。最后他问我是否信神，我只是沉默地望着夜空。

有次我参加沙龙，一位衣着华丽的年轻女子正在弹奏钢琴。她背对着我这边，身旁站着一个高大英俊的男子，随琴声引吭高歌。我看见他的嘴巴张得老大，但他俩沉浸在二人世界之中，对身外之事毫不在意，仿佛连置身船中一事也已经忘却了。

我越发感到空虚无聊，终于下定决心求死。于是在某个夜晚，待到四下无人的时候，我毅然跳向大海。但是——在我的脚刚刚离开甲板、与船告别的一刹那，我骤然惜起了命来。我由衷地后悔，要是及时收手就好了。但是，已经太晚了。无论我情愿与否，都不得不坠入大海了。那艘船看上去异常庞大，我的身体虽已离开船只,双脚却抗拒接触水面。但是我没有东西可攀附,只能逐渐落向水面。哪怕我再怎么蜷缩起双腿也无济于事。水色是漆黑的。

这时,船一如既往倾吐着黑烟,驶远了。我幡然醒悟,果然还是应该乘着那艘不知去往何方的船。然而为时已晚,我只能抱着无限的后悔和恐惧,静静落入漆黑的波浪之中。

第八夜

我一跨过理发铺的门槛,三四个身穿白色和服的人就齐刷刷对我说:"欢迎光临!"

我站在屋内扫视四周,房间是四方形的,两面墙上是开着的窗户,其余两面墙上挂着镜子,数了数,一共有六面镜子。

我在一面镜子前坐下。一落座就听见屁股陷进去的声音。这是一张坐起来相当舒适的椅子。我的脸清楚地映在镜子上。脸后面是窗子,斜对角能看到账台的格栅,账台后没人。窗外有行人过往,只能看到腰以上的部分。

庄太郎带着一个女人从窗外走过。庄太郎不知何时买了顶巴拿马帽子来戴。那女郎又是何时搞到手的呢，真令人费解。两人露出得意扬扬的神情。我还想再多看看女人的脸，可他们已经走了。

卖豆腐的吹着喇叭走过。喇叭紧紧贴着嘴巴，他的脸蛋像是被蜜蜂蛰过似的肿胀得厉害。他就这么鼓着脸走远，实在叫人惦念，那样子仿佛一辈子净被蜜蜂蛰了。

接着出现的是一位艺妓。她没有抹粉施脂，岛田髻也已松散，没精打采的。她满脸惺忪昏沉，气色差得惹人生怜。她正向人低头行礼，似在说"承蒙关照"之类的寒暄，但是对方的身影始终没有映入镜中。

这时，身穿白和服的高大男子来到我身后，手持剪刀和梳子打量起我的头顶。我捻了捻稀疏的胡须，问道，如何？能剪得漂亮些吗？白衣男子一言不发，用琥珀色的梳子轻轻敲着我的脑袋。

"哎，您倒是说说怎么样呀？剪得成吗？"我询问白衣男子。他仍然不答话，只是咔嚓咔嚓地动起剪子来。

我为了毫厘不差地看全映在镜中的景象而睁开

月海与游梦人

眼，但当剪子一作响，黑色的头发便飞落眼前。我有点害怕，很快就把眼睛又闭上了。这时候，白衣男子对我说：

"您看见那个在店外卖金鱼的人了吗？"

我说没看见。白衣男子飞快地操弄起剪子来。突然，他大喊了一声，危险！我猛地张开双眼，在白衣男子的袖底看见了自行车的车轮。又看见了人力车的车辕。白衣男子立刻用双手把我的脑袋扭向了侧面。自行车和人力车都看不见了，只有剪刀的咔嚓声还在响着。

不久，白衣男子转向我的侧面，开始修剪耳鬓。因为头发不会再往前飞落，我安心地睁开了眼睛。忽然传来了一阵吆喝声，卖粟米年糕嘞！年糕嘞！年糕嘞！只听得有人刻意用小小的杵击打舂臼，打着拍子捣年糕。我只在小时候见过卖年糕的，所以很想多看两眼，但是卖年糕的怎么也不到镜子里来。只有捣年糕的声音分明可闻。

我尽目力之所及，用力窥探着镜子一角，方才的账台格栅后不知何时起坐着一个女子。她身材高大，浓眉呈浅黑色，头发梳成银杏卷，穿着件带衬领的黑缎夹衣，支起一条腿坐着算账。那是一沓十元面值的钞票。女子垂下长长的睫毛，抿着薄唇，专心地数着钞票。她数得很快，但那沓钞票好像数不完似的。放在膝头的钞票顶多只有一百张。一百张无论数多少遍仍旧是一百张。

我茫然地注视着女子的脸和十元钞票。这时白衣男子在我耳边大声说，该洗头了。趁此良机，我从椅子上站起来，立刻回头看向账台。但那账台的格栅后面既没有女子，也没有钞票。

我结完账走出店门，门口的左边并排放着五个椭圆形的桶，里面养着许多金鱼，有红金鱼、斑点金鱼、瘦金鱼以及胖金鱼。卖金鱼的人就在桶后，出神地凝视着排列在眼前的金鱼。他托着腮，一动也不动，完全不在意往来熙攘的人们。我站在那儿望了他半天。可在我望着他的时候，这卖金鱼的一动也没有动过。

第九夜

世间不知怎的骚乱了起来。眼看着战事将起。世道好比被大火烧得无家可归的裸马，没日没夜地在武士家宅周围狂奔，足轻[1]们也没日没夜地叫嚣着在后面追赶。尽管如此，宅子里却寂静无声。

宅中住着年轻母亲和三岁幼儿。父亲不知去了何处。父亲是在一个没有月亮的夜里离家的。他在屋内穿好草鞋，戴上黑色头巾，从厨房后门走了出去。那时，母亲提着一盏雪洞灯[2]，细长的灯光射进昏黑的暗暝，照亮了篱笆前的古柏。

父亲自那以后再也没有回来。母亲每天都会问三岁的孩子："爸爸在哪儿？"孩子什么也不说。过一会儿才答道："那儿。"母亲问："爸爸什么时候回家？"孩子仍然笑着回答："那儿。"这时母亲也被逗笑了。然后，她反复地教孩子说："马上就回来了。"但是孩子只记住了"马上"二字。有时母亲问起"爸爸在哪儿"，孩子竟脱口而出："马上。"

每到入夜以后，四邻静寂，母亲就把腰带重新束好，在腰间别上一把鲛鞘短刀，用细带将孩子绑在背上，悄悄地走出家门。母亲平日里总穿草鞋。孩子听着草鞋的步履声，在母亲的背上睡熟了。

1　指日本中世出现的步兵兵种，江户时代指地位最低的武士。（编者注）
2　一种纸糊的小行灯，有提柄也有灯座，多用于茶道。（编者注）

从土墙连亘的武士町向西下行，走下徐缓的坡道，路尽头有一株巨大的银杏。从银杏所在之处向右行，约一町远的地方有一座石鸟居。她沿着一侧是田圃、一侧是山白竹的小径走到了鸟居，穿过鸟居是一片阴暗的杉树林。然后再走约三十间远的石板路，便来到了古老拜殿的台阶下。被洗褪成鼠灰色的赛钱箱上，垂下一个粗绳系着的大铃铛，若是白昼来看，还能看见铃铛旁悬挂着的写有"八幡宫"的匾额。"八"的字迹犹如两只相向而飞的鸽子，颇有意趣。此外还有各式各样的匾额，大多是家臣射中的金靶，上面还写有夺魁者的姓名。偶然也有人会献奉太刀。

　　穿过鸟居之时，杉树梢头的猫头鹰便啼叫起来。继而是草鞋发出的啪嗒声。脚步声在拜殿前止住，母亲摇响大铃铛，随即蹲下拍手。大抵在此时，猫头鹰忽然不再鸣叫。母亲专心致志地为丈夫祈求平安。母亲坚信，既然丈夫是武士，那么在供奉弓矢之神的八幡宫虔心祈愿，就应该没有不灵验的道理。

　　铃音大作，孩子经常被吵醒，瞧见四周一片漆黑，急得在母亲背上哭泣起来。每逢这种时候，母亲一边仍念念有词地祈祷着，一边摇晃着身子哄孩子。有时能够顺利止住啼哭，有时却会愈哭愈凶，但无论如何，母亲都不会轻易在祈祷完毕前站起身。

母亲为丈夫祈祷结束后，便会将细带解开，把孩子从背后放至胸前，两手抱着孩子走上拜殿，她一定会用自己的脸摩挲着孩子的脸颊，说道："乖孩子，等妈妈一会儿。"于是母亲抻长细带，一端系在孩子身上，一端绑在拜殿的阑干上。然后她走下台阶，在二十间的石板路上往返参拜百回。

系在拜殿的孩子在漆黑的宽大檐廊上爬来爬去，但他最远只能爬到细带所能伸展的长度。这样的夜晚对于母亲而言是非常轻松的，但要是被捆着的孩子号啕大哭，母亲就会心急如焚，喘着粗气，百回参拜的脚步也变得急匆匆。万不得已之时，她只得中途返回拜殿，想尽办法哄好孩子后，再继续百回参拜。

令母亲无数夜晚不寐、日夜牵挂担忧的父亲，其实早就被浪人杀害了。

这个悲伤的故事，是母亲在梦中讲给我的。

第十夜

阿健告诉我，庄太郎在被女人诱走的第七天夜里，摇摇晃晃地回到家，随即发起高烧，卧床不起。

庄太郎是镇上一等一的好儿郎，为人极其善良正直。他只有一个嗜好，就是待黄昏降临时，戴上那顶巴拿马帽子，坐在水果店前，眺望往来女子的脸，时时啧声赞叹。除此之外，庄太郎别无特殊之处。

没有女人路过的时候，庄太郎便不再观望街道，而是盯着水果看。水蜜桃、苹果、枇杷、香蕉，各色水果绮丽地装在篮子中，排成两列，供人方便买去当礼品。庄太郎经常看着果篮说，真漂亮。他还常说，倘若开店，一定开个水果店。不过说归说，他终日只是顶着巴拿马帽子四处闲逛。

这色泽真好看，他曾经这么品评夏季的蜜柑，但是他从未掏钱买过水果。当然，他也不白吃，只是一味赞赏水果的颜色罢了。

某天黄昏，一个女子偶然在店头驻足。她穿着华美的衣裳，看上去像是个有身份的人。庄太郎格外中意女子和服的颜色，更痴迷女子的容颜。于是，他摘下那顶巴拿马帽子，向女子亲切问候，女子指着最大的果篮说，请给我这一篮。庄太郎麻利地把果篮递给她。女子试着提了提，便说太重了。

庄太郎本就是个闲散汉，为人又颇直爽，便说，那让我替你拎回家吧。他和女子一同走出水果店，之后便不知所踪。

就算漫不经心如庄太郎者，如此也未免过了头。有人说此事非同寻常。正当亲朋好友乱作一团的时候，庄太郎却在第七日的晚上跟跟跄跄地回了家。于是，众人忙凑到他跟前，问他究竟上哪儿去了。庄太郎只答自己乘电车去了山上。

想必是一段长长的车程。据庄太郎所说，他下了电车，发现自己来到了一片原野。那是一片广漠无边的原野，环视四周，无处不是青草凄凄。他与女子一起走在草地上，忽然就来到山顶的悬崖边。这时，女子对庄太郎说：

"请您从这里跳下去看看。"

他探头下望谷底，只见峭壁却不见崖底。庄太郎脱帽再三推辞。这时，女子又问道：

"如果不跳崖的话，就要被猪舔，您可愿意？"

庄太郎平生最讨厌猪和云右卫门[1]，但他也不愿白白丢了性命，便推三阻四不肯跳。正当此时，一头猪抽着鼻子跑过来。庄太郎无计可施，只好用手里的槟榔木手杖敲打猪鼻子。猪发出"咕"的一声闷叫，骨碌地翻了个个儿，掉到悬崖底下去了。没等庄太郎歇口气，又一头猪拱着大鼻子蹭了过来。庄太郎不得已又抢起手杖，猪"咕"地叫了一声后，也四脚朝天地滚落谷底。接下来又出现了一头。这时候，庄太郎突然发觉，遥远的草原尽头正有几万头猪成群结队抽着鼻子，直奔站在悬崖上的自己而来。庄太郎打从心底感到恐惧，但是他无可奈何，只能兢兢业业地用槟榔木手杖一下一下地敲打靠近的猪的鼻头。不可思议的是，手杖一触碰到鼻子，猪立刻就骨碌碌地滚落谷底。只见四脚朝天的猪排着队向深不见底的悬崖滚落。庄太郎想到自己把这么多猪打落谷底，不由得更加惊恐。然而猪仍源源不断地涌来，猪群无休无止地抽着鼻子，那势头仿佛黑云生出了脚，肆意践踏绿茵而来。

1　云右卫门（1873—1916），本名冈本峰吉，号桃中轩。明治时代的浪曲师。

月海与游梦人

庄太郎振奋起视死如归的勇气敲打猪鼻,整整敲了七天六夜。他终于精疲力竭,手像蒟蒻般虚弱无力,最后他还是被猪舔了,倒在了悬崖上。

庄太郎的故事讲到这里,阿健说:"所以还是别总看女人为好。"我也深以为然。不过,阿健曾经说过,想要庄太郎那顶巴拿马帽子。

庄太郎已经无药可医。看来帽子要归阿健所有了。

远野物语（节选）

柳田国男

三

群山深处住着山人。栃内村和野的佐佐木嘉兵卫今年已有七十余岁。此翁年轻时曾入深山狩猎，望见远处的岩石上坐着一个美丽的女子，正在梳理乌黑的长发。女子的面色极为苍白。勇敢的男子当即开枪，那人应声而倒。男子靠近去看，女子身材颀长，而那散开的黑发竟然长过了身体。为了留下证据，男子割下一绺发丝，绾成环结，放入怀中。归家途中，男子忽觉困意催袭，便找了个荫凉处打盹。半梦半醒之际，一个身躯高大的男人走近他，从他的怀中取出那绺打结的头发后就离去了。男子顿时从梦中惊醒。那人便是山男。

月海与游梦人

七

上乡村一户农家的女儿进山拾栗子，却再也没有回来。家人以为她已经死去，就用她的枕头作替身举行了葬礼。又过了两三年，村中人来到五叶山山腰处打猎，没承想，他在巨石遮蔽的岩窟中发现了这名女子。两人惊讶地面面相觑。男子问道："你怎么会在这里？"女子答曰："我进山后被可怕的人掳至此地，每每想要脱逃，却毫无可乘之隙。"又问："是个什么样的人？"说："看上去与常人无异，只是身材魁梧，目光凌厉。我给他生下了几个孩子，他却说孩子长相不像他，绝不是他的孩子。孩子都被他带到不知什么地方去了，可能都被他吃掉或者杀掉了。"又追问道："他真的是如你我一样的人类吗？"说："衣着服饰与世人相同，只是眼瞳颜色稍有不同。每逢集市的间歇，他都会和四五个同类聚会一两次，也不知那些人谈完事情都去了何处。食物都是从外界带来，看来他们也会到镇上去。我们谈了太久，恐怕他就快要回来了。"猎人深感恐惧，就赶紧回去了。想来已是近二十年前的事了。

三十二

千晚岳中有一处沼泽。这座山谷中飘荡着难忍的腥臭。进入此山者大多有去无回。昔日有个名叫隼人的猎人，其子孙至今尚存。他为了追逐一只白鹿误入此山，困在山谷中长达一千个夜晚。千晚岳由是得名。那白鹿负伤逃进了另一座山，断了一条腿，故而这一座山如今被称为片羽山。后来，白鹿在千晚岳死去，其身死之地被称为死助。广受祭祀的死助权现[1]便是这只白鹿。

○读来宛如古代风土记。

三十三

若在白望山中过夜，能在深夜时分望见天空微亮。秋天为了采蘑菇而留宿山中的人经常遇到此事。

---

[1] 指神佛垂迹的化身。属于日本佛教的转称语。佛教在日本广泛传播后，神道处于附庸地位，经常将日本固有诸神，视为佛菩萨之垂迹，而于诸神附以'权现'之称，即于诸神名号之下附加'权现'，以显示佛菩萨之随机应化，异于普通之神祇，例如'熊野权现''春日权现'。奉祀权现之神社，称为权社；奉祀生灵、死灵等邪神者，称为实社。（编者注）

月海与游梦人

有时还能听见大树被伐倒的声音与歌声自山谷彼方传来。此山庞大莫测。五月刈茅草的时节，极目远眺，可见桐花开满山谷，恰似紫云缭绕。然始终无法接近花开之地。曾经有入山采蘑菇者，在白望山深处发现了金水管与金长勺，想拿回去却发现极为沉重，用镰刀也无法刮下金箔来。于是他在树皮上涂白作为标记。第二日，他带人一同入山，却怎么也找不到那棵树了。

四十

据说草长三寸，狼便可隐身其间。草木四季荣枯，狼的毛色也随季节嬗变。

四十一

某年，和野的佐佐木嘉兵卫翻越镜木山的大谷地去打猎。从此地至死助之间是绵延的原野。时值暮秋，木叶散尽，山体裸露了出来。佐佐木看见数百头狼从对面的山上向这边蜂拥而来。他大惊失色，急忙爬到树上，树下传来狼群通过时骇人的踩踏声。它们朝北方而去。自此，远野乡鲜有狼出没。

五十五

河川中多有河童栖居，而在猿石川尤多。松崎村有一户姓川端的人家，连续两代人怀上了河童的孩子。婴儿一出生就会被剁碎，放进一升的樽里，再埋入土中。其外貌丑怪至极。女子的丈夫来自新张村，姓氏亦是川端，这故事便是从他口中听来的。某日，这家人一同到田里去，傍晚准备回家时，女子却蹲在河边不住微笑。次日午休时又是如此。同样的事情一再发生，便有风闻说村中的某人每夜都会溜进女子的闺房。起初，这人还只是瞅着丈夫驱赶牲口驮货远去海滨，趁家中无人的空当来，后来就连丈夫在家睡觉的夜里也敢来。"此乃河童所为"的论调越发流行。即使一族的人聚集起来护卫这女子也无济于事。女子的婆婆也曾与她同睡，深夜里听见了女子的笑声，心想着"果然还是来了"，身体却动弹不得。所有人都无计可施。女子分娩时遭遇难产，有人建议说，在灌满水的马槽中临盆便可安产，试之果如其言。婴儿的手上长有蹼。女子的母亲亦曾诞下河童的孩子。有人说这非但是两三代的因缘。川端家是当地的富户，族人中还出过村议会的议员。

五十九

根据外地人的说法，河童的脸是青色的，但远野的河童却长着赤红色的脸。佐佐木氏的曾祖母幼时曾与伙伴在庭院中玩耍，她看见三棵胡桃树开外站着一个红脸的男子。他就是河童。那胡桃树今已长成参天大树。说来，佐佐木家四周栽植的皆是胡桃树。

一百〇六

海边的山田町每年都能看见海市蜃楼。据说时常是远方他乡的景色，亦有陌生的都市风景，道路上车水马龙，行人往来熙攘。听说海市蜃楼中出现的房屋建筑年年相同。

魔术师

谷崎润一郎

我如今已经记不清楚是在哪个国度、哪座城市遇到那位魔术师的。——有时，觉得像是日本的东京；有时，又仿佛是南洋或者南美洲的殖民地，抑或是中国和印度的码头。总而言之，那里远离作为世界文明中心地的欧洲。在位于地球偏隅之国的都城，在殷富繁华的街市一角，在极其热闹的不夜楼巷。然而，如若你想对那里的特质、景象和氛围有个更加明了的印象，嗯……那我只能说，那是座与浅草公园六区[1]相像的公园，但较其更不可思议、更杂乱无章、更颓废绚烂。

倘若这么说还不能使你感受到彼处是何等美丽、

1　浅草公园六区，指位于东京台东区浅草寺附近的游乐街，为数众多的演艺剧场、电影院集于此地，热闹繁盛。

何等令人眷恋，反而联想到一片让人不愉快的污秽土地，那只能说，你对于"美"的思考和我背道而驰。自然，我所谓的"美"并非指那群栖息于十二层¹高塔下的"Venal Nymph²"。我所说的是整座公园的氛围。背地里是黑暗的洞窟，表面却露出明朗欢喜的面容，好奇而大胆的双眼目光如炬，夜复一夜夸耀着自己的浓妆艳抹，这就是整座公园的情调。善与恶、美与丑、笑与泪，一切事物都已溶解，放射出精巧炫目的光。这座伟大的公园里到处流溢着斑斓色彩，宛如大海的壮丽景观。而我现在要说的这座异国公园，恰恰位于伟大与浑浊的交点，记忆中的它比六区还要六区，这片土地充斥着怪异与杀伐。

对恶俗的浅草公园嗤之以鼻者如果看到这座异国公园会作何感想呢？在那里，远在恶俗之上的野蛮、不洁、溃烂犹如阴沟的污水般积淀，昼则在热带的惨白炽日之下、夜则在煌煌灯光之中恬不知耻地曝晒着，

---

1 十二层，又称浅草十二层，原名凌云阁，位于东京浅草公园的西式塔形建筑，竣工于 1890 年，是当时全日本最高的建筑。1923 年的关东大地震后拆除。

2 英文，意为"唯利是图的宁芙"。宁芙是希腊神话中居于山林水泽的仙女，此处喻指浅草公园中的私娼。

不断发酵出闷热的恶臭。不过，深谙"皮蛋"这道中国料理之美味的人或许明白，一边扇闻着腐败的暗绿色鸭蛋散发出的奇异味道，呕吐感直向上涌，一边对内含的芳郁滋味咋舌称赞。我初次踏入那座公园时，感受便与此类似，有一种瘆人的恶趣向我袭来。

犹记得那是在初夏的黄昏，凉风习习，我与恋人在那座城市的咖啡馆进行了一次愉快的约会。之后，我俩手挽手走过电车、汽车、人力车络绎交错的林荫大道。正当我俩亲睦地散着步，她突然睁圆那双妖艳的大眼睛，在我耳边低语：

"亲爱的，接下来就去公园看看嘛。"

"公园？公园里有什么吗？"

我略带惊讶地问道。这不仅是因为我迄今为止都不知道城里有这样一座公园，还因为她那时的话透着几分可疑的腔调，听上去仿佛在挑唆某种秘密的恶行。

"你肯定会喜欢那座公园的。我一开始非常害怕那地方。毕竟我是女孩子嘛，踏足那种公园总让人觉得羞耻。可自从爱上你之后，潜移默化受到你的影响，我也对那类场所产生了难以言喻的兴趣。你不在我身边时，只要来这座公园游玩，就仿佛见到了你似的……那座公园就像你一样美，像你一样令人充满好奇。你应该不会没听说过那座公园吧？"

"噢，听说过，听说过。"我不假思索就回答道。于是她继续说：

"那里的确有众多奇珍异物。世界上凡是被称为奇观的事物都聚集于此。有在古罗马才得以一见的圆形竞技场，有西班牙斗牛表演，甚至有更令人称奇、更妖艳的 Hippodrome[1]，还有比'可爱的你'更讨人欢心的电影呢。Fantomas[2] 和 Protea[3] 固然能煽动起世人的好奇心，但在那里，放映着数不清的更加令人毛骨悚然的胶卷，恍如白昼下的梦幻，却又清晰可见。

"这阵子，我在那里的电影院看了好多部电影，都是改编自你平日耽读的古今诗人、艺术家笔下的著

1　古希腊、古罗马的露天椭圆形竞马场或者战车竞赛场。

2　方托马斯，系皮埃尔·苏维德（Pierre Souvestre）与马塞尔·阿兰（Marcel Allain）共同执笔的同名系列通俗小说主人公，被塑造为运用复杂奇妙的阴谋实现犯罪目的的蒙面怪盗形象。其后屡次被搬上大荧幕，风靡一时。

3　即《普罗蒂亚》，系维克托兰－伊波利特·雅塞（Victorin-Hippolyte Jasset）导演的电影，于1913年上映。主人公是擅长变装的黑衣女间谍，其名字暗示希腊神话中为海神波塞冬放牧海豹群、善于变化外形的海神普罗透斯。

名诗篇和戏曲。荷马的《伊利亚特》、但丁的地狱……你多半都看过了吧？但是，你可曾在大荧幕上看过中国小说《西游记》中西梁女国 [1] 的艳魔媚笑？又或是美国的爱伦·坡创作的那些巧妙编织着恐怖、狂想及神秘的怪奇故事，你能够想象它们在胶卷上化为影像、呈现在你眼前时的逼真感吗？*The Black Cat* [2] 那间令人战栗的地下室、*The Pit and the Pendulum* [3] 的昏暗监狱变得比小说描述更惊悚、比现实更鲜明，请你细细品味它们被灯光聚焦的刹那。而且，沉默地静静观赏这些幻灯剧的数百名观众仿佛都被恶魔附身一样，冷汗浃背，女人缠抱住男人的胳膊，男人紧搂住女人的肩膀，哆嗦得直打牙战。尽管如此，那些怯懦却亢奋的眼睛仍然执拗地注视着电影画面。他们时而像发烧的病患一样发出微弱的叹息，却丝毫不敢咳嗽一声、眨一下眼。因为他们根本没有做这些事的余裕，他们的灵魂被惊异填满，他们的身体陷入僵直状态。偶尔有人承受不了这种逼真感，转脸想要逃出影院，每当

---

1 即俗称的《西游记》"女儿国"。西游原文之中并不存在"女儿国"的名称。（编者注）

2 即《黑猫》，爱伦·坡的短篇小说。

3 即《陷坑与钟摆》，爱伦·坡的短篇小说。

月海与游梦人

这时候，黑暗的观众席上都会有疯狂的鼓掌声不知从何处尖啸而起。接着，掌声忽然间向四周弥散，连那些起身欲逃的人也附和拍手。喧天的巨响仿佛撼动了整座电影院，在建筑内回荡不绝……"

她极富挑逗意味的精妙叙述，一字一句，在我心中唤醒了犹如划过穹窿的彩虹一般细腻明晰的幻影。我所感受到的绚烂富赡，与其说来自她的描述，不如说是我亲眼观看这些电影所生。至少，她所说的这些幻灯剧曾几度朦胧地浮现在我的心壁，让我无从分辨那是妄想还是电影，不断地催促着我注目凝视。

"不过，恐怕那座公园里还有另一种事物，更加锐利地威胁我们的灵魂、更加逐新趣异地蛊惑我们的感官——那是连好奇心旺盛的我做梦也不曾设想过的、破天荒的表演。我不知道那是什么，但你肯定是知道的。"

"没错。我知道。你说的是最近在公园池畔小屋中出现的年轻貌美的魔术师。"

她当即回答道：

"我从那座小屋门前走过许多回，但一回都没有进去过。城里的人都在传，那位魔术师的身姿和容貌美得令人炫目，恋爱中的人为了安全起见最好别接近他。还有很多人说，他表演的魔术与其说怪异，毋宁说妖冶；与其说不可思议，毋宁说恐怖；与其说穷极精巧，毋宁说是奸恶的妖术。然而，凡是一度穿过小屋入口那扇冰冷的铁门去看过他魔术的人，其后每晚都必然像着魔一样去往那里。他们自己也不明白为何会如此欲罢不能。我推测，一定是他们的灵魂也中了某种魔术。——不过，亲爱的你肯定不会怕那个魔术师的。你向来喜好鬼魅而非人类、以幻觉而非现实维生。这样远近闻名的魔术表演，你当然没有不看的道理嘛。即使被施以酷烈的诅咒和巫术，只要是和恋人一同前往，我也肯定不会见异思迁的。"

"如果你真被诱惑了，索性就见异思迁嘛。反正那个魔术师是美男子。"

我快活地说道，像只啼鸣春野的云雀一样放声大笑。可是紧接的瞬间，胸中涌现出的淡漠不安和轻微嫉妒背叛了我，语气也不自觉变得粗暴起来。

"那我们就去公园瞧一瞧呗，看看我们的灵魂会不会中魔法。让我和你一起去试试那个男人吧。"

我俩不知不觉已经沿着城中心的大道转悠到大

喷泉的池边。在喷泉的四周，牛奶色的大理石垣雕琢成圆帽形，每隔一间的距离立有一尊女神像，淙淙清泉从女神足下流溢喷涌，永无休止地射向苍穹中的群星。喷水在弧光灯下化作虹霓，散为云雾，在夜晚的空气中潺潺鸣咽。我在行道树苍郁叶荫下的长椅上坐下，眺望着街上的人群，不久，我在杂沓的人群中发现了某种异常现象。自城市四方延伸而来的四条道路在喷泉处交汇为十字路口，每条路上都热闹非凡，享受着夕阳漫步的人们熙熙攘攘。然而，这些人几乎全部朝着同一个方向缓缓前行。在南、北、西、东四条道路中，除南路外，三条道路上的人一旦在十字路口的广场会合后，便形成更加密集的队列、排成臃肿的黑色长龙，蜿蜒不绝地向南面出口走去。此刻，在喷泉旁的长椅上歇息的我俩宛如漂浮于大河中心的沙洲，被周围的人潮静静地抛在身后。

"你看。这么多的人都被公园吸引去了。——好啦，咱们也赶紧出发吧。"

她说着，温柔地抱着我的后背站起身来。我俩像残缺的铁链般紧紧挽住彼此的胳膊，任凭推搡也不分开，就这样混入人流之中。

许久，我在无数人类化作的流云中穿行。眺望前方，公园意外地已经近在咫尺。璀璨的彩灯垂在近得能烧焦人头顶的低空，青、赤、黄、紫各色光芒燃烧辉映。道路两侧矗立着不知是青楼还是饭馆的三四层楼阁，绚丽的岐阜灯笼宛若珊瑚发簪般装饰着连绵成排的露天阳台。酒醉的男女宾客狂态尽显，像野兽一样胡作非为。他们中的一人俯瞰街上的群众，各种恶意谩骂脱口而出，还不忘插科打诨，偶尔还朝下吐唾沫。他们每个人都不顾脸面、不知羞耻地嬉戏狂舞，一番吵闹过后，像霜打的茄子一样筋疲力尽的男人、像阿修罗一样披头散发的女人，纷纷从露台栏杆间滑落，头朝下坠向人群之中。趁兴起哄者抓破他们的脸颊，将其衣裳撕成碎片，有的人扯着喉咙尖叫，有的人像死尸一样奄奄一息。他们被随意地扔在地上，犹如浮在水面上的藻屑，到处都是。我眼看着一个男人倒栽葱掉在我的面前，两条腿像木桩似的挺向天际，人潮却不停息，就这样夹带着他向前移动。从四面八方凑来的无赖先是脱掉他的鞋子，然后把他的裤子东扯西拽得破破烂烂，最后连袜子也薅掉，捶打掐拧他的脚掌。不一会儿，又有一个烂醉如泥的胖女人，打扮得仿佛是乔瓦尼·塞冈蒂尼[1]的《淫荡之罚》的画中人物。人们将她扛在肩上，一边齐喊着"嘿呦、嘿呦"，一边扔向空中。

"这座城里的人似乎都疯了。今天有可能是在举办祭典。"

"不，并不只是今天。来这座公园的人一年到头都喧嚣吵闹，自始至终都像这样撒酒疯。往来于此的人中，还保持理性的只有你和我。"

她用一如既往娴静沉稳的语气轻轻对我说。无论走入怎样喧嚷的街巷、置于怎样紊乱的境地，她都不会丧失与生俱来的沉着和纯洁的热情，宛如被成群恶魔簇拥着的女神，将清逸与高贵映在我的眼底。我看着她清澈的瞳仁，不禁联想到在呼啸狂风中更显玲珑澄净的如镜秋空。

我俩被人潮推挤着，一步一寸地走完仅仅一尺的距离，来到近在眼前的公园入口竟花费了一个多小时。密集拥堵的人群像条巨大的蜈蚣，当它爬到门内

---

1 乔瓦尼·塞冈蒂尼（Giovani Segantini，1858—1899），意大利画家，作品大多以田园和阿尔卑斯山区为主题，也留下诸如《邪恶的母亲》之类神秘、颓废风格的画作。

的广场时辄又拆解成三三两两的残肢，各随所好地朝四周散去。这里虽说顶着公园的名头，放眼望去，却是无边的山丘和森林。造型奇怪的高楼大厦穷尽人工的极致，巍然屹立，宛如妖精之国的都市般甍宇相连，几百万根蜡烛一齐燃烧。我茫然伫立在广场中心，环视这壮观的景象，最令人心惊胆战的是照亮半个夜空的"Grand Circus[1]"广告彩灯。它的形状是一辆硕大无朋的观光缆车，在直径不知有几十丈的车轮辐条处浮现出"Grand Circus"的字样。

数十条车轮辐条上的灯泡放射出赫烁的光箭，勾勒出的恢宏大圆，徐徐转动，仿佛巨人在虚空中撑开一柄花伞。更堪惊讶的是，数百个只披戴罗纱、近乎赤裸的马戏团男女正在攀登燃烧的火柱。随着车轮的转动，他们不间断地依次从上方的辐条飞身跃至下方的辐条。远远眺望，那些人犹如挂满车轮的铃铛，如纷落的火星，如跳舞的天使，衣袂翩然翻飞，在明朗的夜空中翱翔。

吸引我注意力的不只这辆车，还有几乎完全覆

1　英文，意即"大马戏团"。

月海与游梦人

盖公园上空的那些奇怪的、滑稽的、妖丽的"光之工艺品",它们如同永不消逝的烟花般蠢动着、闪烁着、蠕动着。欢庆两国地区纳凉焰火大会的东京市民、将大文字山篝火视同至宝的京都市民,若是让他们目睹这片天空的光景,又该会多吃惊呢?我那时只是扫视了一遍,至今也未能忘记那无数的花纹之大胆、线条之巧致。倘若用比喻形容的话,有如一头神通广大的恶魔在夜的帷幕上留下的肆意涂鸦,又像是为了向世界宣告最后审判之日"Doom's Day"的临近,太阳欢笑,月亮哀泣,彗星发狂,诡谲变幻的繁星摇曳在纵横无尽的天际。

我们所在的广场呈精确的半圆形,从圆弧上延伸出七条道路,扇骨般向八方展开。七条路中最宽广、最气派的路当属正中间那条。公园里的几十、几百幢举行演出的建筑中,最具人气的那座小屋大概就在那里。或庄严,或危耸,或离经叛道,或匀称整齐,所有样式的建筑物仿如城寨般栉比鳞臻,参差层叠。那里既有两座金阁寺风格的伽蓝,又有印度 - 撒拉逊式的高楼,有较比萨斜塔更加倾斜的古怪箭楼,还有一座鬼气森森的神殿,外形似杯子,越向上越显臃肿。

模仿人脸而建的房屋、纸屑般东倒西歪的屋脊、章鱼脚般弯曲的立柱、波浪形、漩涡形、弯曲状、反翘状，或者伏地，或者摩天，千差万别，不一而足。

"亲爱的……"

正当那时，我亲爱的恋人轻轻拉住我的衣袖。

"你怎么一脸稀奇的表情，看得入迷了？你不是来过许多次了吗？"

"我确实来过许多次。"

我感觉如果不这么说，就好像蒙受了耻辱。我惶然地点了点头：

"……但是，不论来多少次，我都无法不为之倾倒。因为我太喜欢这座公园了。"

"是呢，"她露出天真无邪的微笑说道，"魔术师的小屋就在那里。我们赶快去吧。"

说着，她伸出左手指向那条大道的尽头。

在广场进入大道的入口处有一颗赤鬼的头颅，好似镰仓大佛[1]一般巨大，怒目圆睁，睨视我们所来的方向。鬼眼犹如祖母绿，炯炯有神，实则是两颗浓绿

1　坐落于镰仓市长谷的高德院的金铜阿弥陀如来像，佛身高达 11.5 米。

色的电灯泡。它露出锯齿状的獠牙，狰狞大笑。排满牙齿的上下颚之间形成了一道拱顶，人群从底下鱼贯而入。尽管整座公园都像熔炉一样通明，这条大道却尤为明亮，一股猛烈的火势从鬼口喷涌而出。我在恋人的催促下跳入火中，感觉全身仿佛都被烧焦了。

走近来看，路两旁并排的演出剧场显出更夸张、更煞风景、更异想天开的模样。电影的宣传板上是用花哨的颜料肆无忌惮地画下的荒唐无稽的场面。每栋建筑都洋溢着独特而难以言喻的令人不悦的色彩，浓烈的油漆味四处飘散。招揽客人的旗帜、人偶、乐队、变装队列，一切混乱而放浪，若将其一一详尽诉诸笔端，恐怕读者会悚然地捂上眼睛。当时我看到那幅景象时的感受，一言以蔽之，就像妙龄少女的脸上长了溃烂流脓的肿疮，美与丑奇拔地融合为一。垂直之物、浑圆之物、平坦之物——所有具备精确形状的物体构成的世界映入凹面镜和凸面镜之中，从而交织出不规则、滑稽和腐恶。说实话，我踱步在其中时，感到深不见底的恐怖和不安，几度想要转身离去。

如果不是和她在一起，我也许就中途溜走了。我屈服于心中的懦弱，而她却愈发轻快，像个孩子似的踏着天真的步伐，勇敢地径直前行。我惊慌怯懦的目光像是想要倾诉般偷瞄着她，她仍露出那张对一切都兴趣盎然似的无邪笑脸。

"像你这么正直温柔的少女，为什么看到这种恐怖的街景还能处变不惊呢？"

我屡屡想这么问她，却总是踌躇作罢。但我要是真的发问的话，她又会怎么回答呢？"我能这么平心静气，还不是受你影响吗？"她会这么说吗？或者是："因为我是你的恋人呀。凡人恋爱歧途者，恐惧羞耻不复知矣。"——是啊，她一定会这样回答。她是那般热诚地信任我、那般纯粹地爱着我。像羊一样温驯、像雪一样纯洁的她竟会喜欢这座公园，正是她爱我的证据，是她努力把我的兴趣当作自己的兴趣、把我的嗜好当作自己的嗜好的结果。或许，世人会说她是因我而堕落，但无论她的兴趣和嗜好如何接近恶魔，她的心、她的那颗心脏都没有失去人类的温情和品格。

这么一想，我不能不对她心怀感激。活在世上毫无冀望，只抱着唯美的梦在诸国漂泊，像我这样懒惰、孤独的人竟能征服高贵少女的灵魂，实在心中有愧。

"我根本没有资格当你这般温柔女子的恋人。就算你变得和我一样，来这种公园游玩，你仍然是气质高雅、品行端正的人。我给你个忠告吧。为了你好，我们还是分开吧，那样你不知会有多幸福呢。一想到你变得这么大胆，踏足这种地方也处之泰然，我就对自己的罪感到莫名恐惧。"

我突然开口说道，并且握住她的双手杵在路当中，但她依然一脸平静，只是温和地笑着罢了。如同身临灭亡的深渊还不自知的小孩，她睁大清朗的瞳孔，对我挑弄着飒爽的蛾眉。直到我把同样含义的话再三重复后，她才说：

"我早已有所觉悟了。就算你不说，我心里也很清楚。现在我和你一起在这座城市中漫步，不知有多快乐、多幸福。如果你可怜我，那就永远地舍弃我吧。我从不会怀疑你，请你也不要怀疑我。"

她仍然兴致不减，用小鸟般流丽的嗓音撂下这番话。然后她再次催促起我来，当我们终于来到魔术师的小屋前，她说：

"好啦。亲爱的，接下来我们就去试一试。看看是我们的爱情坚贞不渝，还是魔术师的妖法更胜一筹。我一点都不害怕。因为我非常、非常坚信自己不会变心。"

她仿佛在激励我似的不断叮咛着。面对这份真心可鉴，即使卑劣冥顽如我这样的人也无法不感动。

"之前说那样的话是我不好。你这样纯洁无瑕的女人和我这样污浊的男人结为良缘，或许就是所谓的宿命吧。早在我们出生之前，看不见的因缘锁链就已将我们的身体与灵魂捆绑在一起。你作为冰洁玉女，我作为肮脏男人，两人被永远相爱的因果所支配。——别说是一个魔术师，纵使是多么离奇、多么可怕的地狱，我都要带你一起去。你既然都说了不害怕，我又何惧之有？"

我这样说道，在她面前跪下，久久亲吻她尊贵的白色衣裙。

的确如她所言，魔术师的小屋位于这片繁华街区尽头的寂寞一隅。从欢腾闹嚷的街巷倏忽走入昏暗阴森的地带，我的神经并未镇静，反而更加紧张，顿生疑窦，怀疑前方有不可预测的灾难在等待着我。方才我还在诧异，这座公园完全不见树木、森林、水之类的自然景致，而来到这附近时我才发现了自然元素的痕迹。然而，被应用于此处的自然要素绝不是为了再现大自然的风情，说到底只是为了协助营造人工美，用作弥补人工技巧的效果所不能及之处的材料。这么一说，有的读者或许联想到坡在《阿恩海姆乐园》《兰多的小屋》等小说中描绘的园林艺术，但我所说的"人工山水"是比其更精雕细琢、更远离自然的景色。树、水、草就如同拱顶、招牌、电灯一样，作为营造建筑的某种道具被采用。也许这么说更为恰当，存在于此的不是缩小的自然或者被订正的自然，而是摹仿山水形状的建筑物。森林没有半点植物的勃勃生机，好像惟妙惟肖的仿造品，满是被人类定制的线条。让人感觉这与其说是庭院，倒更像是戏剧的布景。只是把木叶用作颜料，把水用作浪幕 [1]，把山丘用作纸糊工艺而已。

若是从舞台装置的角度评价，这片山水确实营造出凄惨而独特的景象，是自然景致终究无法企及的。那里的一木一石都是为了寄托幽邃的暗示、表现深远

---

[1] 亦称波幕，指歌舞伎中绘有波浪的幕布，舞台转换至海上或者海边场景时使用。

的观念而设置。人们甚至忘记了那是树木、是石头，只感受到栗然的鬼气。读者多半听说过勃克林[1]所画的《死岛》吧？我现在想要叙述的场面用更冷彻、更隐晦、更寂寞的物象表现出了与此画相近的观看效果。首先，极端压迫我的神经的是一片黑黢黢的白杨林，高耸矗立，犹如屏风般将这一带围绕起来。我过了好长时间才发觉其为森林。因为这片森林的外形令人费解，远望时，根本不会让人以为是森林。打个比方，平坦的黑色树壁恰如监狱的围墙般看不见头尾，又像井壁一样围拢成圆，高耸峙立，直插云天。仔细观察后还会发现，这道蜿蜒的圆形壁垒的外形是两只体型雄伟的大蝙蝠，各自立于左右，张开黑暗的双翼，互相握住对方的手。越用心端详，蝙蝠的轮廓就越发清晰，眼睛和耳朵、手和脚、翅膀与翅膀的间隙都像映在障子门上的人影般铺满天地间。我绞尽脑汁也想不明白如此巧妙的 Silhouette[2] 是怎么营造出来的。初看以为森林，再看是墙壁，最后变成蝙蝠模样的怪物。

---

1 阿诺尔德·勃克林（Arnold Bocklin，1827—1901），瑞士画家，善于用张扬的色彩和写实手法表现神秘的幻想世界。代表作有《死岛》《生岛》等。

2 英文，意为剪影、暗色轮廓。

这是通过极其精妙的技术、大规模的修剪，才将枝繁叶茂的白杨树密林营造成怪物的形象。我不禁发出惊异和赞叹。

"亲爱的，你肯定不知道这座森林是谁设计的吧？都是那位魔术师亲自设计的。就在最近，他指挥园艺师搬运来巨大的树木，栽种于此，每棵树间仅留极小的间距。参与工程的众多工人中，没有一个人想象得出这座森林将会建成什么形状。他们只是听从魔术师的命令，将树一棵一棵地种下罢了。当森林终于完工时，魔术师愉悦地笑了，他高举魔杖叩击大地三次，大声叫喊：'森林哟！森林哟！为我变成蝙蝠去恫吓世人吧。'直到那时，在场的工人才发觉，自己一直以来竭心修建的白杨林居然好似一只怪鸟的影子。从那以后，关于魔术师的流言和这座森林的传闻在街头巷尾甚嚣尘上。有人说，其实森林压根不是怪鸟的形状，而是看的人产生了幻觉。总之呢，凡是去魔术师小屋的人，途经此处时常常被怪影吓得心惊胆寒。究竟是森林被施加了魔法，还是观者被施加了魔法，其中的秘密只有那位魔术师知道。"

我一边听着她讲的故事，一边屏息凝神打量周边的风景。

魔法森林——这是城里人给这座森林起的名字——不仅外形妖异，还有从天空落下的厚重帷幕，将这片区域层层包围。它巧妙地隐藏在整座公园的鲜艳色彩之中，创造出一派充塞着黑暗和诅咒的荒凉风景，并且起到了至关重要的作用。森林围绕的地方几乎有不忍池[1]那么大。其中大部分是潮湿的沼泽，乌黑腐烂的积水浑浊沉淀，从中散出冷峻若冰的光亮，一片迷漫苍茫。身处魔法森林中的我不禁怀疑起自己的视觉，一时间竟无法判断，这片波澜不惊的沼泽究竟是真水还是玻璃。实际上，这片水域确实淤塞不流，质感坚硬得令人信以为是镶嵌着玻璃。若是投掷一枚石子，仿佛会在水面戛戛蹦跳。在这片肃然的"死亡"般寂寥而庄穆的沼泽中，浮现出一座难以辨别是岛还是船的山丘状物体，顶端的尖角上现出"The Kingdom of Magic"的字样，点点微弱的蓝光犹似照亮永夜的星。

我有必要对"山丘状物体"做一番详尽的说明。

---

[1] 位于东京台东区上野公园境内的池塘，周长约 2 千米，面积约 11 万平方米。

它是突兀嶙峋的万壑千岩，酷似地狱绘卷中的针山。三角形的岩石宛如长矛般锐利，层叠堆砌，其上没有一根草、一棵树或者一幢房屋，只有岩石默然蟠屈缭纠。然而，只能看见"魔术王国"的招牌，却懵然不知这座王国位于何处。

"在那儿。——那里就是小屋的入口。"

我看向她指的方向，确实，在招牌附近的岩石间夹着一扇矮小寒酸的铁门。从我们所在的沼泽岸边，有一座狭窄危险的临时吊桥通向那扇门。

"但是那扇门看样子是紧闭着的。也看不到有观众出入，而且听不见任何人声。即使这样，魔术也还在上演吗？"

我自言自语道。她爽快地点了点头。

"是的。恐怕魔术正表演到最高潮呢。变戏法的人总爱在表演中途加入音乐或者索要掌声，但他不屑于这么做。据说他的魔术奥妙无穷，而且进行得异常迅速。现场所有观众都会吞咽下唾沫，仿佛全身被水淋透，只敢偷偷地吁气。现在这里鸦雀无声，恰恰说明正进行到演出的高潮呢。"

不知是由于难以抑制的恐怖，还是怪异的亢奋，她的声音前所未有地变得嘶哑发颤。

我俩谁都不吱声，默默走过那座通往岩岛的临时吊桥。

进门方走了五六步，我那已经习惯了阴惨黑暗世界的瞳孔被满场的眩目光线晃得无法睁眼，好像被剜掉一样疼痛不已。这座外观是重岩叠嶂的魔术王国，内部竟意外是金碧辉煌的大剧场，从立柱到天井都装饰得庄严肃穆，在璀璨的灯光照耀下更显华丽。场内的所有席位都已坐满，观众厅以及二楼、三楼挤得水泄不通，令人动弹不得。观众里有中国人、印度人、欧洲人，几乎网罗了穿戴不同服饰的所有人种。但不知为何，除了我俩以外再看不到其他日本人。不仅如此，特等席的包厢内坐满了衣着奢华的绅士和贵妇，他们是这座城市中的上流阶级，不像是轻易踏足这种公园的人。在这些妇人中，有的人或许是害怕身份泄露、招致非议，便像回教女子一样戴上面纱，耸肩缩在他人身后，但是那对瞳孔依然目不转睛地注视着舞台，从中流露出泄密的风趣和情欲的鲜艳色彩。绅士中有此国的大政治家、大实业家、艺术家、宗教人士和浪荡公子，各领域有头有脸的男人荟聚一室。我好像曾经多次在电影中见过他们中的大多数人。他们中有的人像拿破仑，有的像俾斯麦，有的像但丁，有的脸庞酷似拜伦，甚至还有尼禄和苏格拉底，连歌德和唐璜也跻身其中。我能够解释他们为什么来到这座着魔的王国。无论是圣人、暴君、诗人还是学者，所有人都会情不自禁被"不可思议"的事物所吸引。他们表面上说是为了研究、为了增长阅历、为了布道而来，说不定他们自己也信以为真。但如果让我来说，他们的灵魂深处想必不同程度地感受到了我所感受到的美、做了我所做的梦。只是，他们没有像我一样意识到这一点，不敢肯定罢了。——我漫无边际地想着。

我和她从中国人的辫子、黑人的头巾、妇女的无边呢帽的红白浪潮中穿过，好不容易在错综杂沓的观众席找到两个座位坐下。舞台与我俩之间至少隔着五六排座位，坐着的大多是初夏装扮、英姿飒爽的年轻欧洲女子，她们伸长清秀匀称的粉颈，好像群集的白鸟一样。我的视线从女人的数排香肩上逾越而过，望向正对面的舞台。

舞台的背景是一面垂落的黑幕，中央的高台阶上是气派不凡的王座。那便是所谓的"魔术王国"之王雄踞的玉座。年轻的魔术师头上戴着活蛇编就的冠冕，身穿罗马时代的托加袍[1]，脚踏一双黄金凉鞋，端然正坐。王座的台阶之下，左右分别匍匐着三个男女助手，像奴隶一样充满敬畏，卑贱地以额头着地，脚掌朝向观众席。舞台的装置及角色仅此而已，着实未免太过于简陋。

我从上衣口袋摸索出进门时塞过来的节目单，上面写着大凡二三十种魔术表演，不难想象，无论哪一种似乎都是亘古未有、惊天动地的魔术。试举最勾起我好奇心的两三例，莫如第一个演出的"催眠术"。根据节目单上的小字说明，剧场内的全体观众都会受到催眠，在魔术师给予的暗示下产生错觉。比如魔术师说"现在是凌晨五点"，人们便会看见明媚的朝阳，所有怀表都将指向五点钟；"此处是荒野"，就会望见荒野；"这里是大海"，就会望见大海；"下雨了"，则会让人感觉浑身湿透。接下来表演的是被称为"时间缩短"的恐怖妖术。魔术师取出一粒植物种子埋在土中，缓缓吟唱咒语。十分钟内，种子便会萌芽生茎、

---

1 托加长袍，或称罗马长袍，最能体现古罗马男子服饰特点的服装，一件长袍兼具披肩、饰带、围裙的作用。（编者注）

月海与游梦人

开花结果。这粒种子是用任意一样观众的东西变来的，挺拔的树干亭亭耸立，盖日凌云；苍郁的树冠枝繁叶茂，遮蔽天宇。而这只用了不消十分钟。与此类似，还有一种更加瘆人的魔术，被命名为"不可思议的妊娠"。据说同样是用咒文的力量让一个妇人在十分钟内妊娠分娩。被施加此种魔法的妇人大多是"王国"中的女奴隶，但节目单上赫然写着："若观众中有人欲试，不胜感激。"读罢上述的例子，读者想必已经心知肚明，这位魔术师和平庸的变戏法者截然不同。

然而遗憾的是，我入场的时候，节目单上的大部分表演都已经结束，只剩下最后一个魔术尚未演出。我们落座后不久，雄踞在宝座上的魔术师徐徐起身，走到舞台前端。他像个孩童般满面赧然，用惹人怜爱、半带羞惭的低声向观众讲解接下来要表演的魔法：

"……那么，我想为诸君介绍今晚的压轴演出，也是迄今为止最富有意趣、最难以理解的幻术。我给这种幻术取名为'人身变形法'。我将凭借咒文的力量将任意人类的肉体当即变为任意其他物体——鸟兽虫鱼，无所不能。甚至水与酒之类的液体，哪怕是无机物，但凡是诸君所愿，无不可变形。再或者，还可以不变全身，只让头或脚、肩膀或臀部之类的身体局部发生变形……"

　　比起魔术师的循循善诱，我的心智早已被他冶艳的眉眼、婀娜的风姿所俘获，迷离恍惚，连眼都不舍得眨一下。虽然此前听说过他的美貌超尘脱俗，但是我根据传闻产生的想象和他俊美的脸庞轮廓比起来，简直不可同日而语。尤为令我感到意外的是，我本以为魔术师是个非常年轻的男子，但实际上谁也无法辨其雌雄。若说是女人，他又像是风华绝代的美男；若说是男人，她又像是旷古烁今的美女。他的骨骼、肌肉、动作、声音，所有方面都既体现出男性的高雅、智慧与活泼，亦流露着女性的柔媚、纤细与阴鸷，两者浑然天成地融合在一处。譬如那蓬松的栗色头发、柔软丰润的瓜子脸、深红色的薄唇、优雅而不失精悍的四肢，一点一画，皆是微妙调和的产物。他看上去十五六岁模样，性征尚未发育完全，体型既像少女又似少年。关于他的外表还有另一个不可思议之处，那便是，他究竟生于何处、属于哪一人种呢？不管谁看到他的肤色，都会理所当然地生出这一疑问。这个男人——或者说女人，不是纯粹的白人、蒙古人和黑人。

硬要比较的话，他的相貌和骨骼或多或少接近于被誉为世界美人产地的高加索的种属。然而更加贴切的形容是，他的肉体建立于所有人种的优势和美之上。他是最复杂的混血儿，也是最完整的人类之美的表象。无论对谁而言，他都散发着异国风情的魅力。不论在男人还是女人面前，他都有资格纵情施展性的诱惑，使他们心旌荡漾。

"……但是我要提前跟大家说好……"

魔术师仍在说着，

"我会先拿这六名奴隶做试验，将他们一一变形，供诸君观赏。但为了证实我的妖术是何等神秘、何等奇迹，我恳请在场的绅士淑女自告奋勇，来体验一番我的魔术。自从我在这座公园举行表演，到今晚为止已经有两个多月。其间每夜都有大批观众为了我而登台，心甘情愿充当魔术的牺牲品。牺牲——是的。他们确实成了牺牲品。再怎么高贵的人类，在我的法力摆布之下，都变成了猪狗，化作了石头或者粪便。倘若没有在众目睽睽下露丑的勇气，就不该登上这座舞台。尽管如此，我每晚都能在观众席上发现几名奇特的牺牲者。其中不乏身份尊贵的公子贵妇，他们秘密加入牺牲者的行列，想必诸君也已有所耳闻。因而，我相信今夜仍会有无数有志之士跃跃欲试。我对此深感荣幸。"

说着，魔术师苍白的脸上浮现出一抹自满而凄惨的微笑。无数观众听了他的巧舌如簧，见了他的傲慢态度，魂魄愈发被他勾了去，彻底拜服。

不一会儿，魔术师从宛如雕像群般匍匐在王座前的奴隶中，招来一个可怜的美女，她像梦游症患者般摇摇晃晃地走到魔术师面前，显得毕恭毕敬，脑袋像松了线的提线木偶一样无力低垂。

"你是我的奴隶之中最受我青睐、最为美丽的女人。再忍耐个五六年，我保管让你成为杰出的魔术师。你将成为世界第一的魔法师，别说人类了，连神祇与恶魔也无法匹敌。你想必也因成为我的仆人而感到幸福吧。你一定已经领悟了，比起做人间的女王，当魔国的奴隶要幸福得多。"

魔术师踩着她垂散在地上的长发，向后弓身直立，庄严宣告：

"来，接下来要施展的是变形术，你今夜想要变成什么？你知道的，我是慈悲为怀的国王陛下。无论你有什么希望都会予以满足。畅所欲言吧！"

他用仿佛在授予恩宠的语调说道。

这时，始终僵硬如石膏的女人忽然像有电流窜过身体似的，开始浑身颤抖。她的双唇犹如解冰消融的河水般嗫嚅说：

"啊啊！国王陛下，感激涕零。我今夜希望化身为美丽的孔雀，在国王陛下的御座上盘旋飞舞。"

魔术师欣喜地点点头，立即振振有词地念起咒文。虽说要十分钟，但五分钟不到的时间内，她的身体就覆满了孔雀的羽毛。剩下的五分钟内，肩膀以上的人类部分逐渐变成了一颗孔雀头。后五分钟甫一开始，她还是一只长着妙龄女子脸颊的孔雀，透着喜色的杏眼圆睁，发出轻浪的艳笑，而后她渐渐陷入陶醉，眼神迷离惺忪，眉头紧蹙，她的头在痛苦中演化为一颗鸟头。这一过程诚然是今宵最富有诗意的光景。十分钟过后，她已彻头彻尾化作一只孔雀，飒爽的振翅声响过耳畔，只见它飘飏而起，在观众席上方的天井盘旋了两三圈，然后归向王座之侧，宛若锦云般降落于地。它静静地踱下台阶，倏尔张开尾屏，犹如彩扇轻展。

其余五人依次被唤至魔王跟前，接连不断被施加了妖术。三个男奴隶之中，一个说想要变成豹皮，铺在国王陛下的王座上，另外两个说想要变成纯银烛台，照亮台阶左右。最后两个女奴隶说希望化作两只温婉的蝴蝶，轻盈地飞舞在国王陛下身侧。魔术师即刻倾听了这五人的愿望。

于是，种种破天荒的奇迹在满堂观众眼前一一实现，他们惊骇得哑然失声，不禁怀疑起自己的视觉，却又怅然若失。尤其是第一个男奴隶，在被魔术师的法杖敲击后变得像煎饼一样薄，刹那间化作一张美丽的豹皮。在听到他痛苦呻吟的瞬间，我面前坐着的女人颤抖着捂起脸，躲进身旁男人的怀中。

"怎么样，诸位？……有谁希望成为下一个牺牲者吗？"

魔术师的态度比刚才更加高傲，他一边追逐着交错翩飞的两只蝴蝶，一边在舞台上来回走动。

"……各位就这么害怕成为魔术王国的俘虏吗？人类的威严和形态值得你们这么留恋吗？你们或许觉得被我变形的奴隶的境遇是凄惨的、可悲的。然而，他们的外表虽然是蝴蝶、是孔雀、是豹皮、是烛台，但他们并未失去人类的情绪和感觉。他们的胸间流溢着你们做梦也想不到的无限喜悦和欢乐。他们能够品尝到何等的幸福，恐怕只有体验过我魔术的人才会懂得……"

魔术师边说边扫视剧场四周。也许是害怕对上他的目光便会中催眠术，人人都蜷缩肩膀，趴在膝头。忽然，随着一阵簌簌的衣服摩擦声，从观众厅的角落走向舞台的一双女式靴子踏出的微弱足音打破了无底的沉默。

"……魔术师呀，你一定还记得我。你的美貌比魔术更让我着迷。昨天、今天我都来看演出了。如果你把我变成牺牲者，我就可以放弃这段无望之恋了。请将我变成你足下这双黄金凉鞋。"

受这声音引诱的我怯生生地抬起脸，先前坐在特等席的蒙面妇人如同殉教者般跪伏在地上，拜倒在魔术师面前。

尾随蒙面妇人其后，数十名男女纷纷被魔术师的魅力蛊惑，踉踉跄跄地登上舞台。

这时，我的恋人紧紧拽住我的衣袖，潸然落泪地说道：

"你终究输给了魔术师。我对你的心意使我对魔术师的美貌视若无睹，可你却被他迷惑，将我忘在脑后。你想要抛弃我转而侍奉那个魔术师，你是个多么没有自尊的负心汉啊！"

"你说得没错，我是没有自尊。沉迷于魔术师的美貌，把你彻底给忘了。是啊，我输了。但我现在有比输赢更要紧的事情。"

话音未落，我的灵魂就像被磁石吸引的铁片般来到魔术师跟前。

"魔术师啊，我想要成为潘神。然后在魔术师的王座前狂舞。请您实现我的夙愿，把我当作奴隶尽情使唤吧。"

我飞奔到舞台上，脱口而出这些谵妄呓语。

"好啊，好啊，你的愿望与你非常般配。你从一开始就没必要生而为人。"

魔术师放声大笑，用魔法杖敲了一下我的后背，转眼间，我的双腿就生出毿毿的羊毛，头顶长出两根犄角。同时，郁积在我胸中的人类良知带来的苦闷悉数消散，太阳般晴朗、大海般浩瀚的愉悦之情滚滚涌现。

须臾之间，我欣喜得忘乎所以，在舞台上徘徊游荡，可我曾经的恋人却想要妨碍我的欢乐。

　　追随我的脚步，她仓皇爬上舞台，对魔术师说：

　　"我并非沉迷于你的美貌与魔法才来到这里。我是来夺回我的恋人的。请你立刻把那个令人忌惮的半羊神变回原状。但是，如果你做不到的话，就请你索性把我也变成那副模样吧。即使那个人抛弃了我，我也永远不会抛弃那个人。既然那个人变成了潘神，那我也要成为潘神。我只想去往他所去之处。"

　　"好啊，既然如此，就把你也变成潘神吧。"

　　随着魔术师一语言讫，她骤然变成了一头被诅咒的丑陋半兽人。她蓦然朝我走来，冷不防用自己头上的犄角死死缠住我的犄角，纵使飞奔跳跃，两颗头颅也再不会分离了。

奇妙的故事

芥川龙之介

某个冬夜，我和旧友村上一同走在银座大街上。

"前不久千枝子来信了。还让我代她向你问好呢。"

村上像是突然想起似的，说起了自己现今住在佐世保的妹妹。

"千枝子近来还好吗？"

"嗯，最近她的身体状况很健康。不像住在东京那阵子，患上了严重的神经衰弱——噢对，那会儿你也听说了吧？"

"听是听过，但究竟是不是神经衰弱，也不好说吧……"

"看来你有所不知呢。那时的千枝子简直和疯子没什么两样。正号啕大哭呢，突然就破涕为笑，笑得正开心呢，突然又——说出些奇妙的故事。"

"奇妙的故事？"

村上没立刻回答，而是推开了一家咖啡馆的玻璃门，挑了一张能望见屋外行人往来的桌子，和我面对面坐下。

"说起这故事，可真够莫名其妙的！我还没跟你讲过。这还是千枝子搬去佐世保之前告诉我的故事——"

你也知道，千枝子的丈夫是名军官，在欧洲战争[1]期间随A舰被派往了地中海，把她一人留在了日本。这期间，她一直住在我家里，但等到战争接近尾声的时候，她忽然患上了严重的神经衰弱。主要原因可能是，她的丈夫本来每周寄回一封家书，不知为何突然间中断了。毕竟千枝子新婚才不到半年，就和丈夫分开了。她成天一心盼着来信。我又心直口快的，总是奚落她，想想也怪可怜的。

---

1 即第一次世界大战。

恰好就是在那段时间。有一天……对对，就是纪元节[1]那天。好像一大清早就下起雨来了。那天下午冷得人直哆嗦，千枝子却突然提出，要去久违的镰仓玩一趟。她有个同学现在是某个实业家的太太，就住在镰仓。——可是特意冒着倾盆大雨去镰仓玩，实在没有必要。我和妻子都再三劝她待到明日再去。然而，执拗的千枝子无论如何也要今天去。她一边恼着气，一边草草收拾下便出门了。

"今天没准就住在那边了，兴许明天早上才回来。"——她留下这句话就出发了。但是没过一会儿，也不知怎的，浑身湿透、满脸苍白的千枝子就回来了。我们忙向她询问，她说自己也没打伞，冒着雨从中央站一直走到护城河前的车站[2]。我问她为什么做这种事时——她就讲了一件奇妙的故事。

千枝子一走进中央站——啊不，此前还发

---

1 日本祝祭日中四大节之一，纪念神武天皇即位。第二次世界大战后废除。此处指二月十一日。

2 中央站即东海道线东京站，护城河指皇居前的内濠，两者相距约 200 米。

生过另一件事，当时她也是去乘坐电车，不巧的是座位都已经坐得满满当当。于是，她拉着车厢里的吊环，眼前的玻璃窗上忽而映出一片朦胧的大海。电车当时正驶过神保町，无论如何也没有映出海景的道理。可是……她看见海浪在窗外的街道上翻涌。尤其当飞溅浪花的水珠打在窗上，甚至依稀能看见海平线。——从她所说的来看，千枝子从那时起精神就有些不正常了。

话说回来，千枝子一走进中央站，车站入口处的一个戴红帽子的人[1]冷不丁向她打招呼，说道："您丈夫近来可好？"这就够让人莫名其妙了，但令人摸不着头脑的是，千枝子丝毫不觉得红帽子的发问莫名其妙。"谢谢您挂念。只是不知道为什么，近来完全断了音信。"千枝子竟然还回答了红帽子。于是，红帽子又说："那么我就去探望一下您丈夫吧。"说什么探望，我丈夫可是远在地中海——当千枝子作如是想的

---

1 当时在车站中替乘客搬运行李的人通常戴红帽。

时候，才意识到红帽子的话有多么荒谬。但正当她想开口反问，红帽子微微一点头，就鬼鬼祟祟地消失在人群之中。无论千枝子怎么寻找，也没找到红帽子的身影。——不，与其说是没有找到，不如说是她根本回想不起，方才还站在面前的红帽子长着怎样一副面孔。因此，找不到红帽子身影的同时，每一个戴红帽子的人都像是那个男人。千枝子无从得知他究竟藏在哪儿，却觉得那个怪异的红帽子始终在身边监视着她。这样一来别说镰仓了，光是留在原地都令人毛骨悚然。千枝子连伞都忘了打，做梦似的跑进大雨里，逃离了那座车站。——当然，千枝子能编出这种荒唐事肯定是精神出了问题，而且她当时还得了感冒，从隔天起一连发了三天高烧，在谵妄中不停絮叨着"亲爱的，请原谅我""你怎么还不回来"之类的胡言乱语，仿佛在跟丈夫说话一样。然而，镰仓之行的怪事可不止于此。即使感冒完全康复之后，但凡听到"红帽子"这个词，千枝子一整天都会陷入阴郁，沉默不语。说起来，还有一回也滑稽得不得了，好像是在哪里的船家招牌上看见一顶红帽子，她还没等到目的地呢，立马就扭头回家了。

不过仅仅一个月过后，她对红帽子的恐惧就逐渐消退了。"嫂子，那个叫什么镜花的作家的小说[1]里，不是有个戴着红帽子、长了张猫脸的人吗？我遇到怪事会不会是读了那篇小说的缘故呀。"她还跟我妻子拿那事儿说笑呢。但是三月的某一天，她又一次被红帽子给吓坏了。从那以后，直到她丈夫归国，千枝子无论有什么事情也决不往车站去。你要前往朝鲜时，她没来为你送行，也是出于对红帽子的畏惧。

三月的某一天，她丈夫的同僚从美国回到阔别两年之久的日本。——千枝子为了去迎接他，一早就出了家门，但你也知道，那一带地处偏僻，即使是白天也行人稀少。那条冷清的道路旁，有一个像是被遗忘在原地的卖风车的小摊。恰好又逢着刮大风的阴天，货摊上插着的彩纸风车全都旋转起来，令人目眩神迷。——

1　指泉镜花于明治三十七年（1904）三月在《新小说》上发表的作品《红雪录》。

不知为何，即便只是这样的景象，也让千枝子打从心底感到不安。她蓦地一抬眼，发现一个戴着红帽子的男人正蹲在路边，背对着她。不消说，肯定是卖风车小贩在蹲着抽烟嘛。但是看见帽子的红色，千枝子不由得有种预感，如果去了车站，似乎又会发生什么不可思议的事。她甚至一度有掉头回家的念头。

不过幸运的是，直到在车站接到丈夫同僚为止，什么怪事也没有发生。只是当丈夫同僚领头，领着他们一行人通过昏暗的检票口的时候，有个人在千枝子身后说："您丈夫的右手受了伤，因此才中断了来信。"千枝子猛然回头，身后并没有什么红帽子，分明只有熟稔的海军将校夫妇。当然，这对夫妇断然不会唐突地说起此事，所以说，她会听到声音也真是有够奇妙的。但是至少没有看见红帽子，这足以让千枝子心情愉悦。她就这么走出了检票口，随着一行人来到停车廊，目送丈夫的同僚坐上汽车。她又一次清楚地听到有人在她背后说："夫人，您丈夫下个月中旬就会回国。"千枝子这时又回头一看，身后除了同来迎接的男男女女，根本没有什么红帽子。但是尽管后面没有，她面前却有两个戴红帽子的人正在往汽车上搬行李。——其中一个忽然转头看向这边，脸上露出意味深长的古怪笑容。千枝子一时间被吓得面如土色，连周围人都察觉到了异样。不过，等她镇定下来仔细一看，并不是两个人，而是只有一个戴红帽子的人在搬运行李，而且这人与刚才嗤笑的那人根本不是同一人。她这回终于记得那个红帽子的笑脸，尽管只是些模糊不清的印象。她绞尽脑汁试图回忆起来，脑海中却怎么也无法浮现出那张藏在红帽子下的、没有眼鼻的面孔。——这就是我从千枝子口中听来的第二件奇妙的故事。

将近一个月之后，——大约是在你动身去朝鲜前后，她丈夫真的回来了。他说由于右手负伤，所以很久没有写信。尽管不可思议，但这的确是事实。"也许是千枝子太过思念丈夫，自然而然预知了这件事吧。"——我妻子当时还这样取笑过千枝子。那之后仅过了半个月，千枝子夫妇迁往了丈夫任职的佐世保，就在他们

即将抵达目的地之前，我收到了千枝子寄来的
信。令人惊讶的是，信中讲述了第三件奇妙的
故事。在千枝子夫妇离开中央站的时候，帮夫
妇搬行李的红帽子像是想要道别似的，朝向已
经启动的火车的窗子探头示意。一看见那张脸，
她丈夫陡然脸色大变，过了会儿，他才有些羞
耻地说——他在马赛登岸的时候，和几个同僚
一起去了某家咖啡馆。突然有个戴红帽子的日
本人挨近桌边，亲狎地询问他的近况。毋庸置疑，
马赛的街头根本不可能徘徊着一个戴红帽子的
日本人。可是不知为何，他并未觉得有什么不可
思议之处，还把右手负伤以及归期将近的事情
统统告诉了红帽子。此时，有个醉醺醺的同僚
打翻了一杯科涅克白兰地。受了惊吓的丈夫环
视四周，发现那个戴红帽子的日本人不知何时
已从咖啡馆消失了。那家伙究竟是什么人？——
现在想来，尽管他那时看得一清二楚，却仍然
无法断定是梦是真。不仅如此，同僚们无不是
一副全然未曾注意到红帽子出现的神情。因此，
他终究没有对任何人提及此事。但等回到日本

月海与游梦人

之后，竟听千枝子说起曾两次遇见可疑的红帽子。他寻思，莫非在马赛见到的人就是这个红帽子？但这听上去未免太像一桩怪谈了。更何况，在建立功名的远征中因为思念妻子而出现幻觉，难免会招致嘲笑，所以他至今保持着沉默。但刚才那个探过头来的红帽子与出现在马赛的咖啡馆中的男人长得一模一样。——丈夫说罢，久久噤口不言，但过了一会儿，他又不安地低声说道："不觉得很奇妙吗？虽然两人长得一模一样，我却怎么也想不起来那个红帽子的脸。只是，当看见那张脸出现在车窗上的瞬间，我立刻知道，就是他……"

村上说到这里的时候，有三四个人走进咖啡馆，似乎是村上的朋友。他们走近我俩所在的桌子，纷纷跟村上寒暄起来。我站起身说：

"那么我先告辞了。反正在回朝鲜之前，我还会去拜访你的。"

我走出咖啡馆，不禁长长地叹了一口气。恰好在三年之前，我与千枝子曾经两次约定在中央站幽会，但她都爽约未至，并且寄来一封短笺说：她将永远做一位贞淑的妻子。直到今夜，我才终于明白了其中的原委。……

件 [1]

内田百间

一轮巨大的黄月遥悬彼空。只透着澄黄的色彩，未曾散放光辉。起初觉得正值长夜，但好像并非如此。天穹间流溢着苍白的光，不知此时是日落西沉，还是拂晓将至。黄月亮的月面中似有一只蜻蜓飘游。当那落下的黑影在月面消失之际，蜻蜓不知飞去何处，不见了踪影。我在辽阔无垠的荒原的正中央醒来。浑身湿透，水珠顺着尾鬃轻轻滴落。我儿时曾听说过"件"的故事，却从未想过自己会变成"件"。我降生为一只牛身人面的可鄙怪物，茫然地伫立在一无所有的旷野上，不知如何是好。为什么我被遗弃在这种地方？生下我的牛又去了哪里？对于这些疑问，我唯有一头

1　日本传说中人面牛身的妖怪，通人言，作出预言数日后死去。（编者注）

雾水。

月亮渐渐变得苍蓝。天穹中的光消逝了，唯独余下地平线上的一线清光。可这一线细光也在不断变窄，在即将化作乌有之时，光中浮现出许多个小黑点。不觉间，黑点的数量愈来愈多，在光芒流动的地平线上聚集，逐渐遮住了所有的光，使得天空陷入晦暝。于是，月华始落。我这才晓得，要入夜了，而且光消失的地方是西方。身体逐渐干燥，风掠过我的脊背，短短的鬃毛不禁打起寒颤。随着月亮渐小，苍蓝色的光向远方流去。在宛如水底般的原野上，我想起曾是人类时的种种旧事，心中滋生悔意。但是那段人生的终末今已微茫难觅，我不知道自己作为人的一生终止于何处。即使不断去追忆，好像也没法窥见全貌。我试着蜷起前蹄入睡。荒原的砂子沾在还没长出胡须的下颚，我觉得很不舒服，便又站起身来。我时而在荒原上漫无目的地游荡，时而呆立原地，夜深了。月亮倾落在西边的天际。

就在快要天亮的时候，从西面吹来巨浪般的大风。我嗅到了风中裹挟的尘沙气息，心想着，生而为件的第一日就要来了。可是，我忽然间想起了一件先前未曾留意的恐怖之事。据说件出生三日即死，但在此期间，它会操使人类的语言，预测未来的吉凶。既已转生为这种怪物，命如朝露也是无可奈何的事。即便只有三日寿命也无妨，但令人困扰的是"预言"。我根本没有头绪要预言些什么。所幸这片荒野了无人烟，就这么沉默地死去便罢了。这时，西风乍起，自远方传来嘈杂的人声。我心头一惊，朝那边望去，风又在吹了，这回吹来了"它在那儿！它在那儿"的喊声，而且那声音很耳熟，似是某个故人的声音。

原来昨日黄昏时的地平线上冒出的黑点是人类，他们为了听我的预言而彻夜穿过了这片荒野。这下大事不好了，只有趁被逮住之前尽可能地逃跑。我拼命朝东边逃跑。不久，东方的天穹流出苍白色的光，转眼间那光芒就变得明亮耀目。眼看着那可怖的人群犹如涌动的黑云暗影般要逼近这边来。这时，风又自东方起，嘈杂的人声再度随风传来。"它在那儿！它在那儿！"听上去也是某个似曾相识的声音。我惊惶地向北边逃窜，风忽自北方吹来，同样捎带来了熙攘人群的叫喊声："它在那儿！它在那儿！"当我掉头向南边逃跑时，南风骤起，南边亦有看不见尽头的人群朝我麇集涌来。已经逃不掉了。无数人为了从我口中聆听一席预言而来。如果被他们知道了我虽身为件却不会预言，不晓得会招来怎样的怒火。三日而死是无妨，但若是遭到他们的虐待可就不妙了。好想逃走，好想逃走，我边想边急得直跺脚。黄色的满月高悬于西边的天际，一如昨夜光景。已经穷途末路的我只能眺望着这颗月亮。

夜逝天明。

在广阔的原野上，人们远远地将我层层围住。乌泱泱的人群令人惊惧，不知有几千几万人之众。其中有几十人来到我面前，忙碌地修筑起工事。他们扛来了木料，在我周围立起一圈栅栏。然后，他们在栅后组装起脚手架，搭建起了一座座观望台。渐渐及至正午时分。我什么也做不了，只能注视着人们的行为。他们定然是打算往后三日内在高台上等待我的预言。我没有任何要说的预言，却被他们重重围住。无计可施了。无论再怎么想从中逃走，人墙也没有留下一丝缝隙。人们争相走上刚刚建成的观望台，高台上顷刻间便黑压压地站满了人。没能登台的人们则站在高台下或者是蹲踞在栅栏旁。不一会儿，从西边观望台下走来一个身着白衣的男人，他双手高举着一个带把手的盆状物，静静地走向我。四周顿时鸦雀无声。他煞有介事地在我身旁站住，把水盆放在地上便回去了。盆中盛满了干净的水。是想让我喝吧？我靠近水盆，低头饮水。

四周忽然喧嚷起来。"看，它喝了，它喝了。"有个声音说。

"终于喝了！是时候说出预言了。"另一个声音说。

我惊吓地扫视四周。看来人人都认为我喝了这盆水就会口述预言，可我压根无话可说，只好背过身，在那儿走来走去。似乎日暮时分已近。我心想，若是夜晚能尽快来临就好了。

"哎呀？它怎么转向那边了？"不知是谁惊讶地说。

"看样子可能不是今日。"

"那副模样就像要宣布重大预言一样。"

不知为何，这些七嘴八舌的声音我仿佛都曾在哪儿听过。我望向周围时发现，有个蹲在栅栏下的男子一直铆着劲朝我这边窥视。我记起了他那张脸。起初印象还有些模糊，但不久便清晰起来。而后我环顾四周，我的朋友、家人、昔日在学校念书时的先生，以及我在学校教书时的学生们的一张张脸浮动在栅栏之外。这些人尤其兴奋，把其他人都推搡开往前挤，死死地盯着我。我的心情变得阴郁。

"哎呀，"有人说，"这头件好像有点眼熟。"

"是啊，但怎么也记不起来似的。"有人回答说。

"瞧，眼熟归眼熟，可就是想不起来。"

我听罢感到一阵慌乱。假如被朋友知道我变成了一头野兽，那简直让人无地自容。还是不让他们看见脸为妙，我扭脸背向那些声音传来的方向。

不知何时起，暮色已然降临。黄色的月亮朦胧地悬在空中。在月色由黄泛青的期间，周围的观望台与栅栏上蒙上一层轻薄的暗影。入夜了。

入夜之后，人们在栅栏外架起篝火。火花彻夜迸裂不息，径直飘向月光辉映的夜空。没有一个人入睡，都在等待我的话语。篝火烟使得月面上淌过一股赤黑色的洪流，烟色愈来愈黑，月光逐渐褪色，黎明的风吹来了。于是，又一夜逝去，天色破晓。昨夜似乎又有数千人穿越荒原而来。栅栏周围比昨日喧嚣得更甚。人群的行列中不断有人来回往返。人墙好像比昨日更加坚固，这让我越发不安。

不久，身着白衣的男人又高举着盆皿朝我走来。盆中依然是水。白衣男子恭敬地劝我饮水，言毕辄转身离去。我丝毫没有饮水的欲望。既然他们觉得我还会喝水，我便故意不理睬。

"它没喝。"有个声音说。

"安静点。这种时候说话可不吉利。"还有人说。

"一定是要宣布不得了的预言了，所以才会这么大费周章。"也有人说。

人群再次吵嚷起来，他们频繁地走来走去。之后，白衣男子几度把水端过来。当他端水走来时，四周就会安静得悄无声息，但一见我仍无意饮用盆中水，周围的喧嚣便会一浪盖过一浪。那盆水距离我的鼻尖越来越近。我为他们的纠缠不休而心生愠怒。这时，换了另一个人把水盆端来。他先是短暂地停留在我身侧，注视着我的脸，然后毫无顾忌地把水盆推到我的面前。我对这个男人的脸也有印象。虽然不知道是谁，但一看见这张脸，便气不打一处来。

男人见我不想喝水，就恶狠狠地咂了咂舌。

"不喝吗？"男人说。

"不需要。"我怒吼道。

这时人群中骚动顿起。我惊慌四顾，只见高台上的人纵身跃下高台，栅栏边的人翻越栅栏，他们用令人惊悚的声音互相谩骂，争先恐后朝我跑来。

"它开口了！"

"终于开口了。"

"到底说了什么？"

"不，接下来才是正题。"纷乱的声音交汇流入我的耳朵。

我注意到，黄月再度升上天幕，四周正在变得昏暗。终于，第二日也要结束了。我没有任何预言可说，也没有丝毫将要死亡的预兆。这么看来，件或许说出预言后才会死去，不作预言的话度过三日也未必会死。那么还是不死为妙，我突然惜命起来。此时，朝我奔涌而来的群众中跑得最快的人已经来到我的身旁，接踵而至的后来者推搡着先到者。嘈杂声此起彼伏，但他们互相牵制地喊道："安静！安静！"

若是在这里被抓住，不晓得群众的失望和怒火将带给我怎样的噩运，但我再怎么想逃走，在包围涌动的人墙面前也无处可逃。人声越发鼎沸，到处传来惊叫悲鸣。于是，逐渐变得稠密的人墙朝我逼近。我害怕得瘫在地上，忘乎所以地喝起盆中的水。一时间，周围重回平静。已经无法挽回了。我看到人人都在竖起耳朵倾听的样子，心中不由得发怵，浑身直冒冷汗。我就这样沉默着，直到不知何时起，周围又开始有了些许骚动。

"怎么回事？好奇怪呀。"

"不，正是现在。马上就要说出惊世骇俗的预言了。"

我听见有人如是说道。不过周围的喧闹声并不激烈。我忽然注意到，群众间仿佛弥漫着不安的氛围。我稍感安心，瞟了眼前方的人墙，被人群挤到最前面的几人都是我熟悉的老面孔。他们的脸上蒙络着一层不可思议的不安与恐怖的阴翳。看着他们，我心中的恐惧减轻了几分，心绪渐渐平稳下来。我突然感到咽喉一阵干渴，就一口饮尽了盆中的水。人们见状急忙又给我打了盆水。这次没有任何人说话。撒在人群之中的不安的暗影愈发浓重，所有人都仿佛将要窒息似的。半晌未过，不知是谁忽然说道："啊啊，太可怕了。"那声音很低，却在人群中回荡。

我注意到，不知从何时起，人墙比之前松散了一点。群众似乎正在一点、一点向后退。

"我好害怕听到预言。看样子，件也不知道自己会说出什么样的预言。"有人说。

"无论是吉是凶，预言还是不听为妙。趁着件什么还没说，赶紧把它给宰了吧！"

这番话听得我大惊失色。就要丧命于此了吗？刚这么一想，我忽然记起，方才是被我遗留在人世的儿子的声音。至今为止，我对所听到的声音都觉得似曾相识，但唯独辨认出了这个声音。我想再看一眼在人群中的儿子，不禁踮起脚尖。

"看！件把前蹄举高了！"

"马上要宣布预言了。"有个慌乱的声音说。水泄不通的重重人墙霎时崩塌，人群保持着沉默，却以惊人的势头向四面八方逃散。他们越过栅栏，从高台下钻过，朝着东西南北作鸟兽散。人群离散之后，暮色更近了，月亮开始散发出澄黄的朦胧光辉。我舒了一口气，伸展前蹄，接连打了三四个大大的哈欠。不知为何，我依然没有任何自己行将死亡的预感。

橡子与山猫

宫泽贤治

　　某个星期六的傍晚，一郎收到了一张奇怪的明信片。

　　　　金田一郎先生　九月十九日

　　　　您近来平安顺遂，真是太好了。

　　　　明日将有一桩麻烦的官司，望您务必出席。

　　　　请勿携带远射武器。

　　　　　　　　　　　　　　　　山猫　拜启

　　信中内容如上所述。字迹歪歪扭扭，墨汁也毛毛刺刺地洒得到处都是，手指都蘸黑了。不过呢，这可给一郎高兴坏了。他悄悄把明信片塞进书包，在家里乐得又蹦又跳。

哪怕都钻进被窝了，只要一想起喵喵叫的山猫和麻烦的官司，他就兴奋得睡不着觉。

但是，当一郎睁开眼的时候，天色已经大亮。他往外一瞅，周围的群山仿佛初生一般温润，绵延在蔚蓝的天空底下。一郎急匆匆吃了饭，一个人沿着山溪的小路，朝上游走去。

清风飒飒吹来，栗子树哗啦哗啦地抖落着果实。一郎抬头望向栗子树。

"栗子树！栗子树！山猫有从这儿经过吗？"他问道。栗子树沉默了一会儿，才答道：

"山猫它呀，今儿早上坐着马车往东边去喽。"

"东边不就是我要去的方向嘛。真奇怪。那我再往前走走看。谢谢你，栗子树！"

栗子树也不说话，又哗啦哗啦地抖落起果实来了。

一郎往前走了没多远，便来到了吹笛子的瀑布。所谓吹笛子的瀑布呢，是纯白的岩壁上有一处小洞，水从这里飞喷而出，发出吹笛子般的声响。之后形成了瀑布，声势浩大地落入山谷之中。

一郎向瀑布大喊道：

"喂——吹笛子的！山猫有从这儿经过吗？"

瀑布嘀哩嘀哩地回答：

"山猫刚刚坐着马车往西边飞奔而去喽。"

"真奇怪。西边就是我家的方向呀。算啦，我再往前走走看。谢谢你，吹笛子的！"

瀑布又像平时一样吹起笛子来。

一郎又往前走了没多远，在一棵山毛榉下，许许多多白色蘑菇组成了一支奇怪的乐队，哆嗒咕、哆嗒咕、哆嗒咕地演奏着乐曲。

一郎弯下腰问道：

"喂，蘑菇，山猫有从这儿经过吗？"

蘑菇立刻回答道：

"山猫它呀，今儿早上坐着马车往南边去喽。"

一郎有些丈二和尚摸不着头脑。

"南边不已经是山里了吗？真奇怪。算啦，我再往前走走看。谢谢你，蘑菇！"

蘑菇个顶个匆忙，哆嗒咕、哆嗒咕地继续演奏奇怪的乐曲。

一郎又往前走了没多远。一只松鼠正轻盈地在胡桃树的枝桠间跳动。一郎赶忙挥手叫住了它：

"喂，松鼠，山猫有从这儿经过吗？"他问道。树上的松鼠抬手在额前搭了个凉棚，看着一郎回答道：

"山猫它呀，今儿早上坐着马车往南边去喽。"

"已经听过两遍'往南边去喽'，可真奇怪呀。算啦，我再往前走走看。谢谢你，松鼠！"不过松鼠早就不在喽。只见胡桃树最高的树枝摇摇晃晃，旁边的山毛榉的叶子闪过瞬息的光亮。

一郎往前走了不久，山溪小路已经细得消失不见了。在山溪之南有一条新的小路，通向一片黑黝黝的香榧林。一郎顺着这条路向上攀。蒙络摇缀的香榧枝笼下一层暗影，遮掩得青空一条缝隙都不露。路变成了陡险的坡道。一郎累得满脸通红，汗珠滴答滴答往下掉。终于他登上了坡顶，景色豁然开朗，他忽而感到很刺眼。那是一片黄金色的美丽草地，风吹得草儿沙沙作响，四周环绕着橄榄色的香榧林。

草地的中央有个身材矮小的奇怪男子，他弯下膝盖，手执皮鞭，沉默地盯着这边。

一郎走到他身边，不禁吓得停住脚步。那个男人是个独眼龙，看不见的那颗白色眼珠骨碌骨碌地跳动着，他上身穿着既像外褂又像绊缠[1]的古怪衣裳，像山羊一样盘着腿，尤其是脚的形状，竟像是盛饭的勺子。一郎感到一阵恶寒，他尽可能地保持冷静问道：

"你认识山猫吗？"

那个男人横眼瞟着一郎，终于咧嘴笑着说道：

"山猫大人马上就回来啦。你就是一郎吧？"

一郎吓了一跳，不自觉向后退了半步。

"嗯，我是一郎。不过，你是怎么知道的？"他说。奇怪的男人听他这么一问，嗤嗤地笑得更厉害了。

"这么说，明信片已经看过啦？"

"看过了。所以才会来这儿嘛。"

"那封信写得很糟糕吧？"那男人低下头，一脸悲伤地问道。一郎有点同情他，便说道：

"嘻，怎么会，我觉得写得很不错呀！"那男人顿时笑逐颜开，大气儿直喘，连耳根都羞红了。他敞开和服的衣襟，风呜呜地灌了进去，问道：

"那字写得也不赖吧？"

一郎忍不住笑了出来，回答道：

---

1 一种形似羽织的外套，但腋下不似羽织一般有开口，领口亦无合襟绳结，多穿作防寒服或耐脏灵便的工作服。（编者注）

"不赖！五年级的学生也写不出那么好的字。"

那男人突然变回不高兴的脸色。

"五年级？你是说小学五年级吗？"

那声音听上去有气无力的，所以一郎慌忙说道：

"不，是大学五年级噢！"

那男人又高兴了起来，笑得仿佛整张脸只剩下嘴了。哼哧哼哧、哼哧哼哧地狞笑着、叫嚷着：

"那封明信片是老夫写的噢！"

一郎强忍住笑意问道：

"你到底是谁呀？"

那男人忽作正色说道：

"老夫是山猫大人的马夫。"

此时，大风嗖地吹了起来，草浪翻涌，马夫连忙恭敬地鞠躬行礼。

一郎觉得很诧异，他回头一看，山猫已经站在那里。它身穿黄色披肩，一对绿眼珠滴溜溜圆。"山猫果然有一双高高竖起的尖耳朵"，正当一郎作如是想的时候，山猫深深地鞠了一躬，一郎也礼貌地还礼。

"你好哇，谢谢你昨天寄给我的明信片。"

山猫朝上捋了捋胡子，挺着肚子说道：

"你好，欢迎你的到来。事情是这样的，前天发生了一场很麻烦的争吵，我有点不知道如何裁决，所以想要问问你的想法。嘛，请你先稍作休息。橡子过会儿就来了。真是的，我每年都得为他们的官司发愁。"山猫从怀中掏出一盒香烟，自己叼起一根，又递给一郎一根：

"怎么样，来一根？"

一郎吓了一跳，说道：

"不了。"

山猫大笑起来：

"哼哼，还是个毛头小鬼嘛。"说着，它咻的一声擦了根火柴，故意皱起眉头，呼地一下吐出蓝色的烟圈。山猫的马夫保持立正的姿势，腰杆立得笔直，但不管怎么看，他都像是在极力抵御香烟的诱惑，豆大的泪珠扑簌簌地成串落下。

这时，一郎脚边忽然响起仿佛盐巴撒落般噼噼啪啪的声音。他大吃一惊，蹲下身俯视，只见草丛里到处都是闪闪发光的黄金色圆球。仔细一看，原来是穿着红裤子的橡子。再一数，恐怕三百个都不止呢。它们好像在叽里咕噜说些什么，"哇啊、哇啊"地吵个不停。

"啊，都来了啊。多得跟蚂蚁一样。喂，那就赶紧打铃开庭。今天那边的太阳正好，把那边的草全割了吧。"山猫把烟头扔在一旁，急匆匆向马夫吩咐道。马夫显得慌手慌脚的，从腰间抽出一柄大镰刀，唰唰地把山猫面前那块地的草都割掉了。橡子们"哇啊、哇啊"地吵嚷着，散发着耀眼的光泽，从四面八方的草丛向那块空地滚了过去。

马夫不停地摇铃，只听得叮当叮当、叮当叮当——声音在香榧林中回荡，叮当叮当、叮当叮当——黄金色的橡子们稍微安静了一点。接着，山猫不知何时已换上了一身黑缎长衣，煞有介事地端坐在橡子们面前。一郎觉得，这简直就像一幅描绘信众在奈良大佛面前参拜的画作。马夫举起皮鞭，咻——啪唧、咻——啪唧地抽打了两三遍。

天空一碧如洗，橡子纷纷辉映出绮丽的光芒。

"这场官司到今天为止已经打到第三天了。你们不如就言归于好吧！"山猫似乎有些心虚，但依旧虚张声势地说道。橡子们七嘴八舌地叫嚷起来：

"不不！不成，不管怎么说，尖头橡子是最伟大的！而我的头是最尖的。”

"不！才不是呢。圆头才是最伟大的！最圆的是我。”

"个头大小才顶重要！大个儿橡子最伟大！我个头最大，所以我才是最伟大的。”

"胡说八道。法官先生昨儿不都说了嘛！明明是我个头比较大！”

"不行不行，没这么回事。身高才是最重要的噢！身高才是！”

"力气大的最伟大！应该凭力气决定！”

每颗橡子都叽里呱啦地嚷嚷个不停，互不退让，乱糟糟得像捅了马蜂窝似的。于是山猫呵斥道：

"吵死了！你们把这里当什么地方了？肃静！肃静！”

马夫咻——啪唧地抽响鞭子才让这群橡子安静了下来。山猫捻住翘起的胡须说道：

"这场官司到今天为止已经打到第三天了。你们不如就言归于好吧？”

这一下，橡子们又炸开了锅。

"不！不成，无论如何都是尖头的最伟大。”

"不，才不是！圆头的最伟大。"

"没这档子事！个儿大的最伟大！"它们争论不休，吵吵嚷嚷，乱作一团。山猫大声叫喊道：

"都给我闭嘴！吵死了！你们把这里当什么地方了？肃静！肃静！"

马夫咻——啪唧地抽响鞭子。山猫捻着翘起的胡子说道：

"这场官司到今天为止已经打到第三天了。你们不如就言归于好吧……"

"不！不！不成！尖头的……"叽里呱啦、叽里呱啦……

山猫大喊道：

"吵死了！你们把这里当什么地方了？肃静！肃静！"

马夫咻——啪唧地抽响鞭子，橡子又安静了下来。山猫悄悄向一郎说道：

"看到了吧？该怎么办好呢？"

一郎笑着回答道：

"你只需对它们这么说就好啦。你们之中最愚蠢的、最邋遢的、最没出息的家伙才是最伟大的橡子！

这是我从讲经的和尚那里听来的。"

山猫露出一副"原来如此"的表情点了点头。然后它装模作样地解开黑缎长衣的衣领，露出些许里面的黄色披肩，对橡子宣布道：

"好了，请保持安静。我宣布，你们之中最不伟大的、最愚蠢的、最邋遢的、最没出息的、头最瘪的家伙，才是最伟大的橡子！"

橡子们鸦雀无声。沉默着，沉默着，便愣在原地，僵硬得不会动弹了。

于是，山猫脱下黑缎长衣，擦拭着额头上的汗，握起了一郎的手。马夫也满面喜色地抽打着鞭子，响了五六声，咻——啪唧，咻——啪唧，咻——咻——啪唧。山猫说道：

"实在太感谢了！如此棘手的官司竟然在一分半钟以内就解决了。请你务必出任本法庭的名誉法官。从今以后，也劳驾你在收到明信片之后赏光过来。届时必有厚礼酬谢。"

"我知道了。礼物就不必啦。"

"那怎么行，请你一定要收下谢礼，这可关系到我的人格啊。那么从今以后，我就在明信片的抬头写

'金田一郎大人'，落款就写'法院'，你觉得如何？"

"嗯嗯，没有问题。"一郎说道。不过山猫似乎还有话想说，它轻捻了会儿胡子，直眨巴眼睛，终于下定决心般开口说道：

"还有呀，关于明信片的内容呢，我想这么写：'因有要件，烦请明日出庭'，怎么样？"

一郎笑着说："嗯，感觉有点奇怪哎。还是别这么文绉绉的比较好吧。"

山猫一副欲言又止的模样，非常失落地低着头捻了好一阵胡子，终于重新开口说道：

"那么，文书就还按原来那么写吧。话说回来，关于今日的谢礼嘛，你是喜欢一升黄金橡子还是腌鲑鱼头？"

"我喜欢黄金橡子。"

山猫仿佛庆幸一郎选的不是鲑鱼头似的，赶紧对马夫说道：

"速速备好一升橡子！如果不够一升的话就掺点镀金的橡子！快快快！"

别当[1]把刚才那些橡子装入升斗之中，称量了一下，大喊道：

"刚好一升！"

山猫的披肩被风吹得吧嗒吧嗒响。于是，山猫踮起脚尖，紧闭着眼睛打了个大大的哈欠，一边打哈欠一边说道：

"很好，快些准备马车。"马夫牵来一辆用巨大的白蘑菇做成的马车，随之还有一匹鼠灰色的、模样古怪的马。

"好啦，我送你回家吧。"山猫说道。两人坐上了马车，马夫把装着橡子的升斗也放进了马车里。

咻——啪唧。

马车驶离了草地。树木和草丛宛如烟雾般摇摇晃晃。一郎看着黄金橡子，山猫则是一脸恍惚地望向远方。

随着马车的飞驰，橡子的金光渐渐黯淡，不久后，在马车停住的时候彻底变回了寻常可见的褐色橡子。然后，山猫的黄色披肩、马夫、蘑菇马车都霎时消失

1　马夫的别称。（编者注）

不见了，一郎站在家门前，手里还拿着装满橡子的升斗。

从那以后，山猫的明信片再也没有寄来过。一郎有时候会想：如果那时候同意山猫写"烦请明日出庭"就好了……

月海与游梦人

观画谈

幸田露伴

早年间，我从某人那儿听来这么一桩逸事。直至今日，我仍不曾忘却这个故事，但事中的人名、地名早已如在林间焚烧落叶升起的火烟，不知逸往何处。

向我讲述此事的人有一个朋友甲，在普通人中也称得上出类拔萃。虽说上学晚，他仍然在大学里念到了二年级。起初由于家境贫寒，此人未能求师拜学，而是在乡村小学毕业之后就不得不自力更生。他堪称坚苦卓绝的典范，又是给小学老师打下手，又是在村公所像小吏似的干杂活。就这样一边工作、一边自学，几年之后，他的学问日益精进，逐渐被人们认可。于是，他托了些门路，终于去到东京求学，又历经一段宵旰攻苦的岁月，他如愿考入大学。因此，他在同窗中年纪最长——竟比同学长了五六岁之多。他行事像蝼蚁筑塔般迟缓，凡事都兢兢业业，也因此疲于俗世应酬，使得皱纹爬满了他的额头，就连内心中也萌生出其他学生尚未有的细小褶皱。不过，他念大学期间的费用一概是自己勤工俭学攒下的，所以在真正成为大学生之后，他始终心怀一种清净纯粹、惹人怜爱的愉悦与自矜，心无旁骛地聆听硕学的讲义，置身于书盈四壁的图书馆。他思忖世间最令人欢欣之事就是能够不受琐事烦扰，朝夕沉溺于读书治学。他浸淫于所谓的"勉学之佳趣"之中而倍感满足。于是乎，那些稚气未脱的同窗给他起了个"大器晚成先生"的诨名，用以挪揄他的年纪和老气横秋的态度。但他只是报以略显怯懦的微笑，不以为意，在大学里孤零零一人生活着。实际上，除了不参加同窗们天真的（抑或说庸俗且无意义的）饭桌社交、活泼的（抑或说仅仅是青年人用来发泄精力的）体育运动之外，大器晚成先生在学校的为人处事几乎无可非议。所以呢，同窗们尽管不会与此人深交，心底里也不免对其肃然起敬。除却几个爱逗笑的促狭鬼，大多数人对他都不吝寄予无言的同情。

或许是眼见多年的辛苦终于换来远大前程而产

生了松懈，又或许是念书勤奋过了头，可怜的大器晚成先生患上了一种怪病。当时，"神经衰弱"这个病名才刚刚在世间流行开来，但他患上的究竟是神经衰弱还是慢性胃病，就连医学博士们的诊断也模棱两可。总之，在原因不明的疾病侵袭下，他的身体越发衰弱了，加之不得不削减开支，更令人苦闷郁结。因此他听从了旁人的劝告，既然无法战胜病魔，索性暂时搁置学业，休养身心。他远离东京的尘嚣，置身于清山丽水，吸取灏瀁天地之间的灵气。

囊中羞涩的晚成先生没有流连于伊豆之欢乐乡、相模之疗养地的余裕，所以他一开始选择了房总海岸，但嘈杂的海岸线并不称他的心意。可即便如此，他也不愿拖着病体回到故乡的荒村，便时而在野州的山林间徘徊个一二日，时而在上州的温泉乡游玩个三五天，仿佛飘荡在白云轻风里、蹁跹于秋叶长空中，身在闲游却仍始终心神不定。他打着一把锦缎大洋伞，穿着一身褪色制服，脚踏一双结实的小牛皮靴，有徒步走上五里七里路的日子，也有搭火车行个十几二十里的时候，就这样持续着这场漫无目的的羁旅。

可怜的晚成先生不是"囊中自有钱[1]"之徒，只能省吃俭用，挑物价低廉的地方去，辗转于一家又一家寒酸旅舍之间。有时在机缘巧合下，他也能在热情好客的富户或者无须多虑的山寺寄宿。终于，他走出福岛县、宫城县的地界，走进奥州的深山中。先生是个极严肃的男子，他认为俳句之流是轻薄傲慢的臭老头的玩物，阅读稗官野史更是如同犯罪，就连《徒然草》也入不了他的法眼。因此，在这场索然无趣的旅程中，他每逢有所感触便提笔赋汉诗。当他踽踽独行于夕阳山路上、晓风草径中，这便是此旅唯一的乐趣。

晚成先生抱着羸弱的病体徜徉于早秋的奥州山间，到了南部领附近，沿着大路走了两三日路程，折入山中寻找一座位于荒村的寺庙。这缘起于他在旅途中结识了一个云游者。那时候常有这样的人，能够即席赋得一二首律诗，或者用半吊子的米法山水与怀素草书弄脏隔扇，便挟才自重，好为人师。他指点晚成先生说，你既然是因此四处旅行，此地的一间寺庙倒

1　句出唐代诗人贺知章的《题袁氏别业》："主人不相识，偶坐为林泉。莫谩愁沽酒，囊中自有钱。"

是个好去处。这寺庙虽说历史悠久，如今已经破败不堪。但寺内有一处小瀑布，那水是世间无两的灵泉。虽不是养老灵泉[1]，却也声名远著，有人从二三十里地外专程前来瀑布下沐身，还有禁不住瀑布冲浇的人，便拜托寺旁的农家打水来泡澡，竟不可思议地治愈了长年的宿疾。甚至有不少证据表明，此水连医生难以诊断的怪病都能治愈。东京的名医要是对你的病著手成春还则罢了，现在与其在乡间无所事事地游荡，不如去那里试一试。那儿的住持是个不拘小节的人，还曾穿着木棉袈裟，用束袖带把袖子别在背后，在芋薯田、小麦地里抖搂着粪勺浇肥哩！寺中只有主持和受戒未久的小沙弥，每日大抵只付二三十钱便可在寺房留宿吧。那座寺虽然古旧破陋，客房却也不差，好生安顿下来，终日泡澡作乐，岂不妙哉？虽无甚别致景色，却不失为幽静深邃的佳处。晚成先生听完顿时起了兴致，于是为了寻找这座寺而折入山中。

路沿着空旷的溪谷向上蜿蜒而去。两岸山峦竦

1　指位于岐阜县养老山断崖的养老瀑布。因世阿弥所作的能乐《养老》中的孝子源丞内传说而著名。传说神被对老父尽孝的孝子所感动，将泉水变成了清酒。

峙，时而向右方渐退渐远，时而向左方渐退渐远，又时而从右方迫近，时而自左方压来，再或是从两边一齐逼来。一水之遥的巨岩下白沫翻涌，为了通向对岸，急流上架起摇摇欲坠的独木桥，走过时不由使人头晕目眩，不一会儿，又要再通过危桥渡回此岸。令人惊惧的巨岩横在前路。他在路上徘徊摸索，不晓得前方能否通过，只得艰难攀行在岩壁上的狭窄道路，仿佛变成了蚂蚁或者螃蟹，终于通过时方得长舒一口气。若是没有遇到那个人，就不会来这穷山僻壤了，晚成先生心里难免滋生几分悔意。他在繁茂阴暗的树荫下休憩，心情也黯淡低沉，就在这沉默延续之际，忽听得"叽——"的一声，不知名的飞鸟自他头顶投落下意味不明的歌谣。

路终于变得平缓起来，对岸高耸屹立的岩壁之下有涧溪淌过。此岸的山也开阔起来，依稀能够望见山间的几亩梯田。粟黍的穗子有些低垂，豆田像是被兔子糟蹋过似的一片狼藉，枯黑的豆子已经掉光了枝叶，无力地立在那里，好似在呜咽啜泣。豆田那畔零星散落着两三家破旧倾歪的茅屋。天色从方才起就阴晦了下来，寒风忽起，枹栎和槲树的黄叶从半空中稀疏飘落的同时，不只是叶雨，真正的雨点也静静落下。向溪流的上游仰望，微白的云朵迅速地压了过来，转眼间侵蚀了峰峦，侵蚀了岩石，侵蚀了松树，就连对岸巍峨的岩壁也霎时被画兴大发的云朵吞噬。有美景欣赏固然是好事，但那云层逐渐笼罩下来，低得仿佛要遮盖住晚成先生的洋伞。此时，大雨瓢泼而至，林木也随声附和，欺负这位闲来无事却闯入山中的异乡客。晚成先生惊慌失措地跑了起来，好在不远处就有一户农家，他急忙跑到农舍檐下的泥地，伞却打落了横在门檐上的竹竿上挂着的一串玉米，把正在屋内角落的碾臼旁弯腰啄米的两三只白鸡惊得啼声乱窜。

怎么回事？

有个沙哑的声音问道。一个约莫六七十岁光景的老婆婆从泥地屋左侧的起居室探出头来。这黄脸婆满面皱纹，一头白发凌乱干枯，仿佛点上火立马就会噼里啪啦地烧起来。晚成先生一脸难为情，边收伞边点头示意，询问起寺庙的所在。老婆婆的目光从他的头顶一直打量到滴答滴答淌下水珠的伞尖，但出于对这位身穿村中难得一见的金扣黑西服的来客的尊敬，她没有说一句苛责的话。

一直朝上走便能到寺庙。这里叫门前村，过了前面几户人家，再走几步就是那座寺了。

　　大器氏谢过之后就离开了老婆婆家。雨势越下越大，他撑开伞时回头看了一眼，脸仿若木雕般的老婆婆也在注视着他，而那张脸亦奇妙地映入他的眼睛。

　　他走过七八户相隔颇远的人家。每家每户都似乎无人居住般悄无声息。从此地走出后便能望见寺门了。瓦陇间杂草丛生，加上被急雨打湿，更添古色，让人不禁追忆昔日气派的同时，也不免凸显今日的荒凉。走入寺门，寺内意外地空旷开阔，只见一棵不知是松是杉的参天巨木被拦腰砍断，看来也是距今不知多少年前的旧事了。雨水淅沥地落在残留的巨大树桩之上。右手边有座钟楼，地势略高于四周，风雨吹来的濡湿木叶泛出黄褐或者赭红，中等大小的吊钟落寞地悬在渐渐迫近的暮色之中，下沿的铜绿色尚显明亮，但已没入昏黑天色的龙头吊钩却显得肃穆。只有在这等寺院中，才可见得屋脊高耸的正殿，至于其是否遭遇过火灾已不得而知。地势高处有似是香积厨的建筑，晚成先生朝那边寻去，看见在正殿佛堂的位置有几块基石，立柱的石洼中积满了雨水，仿佛是为了感谢雨水的亲切访问溢出的喜悦泪水。晚成先生一边思索着，万物终将逝去，这寺中的兴衰变迁或许能在这里得到解释，一边走进了香积厨。屋子正面被一扇巨大的遮雨板封死，于是他便从灶房敞开的偏门走入，屋内分外宽敞，泥地对面的旮旯里是一台大炉灶，门口有两双沾满灰土、半已朽烂的草鞋，两三双陈旧的木屐，尤其有一只屐齿都已磨平的木屐翻倒在地，像是个露出肚皮的死人。这让晚成先生心生清寂之感。

有人吗？

他用并不响亮的声音问道。声音在空荡荡的屋中回荡，却未惊起一毫一厘的尘埃。一片寂静无声。屋外大雨滂沱。

有人吗？

他再度喊道。声音回荡。没有应答。大雨滂沱。

有人吗？

他三度喊道。声音传回了他自己的耳朵。但仍是哪儿也没有传来回答。屋外大雨滂沱。

有人吗？

他又一次喊道。依旧是杳无音声。他感到些许焦躁，想要再次呼喊的时候，传来了不知是黄鼠狼还是大鼠窜过的声响。紧接着，像是有人来了。左方的台阶上紧闭的障子门哆哆嗦嗦地被拉开，走出一个十八九岁的、书童模样的沙弥。他剃成平头的头顶覆着层短不及半寸的茸毛，鼠灰色棉衣上满是斑污，由白变灰的僧带缠在腰间。已然惯于羁旅的晚成先生深知，要是在这儿吃了闭门羹，今晚可就没着落了。他赶紧说明来意，把用白纸包裹的钱财硬塞过去。沙弥的态度却像个老僧般冷淡。

请在此稍候。

沙弥也不多寒暄，板着脸走入里屋。里屋仿佛深不可测，听不到任何声音。一片寂静。屋外大雨滂沱。

忽然听到有异样的声音传来，原来是沙弥从另一个入口走了进来，他端来舀满水的盥洗盆。

来，请先洗去风尘吧。

晚成先生心想，"好极了"。他脱下沾满泥的靴子，洗了脚，然后随着沙弥入内。入口的房间看上去像是茶室，约有十五六叠大小，中间被一个大火盆隔断。再往后是一间像是入侧[1]的一叠宽、五六叠长的昏暗

---

[1] 指书院式建筑中居于客房与外廊之间的、铺有榻榻米的走廊。

房间。无论是茶室还是这房间，走过之时，松动翘起的地板无不发出奇怪的声响。

最后来到一间十叠大小的房间，居中横摆着一张低矮的案几，对面是一个四十岁许的胖和尚，那张脸被日头晒得通红。他座下的蒲团又大又厚，赤紫相间，华丽得近乎诡异，却也已古旧不堪。他睁开那双小小的圆眼，猛地坐下。麦秸草帽下的那颗尖顶脑袋仿若跳舞的比利肯福神[1]，从不足一分长的头发间露出厚实的赭红色头皮。那颗小小的脑瓜看上去坚如磐石，稳稳地钉在那如同猪猡般浑圆宽阔的肩膀上。对于犹如弱柳扶风般走入房间的大器氏，大和尚青眼半睁，向他投去灼灼目光。晚成先生略微打了个趔趄，但他本就是正人君子，既然仁者无敌也便不必惊慌。他坦然落座，简要地叙说来意，然后谈起了那云游者口中的传闻。和尚询问其姓名，便表示了同意，随即摆出一副悠哉模样。

啊——您已经从那只风吹鸦[2]口中听说了？欢迎

1　比利肯福神（Billiken），美国女艺术家弗洛伦丝·普雷茨（Florence Pretz）于 1908 年创作的福神形象，尖头、吊眉、眯眼、裸体。风靡日本，后被用来代指尖头顶的人。

2　对在妓院中只逛不嫖的娼客和流浪汉的蔑称。

您远道而来。您随时可以到访那条瀑布。寺中房屋随您挑选，只不过亮堂点的房间都有些漏雨。被褥管够，但棉絮可能略微发硬。没有山珍海味款待您，但至少是主客平等。（临时起意[1]）藏海，你去嘱咐门前村的弥平老头，从明日起每日给这位爷烧洗澡水。但可不是免费，一日算您三钱。累了吧？您也好生歇息去吧。

藏海推开障子门，将他带到面向庭院的檐廊上。晚成先生跟在身后，走过檐廊的拐角便是三四间毫无装饰的空房，皆面向庭院。透过门窗的光线仅能照及三四寸，所以屋内昏暗极了。不如就在此屋住下吧。晚成先生站在藏海所说的房间前，藏海只拉开了这间房的遮雨板。庭院中的树木都为这雨水而烦忧。雨势比之前更大了。雨水从老朽变形的板檐间交错流下，生长在檐边的瓦苇不断被雨脚拍打，仿佛在说着"我错了、我错了"似的连连叩首，若隐若现。天空被大雨封锁，本来就晦暗无光。夜色又已落下。广阔庭院的那畔已经完全暗了下来，变得朦胧不清。唯有大雨

滂沱依旧，那雨声淹没了晚成先生空虚的心，但他忽然仿佛在急骤的雨声中听到了别的声音。他留意倾听，确是有别的声音。噢呀，似乎就在这附近……晚成先生循着声音转头向茫茫雨幕中眺望，彼此已经熟识的藏海轻点了下他的肩膀：

那是瀑布的声音。您用来沐浴的水正在落下……

他停顿了半晌，接着说道：

现在雨太大了，若是晴朗的日子，就能看见庭院的美景。

山嘴凸入庭院左侧的一隅，在苍郁的林木间似有一条瀑布流淌。

入夜了。晚成先生被带回茶室，同和尚与藏海一起用膳。确实没有美味珍馐。只有和着碎麦煮熟的冷饭、萝卜叶味噌汤、咸辣口的车轮烤麸羹和不知名的山草腌菜。且不说饮食的寒酸，招待客人的餐具虽是黑漆的宗和食案[1]，但筷子却是劣等的黄漆竹筷，看了就令人生厌。藏海自幼生活在山中，与世隔绝，所以他想从这位新来的客人口中听闻世间的新鲜事。和

1　涂以黑漆或朱漆的四脚食案，自江户时代起正式被用于宴席。

尚虽然不吝于有施于人，却也从不有求于人，所以他既不想听更不想讲什么闲谈。即便是用膳过后，三人喝茶的时候，和尚也没有兴致参与谈话。因此，晚成先生只了解到一些地势概略，这座寺院曾经香火鼎盛，庭院前是溪流，溪流对岸是险峻的岩壁，庭院左边是山脚，寺与门前村位于一个巨大的盆地之中。藏海与和尚时时留心听着，每当雨声随大风而作，二人就会面色阴沉，互相交换眼神。

　　大器氏被带去安排好的房间。寺人为他备好了硬棉被褥。他百无聊赖地横卧在棉被上，调暗了枕旁的煤油灯，却怎么也无法入睡。他的眼前浮现起方才的光景，三人沉默地食用着粗茶淡饭，寂静的室内只有雨声仍稠。煤油灯昏黄的灯光盈满宽敞的茶室，他总觉得被映出的三条影子仿佛在回头窥望似的。晚成先生觉得自己已非生活至今的自己，而变成了另一个世界的自己。这与死后去往别处天地的感受大相径庭，但他产生了一种至今不曾有过的奇妙感受。当他思来想去这些琐事而萌生困意，却还是睡不着。雨大得令人恐惧。宛如一条从太古直至尽未来[1]的巨河奔流不

1　佛教用语，"尽未来际"的略称，指永远的未来。

息，并非浮生中的一日偶逢大雨，而是自己短暂的一生被塞进一场永无间断的大雨之中。辗转反侧间，屋内除了庞杂的雨声外仍别无他响，静得就连听见鼠骚犬吠都会心生喜悦。寂静得仿佛住持和沙弥都不存在。不，或许他们只是不存在于我的五官所感知的世界。我们平日里认为世界辽阔无垠，而现在，世界只不过是

滂沱

的雨声罢了。反过来想，倘若这滂沱的雨声即是整个世界的话，自己出生时的呱呱初啼、周围人的惊叹声、上学后的读书声、其他幼童的念书声、歌唱声、欢笑声、怒骂声、吵吵嚷嚷、呶呶不休、嗡嗡唧唧、嘟嘟哝哝，千头万绪，世间的一切声音骰杂作响。其后还有马嘶、牛吼、汽车的倾轧声、火车的轰鸣声、轮船荡开波浪的种种声音，甚至连细微若绣花针落地之声也被纳入滂沱的雨声之中。晚成先生静静地侧耳谛听，滂沱的雨声里确实存在着无数种不同的声音。原来如此啊，他想着想着，不知何时起那庞杂的雨声竟听不见了，听者也失去兴致，落入了沉眠。

俄顷，睡梦被打断了。晚成先生张开双眼，世

界充斥着红黄两色的光芒，这与他印象中的昏暗光景截然不同。室内被那盏煤油灯照亮，屋外的提灯的光也照及枕畔，这与他入睡时大不相同，直到他那惺忪睡眼能够看清眼前时，他才明白过来，和尚和沙弥都已候在他枕边。发生什么事了？他不解其意，心中充满困惑，未发一言倏地坐起身来。

　　惊扰了您的休息，实在抱歉。雨从昨夜起越下越大，溪谷突然涨水了。您应该知道，深山里的溪流涨水尤其迅猛，寺院中都已经能看到水迹了。当然，涨水也不必大惊小怪，但是此地的溪谷源头本是一座广阔无比的平缓高原，昔日那里层林密布，所以从无灾祸发生。然而十余年前的滥伐，将那里变成光秃秃的荒原。就算是一夜骤雨也会引发山洪，我寺的佛堂便是在最初那场洪水中，被冲来的巨木撞坏了一角，后来就彻底废弃了。自那以后，再没有巨木从涧溪上游冲下来，所以后来的几次山洪没有造成太大损失。水涨得快，退得也快，第二天便会恢复如初。从昨天起，溪流就有涨水的迹象，谁也不知道水位会涨到多高。但是我们也都习惯了，只想守在这里，也不打算逃走。对您来说，危险嘛——应该是不会有的，但我等不愿让您有多余的担心。所幸庭院左方那座有瀑布流下的小山是万无一失的安全地带，山顶有间本寺僧人隐居用的草庵。请您尽快打点行装，移居到那里去吧。我现在就为您带路。沙弥用命令式的口气滔滔不绝地说着。然后，和尚用力挤开那对小小的圆眼睛：

水就要没过膝盖了，快些收拾上路。

他好像在撵人似的发出警告。晚成先生一刻也不耽搁，马上准备逃走。

好、好，谢谢您了。

他毫无底气地回答道，声音有些发颤，连自己都觉得难为情。他手忙脚乱地穿好衣服，收拾行装。他的行李只有一个大斜挎包、一个包袱、一把洋伞和帽子而已，所以三两下便收拾妥当。沙弥挑着提灯站在屋前。这时，晚成先生才看清他的衣着，依然是刚才那件鼠灰色僧衣。二人来到之前的泥地房间，那里挂着斗笠蓑衣。沙弥先把衣摆提起来掖严实，麻利地披上蓑衣，然后帮大器氏穿好蓑衣，戴上竹皮斗笠，把细绳紧紧系好。那绳结系得过紧，晚成先生连嘴都张不开，倍感痛楚，可他还是默默地忍受下来。沙弥自个儿也戴上斗笠，说：

出发吧。

沙弥走在前面。提灯在黑暗空荡的香积厨中无力摇曳着小得可怜的威光。屋外是一片漆黑，滂沱的雨声一如既往。

多加小心呀。

和尚亲切地说道。裤腿挽得老高、穿着旧草鞋的晚成子跟随在沙弥身后，步入不知通往何方的昏黑雨幕之中。可他一走出屋外就惊住了。雨横风狂，河川咽鸣，他还能持续听见来历不明的訇然巨响。他揣测，约莫正在庭院中穿行，离开房屋已有一段距离，果然，水已经浸入寺院。脚心感到一阵刺骨冰凉。水没过拇趾，没过足踝，淹没了整个脚脖，直到没过腿肚附近的时候，他明显感受到自山谷奔流而来的水势。空气变得寒冷，夜雨亦砭人肌骨。晚成先生的脚冷得厉害，脚心更是疼痛难忍。他止不住地瑟瑟发抖。忽然间，不知道什么东西绊住脚趾，大器氏眼看着就要跌倒，他一把薅住沙弥，使得那提灯猛地摇晃了一下，瞬间照亮了从蓑衣茅尖淌下的水珠，尔后灯火也滴落在雨中，咻的一声熄灭了。风声、雨声、川流声、草木摇落声，天地在墨染般的黑暗中发出磅礴之声。晚

月海与游梦人

成先生有些想哭。

好了。事到如今是回不去了。提灯也没法点亮。干脆就用您那把洋伞吧。对嘞，我握着这头，您握着那头，千万别松手噢。我在黑暗中也能摸到路，您大可放心。

藏海先生属实可靠。平日素有几分顽固的晚成先生此刻也信仰了他力宗[1]，这柄伞成了世界中唯一能够依持的力量。晚成先生握着洋伞这头，可握着洋伞那头的究竟是真正的善人还是狐狸？是妖魔鬼怪还是恶魔眷属？在伸手不见五指的黑暗之中，他只能谨小慎微地紧握着伞把，亦步亦趋。

水渐渐地退了，仅能浸没趾甲。不久，地势忽地陡峭起来，他们显然已经走在坡坂上。瀑布声夹杂在雨声中清晰可闻。

只要走过这里就好了。道路狭窄。我们将要走的地方可能没有路，不过只要不摔倒，顶多会被草木擦破皮而已。无须惊慌。您千万别给绊倒了。咱们这就接着走吧。

好好，多谢了。

1　宣扬借助阿弥陀佛的本愿以往生极乐的宗门。包括净土教系的诸宗派。

晚成先生的声音颤抖得不成样，怎么也无法向前迈开脚步了。

如此一来，眼睛完好的人全然不中用，盲目之人反而惯于行路哪。啊哈哈哈哈。我好像也被小树枝划伤了。啊哈哈哈。

这藏海不愧是吃斋饭长大的，说起话来像个得道高僧。反观战战兢兢、哆哆嗦嗦的晚成先生，把心提到了嗓子眼儿，压根没有插话的余裕。

路忽然变得极陡峻、极狭窄，令人惴然不安。晚成先生左手始终紧握着伞把，右手也顾不得痛楚和脏污，扒着地面，一步一步摸索前行，那姿势活像一只用三只脚爬行的四足动物。他感觉走了相当长的时间，但其实是辛劳让时间变得漫长。他们并没有走太远，不过也走了一町有余。坡终于变得平缓起来，晚成先生正想着，终于爬上来了。

我们到了。

藏海说着，松开了洋伞的一端。大器氏顿时成了身处难以名状的黑暗之中的孤立者，默然如一尊石头地藏似的一动不动，即使被雨水打湿，也仍呆立在原地。他仿佛在数着脉搏的跳动，再跳动，漫无目的地等待着下一次脉搏跳动之时将要到来的事。

沙弥正在那边做些什么吧？那边许久没有动静。忽然，响起了喀哒喀哒的声音。想必是在打开遮雨板。又过了一会儿，传来了呲呲的声音，蓦地亮起了火光。原来眼前是一幢建筑，沙弥正蹲在屋内的泥土地上划火柴，正欲点燃提灯的蜡烛。浪费了四五根火柴才把火点着。藏海的脸兴许是被荆棘或者山椒树枝之类的东西划伤了，血在脸上被风雨吹刮得四散开来，在烛光的映照下显得令人毛骨悚然。晚成先生终于能向这边走来了。他说：

你受伤了！真可怜……

沙弥拿出布巾，是这儿吧？他边擦拭着边说，只是一条血道子，没什么事。

也许是因为心里着急，沙弥草草用布巾擦拭了泥脚，便手持提灯快步走了进去。这间四畳半的茶室里摆放着一尺二寸的小火炉，从天花板垂下的竹钩上悬挂着一个熏黑发亮的小茶壶。沙弥欠身的模样非常虔诚，但他拉开障子门进入隔壁房间时，粗鲁得堪称"闯入"。大器氏留在泥地上，怯生生地往里窥探，六畳大小的房间中有一个老僧，仿佛已死去多时般枯坐在厚实的褥垫上。他像一尊着了色的塑像，全然不似活人。这是个七十岁上下的枯瘦老人，满头银丝仅有半寸长，正脸的轮廓显得细长。对于突如其来的闯入者，他竟纹丝未动，毫无惊讶，一副气定神闲的态度，仿佛已经司空见惯似的。最让晚成先生惊讶的是，藏海什么都没有对老人说。藏海点燃老僧座旁的煤油灯，然后回头给大器氏做向导。大器氏慌张地把脚擦干净，走了进来，只见老僧那双细长的眼睛一直在凝视着他。晚成先生没有出声问候，而是郑重地叩首行礼。当他抬起头时，看见藏海不住地挥手比画，指向了黑暗中的山麓。老僧微微颔首，却仍不发一语。

藏海用手指比画出各种手势。这位真言宗僧侣缔结印契之快令晚成先生瞠目结舌，木然地眨巴着眼睛。老僧极为徐缓地轻轻点头。之后，藏海对晚成先生说道：

上人的双耳虽已完全失聪，但他是慈悲为怀之人，请您安心。那么我就先行告辞了。

藏海一改先前的随性态度，恭敬地向老僧施了一礼。老僧轻轻点头。大器氏也点头致意，沙弥从容利落地提起灯，下了泥地，披上蓑笠便走出门外，静静地拉上门，飞也似的离去了。

　　大器氏的脑海中冒出了些稀奇古怪的想法。他满心疑惑，这老僧究竟是醒是睡？他是在这漆黑的深夜中坐禅吗？是打坐时酣然入睡，还是入睡后仍在打坐？只是今夜偶然如此，还是历来皆是如此？固然，若已悟道成佛则无谓生死，更不论是醒是睡、是坐是立了。看来晚成先生既不知《佛说离睡经》有言，比丘绝不应坠入非善非恶的睡眠之中，也不知近来的人不独死时，平日也常会以腋着地、侧身而卧。这么一看，他会惊讶也不无道理。

　　老僧对于晚成先生的所思所想毫不关心。

　　〇〇先生，不必多虑，请提上油灯去那边休息吧。壁橱里有几件衣物，尽可以拿去穿。已经三点多了。

　　老僧用极沉静温和的声音说道，用手指向屋内。大器氏自然地叩首还礼，照他所说提起煤油灯，怯生生地站起来。那您这里不就一片黑暗了吗？可这种事特意说出来反倒显得失礼，所以晚成先生就这么直起身，推开障子门往里走。狭小的里间果然只有六叠。他关好隔间的障子门，把油灯放在房间中的小桌上，猛地在小褥垫上坐下，这才终于安定下来，仿佛变回了自己。

　　与此同时，寒气浸身让他不住地打冷战。他莫名感到些许沮丧，可是当情绪逐渐平静之时，他忽然注意到老僧道出了他的姓氏"〇〇"。沙弥明明没有告知老僧，晚成先生也未曾自报姓名，何况老僧的耳朵完全听不见声音，他是如何知道的呢？或许是藏海打手势告诉他的？暂且也只能这么解释了。是睡觉呢？还是效仿老僧坐禅至拂晓呢？晚成先生边望向壁橱边思索着，忽然意识到什么似的，他掏出怀表一看，时针已经略微过了三点。因为略微过了三点，所以略微过了三点。没有任何值得惊讶之事，但大器氏还是吃了一惊。他久久凝视着怀表的表盘，最终把怀表放在了灯光下的桌面上。秒针发出呲、呲、呲、呲的声音。因为发出了声音，所以听到了声音。没有任何值得惊讶之事，但大器氏还是吃了一惊。然后，他仿佛被啪地击中般想起了什么。屋外滂沱的雨声仍然无休无止。怀表的声音顿时消失了。肉眼所见的秒针却没有停止转动，仍然按照坚实的步调转动着。

　　晚成先生的心境不由得微妙起来，他环视室内，被煤油灯光照得依稀可见的墙壁上方挂着一幅老旧熏黑的匾额。其上有几个以拙劣的书法写出的字。晚成先生一字一字辨认着：

桥流水不流

桥流，水不流。桥流，水不流。噢呀，桥流水不流，他在口中反复沉吟，心中不断思忖。忽然，白日间走过的那座搭在汹涌溪川之上的临时独木桥浮现于眼前。流水滔滔，水上是一座孤独的桥。桥流水不流。没有解释任何东西。可细细想来……突然，不知是谁，在晚成先生的耳边高声叫喊道：

桥流水不流。

这让他吓了一跳。

大器氏突然自嘲起来。真是咄咄怪事。竟有人特意把这么奇怪的话写在匾额上。他且放下[1]这边，又朝那边看去，虽然没有壁龛，但有一面七八尺宽的墙壁，上面张挂着一幅古老的横幅卷轴画。画景皆由细线勾勒，乍看之下，无处不在烟雨迷濛中。尽管画中运用了红绿青等诸多色彩，所画何物仍然无法辨识。大概是常见的涅槃像之类的吧？然而，当晚成先生用

1　双关语，日文的汉字词"放下"亦可作禅宗用语，指为了悟道而舍弃一切迷妄和执念。

若有似无的煤油灯光照亮朦胧的画面之时，细细看去，此画无比绵密地描绘出楼阁、民居、树木、流水、远山乃至人物。于是他不禁站起身凑近观摩，此画虽然古旧，处处都有污损，但无疑是不知倾注了多少心血才绘就的名品。他虽不识其中巧拙，但画风颇近曾经观赏过的仇十洲[1]。晚成先生身临画前，左手提起油灯，缓缓地移动灯火，仔细端详照亮之处。如不这样看，便难以在旧尘陈污中一窥此画的纤细邃密。

此画描绘了俯临大江的繁华都邑一景。画的上半部，江水后方是远山积翠，前方是丘陵起伏，两者间时有层塔高阁，黛黑苍郁的高木遮蔽了巉岨，烂漫明媚的春花埋没了山谷。由是处起，岸边渐平渐阔，遥望几户绮丽酒家，不分士女老幼，贩夫走卒，信马由缰者，闲庭信步人，熙攘杂多的人们恍如蝼蚁般微小。笔单随一人心而挥洒，画家当然无法穷尽个中委曲，但观此画，不难揣摩画中人等的姿态心绪。酒楼下的江畔有画舫停泊，舟中人小若半粒芝麻，形象却清晰分明。大江之上，既有百舸千帆，亦有竹叶孤舟，

1　即仇英，明代中期画家，字实父，号十洲。出身漆工，临摹宋元名作而自成一家，在风俗人物画、山水画领域留下众多名品。

月海与游梦人

垂钓的渔人也依稀可见。

随着灯火的移动，晚成先生从此岸转向右方的恢宏宫殿，琪花玉树，点缀其间，殿下的庭院有迂曲朱阑相隔围。阑中自有奇石园花，还有数不尽的珍禽待游人凝伫。

灯火徐徐左移，大小民居错落有致，伛偻提携行走于路，有担挑蔬菜、沿途叫卖的货郎，也有华盖高擎、纵马逞威的官家，还有赤脚的渔夫刚从大江上岸，拎着一排用柳条穿腮的鱼儿。风吹杨柳，翠烟笼罩的行道之上，士农工商渔樵——所有阶层的人们左来右往。有身披绫罗之人，亦有衣衫褴褛之人。有头戴冠帽之人，亦有毫无遮掩之人。好一幅与春江景色相映成趣的风俗画哪，晚成先生想道。

灯火接着向左移，江岸平缓，川柳扶疏，繁茂的杂树尽头有一片芦荻。微风轻拂过柳枝与芦荻。芦花间隙泛着春水的粼粼波光，一艘小舟从那里摇晃浮荡而来。船身设有竹篾篷，晴时遮阳，雨时避雨。船中还能看见少许火炉、盘碟之类的器具。老艄公伫立船尾，一手提起艕柯，像是要发船似的，一手高高挥起，吆喝询问有没有人上船。大器氏看不清他的脸，便将灯火凑得更近了。由远及近，艄公的面容也由模糊变得愈发清楚。他身穿露出膝盖、关节、胳膊肘的祥缠，戴着一顶小斗笠，昂首仰面的模样透着几分难以言喻的天真无邪。晚成先生想道，这个目不识丁的男子不正堪当寒山、拾得[1]的叔父吗？"喂——"老艄公张大嘴巴喊道。晚成先生莞尔一笑，不假思索便回答道："现在便去——"恰在此刻，窗缝漏进的冷风吹得灯火摇曳。小舟与艄公从远方飘飘乎行至眼前，又从眼前飘飘乎去往远方。一切都只发生在一瞬。

屋外大雨滂沱。

大器晚成先生将此趣谈讲给了亲近的友人。他的病也痊愈了。然而，在学校中再也不见他的身影。或许他已决心隐姓埋名于山间水涯，作为一介平凡之辈了却此生。据说有人曾经在某地见过一个被太阳晒得焦黑的农夫，那便是他。大器不成耶？大器既成耶？对于先生而言，这已经是不再是问题了。

1　唐代僧人，居于天台山，奇行甚多，被世人视为文殊菩萨和普贤菩萨的化身。常被用作绘画主题，被描绘为飘逸狂放的形象。

月海与游梦人

废墟的永夜抄

～廃墟の永夜抄～

镜子地狱

江户川乱步

"你们想听稀奇的故事？下面这桩故事如何呢？"

那天，我们五六个人轮流讲起恐怖故事或者稀罕事，最后一个发言的友人 K 这样开口讲道。那究竟是真实发生的事，还是 K 编造的故事，事后我也未曾询问，不得而知。但那时我们已经听罢各种各样不可思议的物语，又恰逢暮春将尽的天候，阴云密布，空气犹如深潭的水底一般沉重淤塞，或许故事的讲述者与听众都已经有点癫狂，因而，那故事异常打动我的心扉。他的故事是这么讲的。

我有一位不幸的朋友，权且称其为"他"吧。他不知何时患上了一种不可思议的病症。说不定还是遗传病，因为他祖上也出现过同样的病例。这并非无稽之谈，他的祖父、曾祖父都皈依了基督邪教，压箱底的净是些洋文古籍、玛利亚像和基督受磔刑的画。除此以外，还有《伊贺越道中双六》[1]中出现过的一个世纪以前的望远镜、造型奇妙的磁石、被称为 diamant[2] 或者 vidro[3] 的玻璃制品，一并被塞进藤条箱里。他自幼就经常叫人把这些东西拿出来给他玩。

仔细一想，他从那时起便对能够映照出物体的东西——比如玻璃、透镜、镜子什么的——抱有不可思议的嗜好。证据就是，他的玩具全是些幻灯机、望远镜、放大镜，或者是与此类似的将门眼镜[4]、万花筒之类的棱镜道具，能将映入眼中的人物和器具拉得细长抑或压得扁平。

我记得在他的少年时代发生过这么一件事。某天，我去他家的书房找他，书桌上有个旧泡桐木箱。他从中摸出曾经时兴的金属镜，举在阳光下，光映射

---

1 净琉璃剧目，近松半二、近松加助合著。1783 年于大阪竹本座初演。改编自 1634 年冈山藩士渡边数马与义兄荒木又右卫门在伊贺上野讨伐仇敌的复仇事件。

2 英语，意为钻石。

3 葡萄牙语，意为玻璃。

4 江户末期流行的玩具，又叫八角眼镜、章鱼眼镜，能像蜻蜓的复眼般看到复数个同一对象。

在昏暗的墙壁上。

"怎么样？好玩吧？你瞧啊，把平面镜对准那边，就能映出奇妙的字儿。"

听他这么说，我扭头看向墙壁，令人吃惊的是，在有如白金般耀眼的强光中映出的圆形中央，浮现出一个笔画略显走样的"寿"字。

"真不可思议欸。到底是怎么做到的？"

对于儿时的我来说，这简直堪比神迹，让人既好奇又害怕。我不假思索地向他问道。

"不懂了吧？让我来给你揭晓答案。一揭底儿也就没什么好稀奇了。喏，看这里。镜片的底下是不是刻着个'寿'字？光一照，就给它映出来喽。"

确实如他所说，青铜色的镜片底有着精美的字雕。但是，它为什么能透过镜面而变成墙上的字影呢？无论从哪个角度观察，镜片表面都只是光滑的平面，连模糊的人脸都无法映照出来，却能通过反射映出不可思议的影子。简直像魔法一样。

"这可不是魔法噢。"

他看着我诧异的脸开始讲解道。

"爸爸告诉我，金属镜这玩意和玻璃不一样，如果不经常打磨的话就会变得模糊不清。这面镜子是我家代代相传的古物，不知道打磨了多少遍。所以呢，每次打磨的时候，字雕所在的内侧和偏薄的外侧会发生不同程度的磨减，其间的差异是肉眼不可见的。磨厚的地方时手劲会不自觉大一些，薄的地方则会小一些。这种肉眼看不见的差异可不得了，一经过光反射，就会浮现出字影。明白了吗？"

　　听完他的说明，我虽然大致上理解了原理，但是连人脸都映照不出来的光滑表面居然能够通过反射映出清晰可见的凹凸，这一神秘的事实，让我感到某种类似于用显微镜观测时的细微惊悚。我不由得打了个冷战。

　　这面不可思议的镜子令我记忆犹新，但这只不过是其中一例罢了。他的少年时代几乎被此类奇妙的游戏塞满了。更有意思的是，在他的感化之中，如今的我也对透镜之类的东西抱有多出普通人一倍的好奇心。

　　但少年时代的热衷也就仅此而已，直到他升入中学高年级，开始接触物理学之后——你知道的，物理课上有讲关于透镜和镜子的原理——他才愈发沉浸其中，从那时起，他成了一个说是病态也不为过的透镜狂。说到这里，我想起来一档子事。我们在教室中听老师讲关于凹面镜的知识时，老师拿出了一个小小的凹面镜样品让学生传看，大家都用它来照自己的脸。我那会儿脸上长满了粉刺，总觉得这玩意儿和性欲有关系，所以心里头特别害臊。我无意中看向凹面镜，没想到吓得险些叫出了声。我脸上的一颗颗粉刺如同用望远镜看到的月球表面般，被放大到令人恐惧的尺寸。

看起来像座小山的粉刺顶端如石榴般爆裂开，流出浊黑的黏血，感觉像是在看以杀人场面为噱头的戏剧海报一样。也许是对粉刺的自卑感作祟，凹面镜中映出的我的脸显得尤为恐怖、瘆人，从那以后，我一看到凹面镜——像博览会啦，闹市的杂耍摊啦，不是经常摆列着凹面镜嘛——就害怕得瑟瑟发抖，想要拔腿开溜。

不过，他那时看凹面镜的反应和我彻底相反，看上去他从中感受到的并非恐惧而是无与伦比的魅力。"嚯——"他的惊叹响彻整间教室，听上去疯狂至极，所以同学纷纷大笑不止。此后，他痴迷于凹面镜无法自拔。他搜罗来大大小小、各式各样的凹面镜，一个人嗤嗤窃笑着用金属丝和瓦楞纸板制作出复杂的机关装置。到底是出于热爱，他具有设计出常人无法想象的奇特装置的才能，甚至让人从国外寄来关于戏法装置的书籍。至今仍令我深感不可思议的，是某天前去拜访时着实把我吓了一跳的"魔法纸币"。

那是个二尺四见方的纸箱，正面有个如同建筑物入口般的洞，里面插着五六张一元钞票，就像明信片插在信袋里。

"试试看把钞票拿出来。"

他把纸箱拿到我面前，若无其事地叫我把纸币抽出来。于是，我照他说的伸出手，就在我想要轻轻抽出纸币的时候，令人匪夷所思的事情发生了。那几张纸币我明明看得一清二楚，可是等手伸过去一抓，它们却仿佛轻烟般无法触及。我从没遇到过这般令人震惊的事。

"哎哟？"

看到我吓得魂飞魄散的表情，他饶有兴趣地笑了起来。据他的解释，这是一个英国物理学家设计的戏法，用的依然是凹面镜。具体的原理我已经记不清了，似乎是把真钞票横放在纸箱底部，在钞票上方斜置一个凹面镜，然后把灯泡安装在箱内，让光线恰好照在纸币上。物体会在与凹面镜的焦点处于同等角度、同等距离的地方成像，所以纸币才会出现在纸箱的洞口。普通的镜子绝对无法做到如此以假乱真的程度，凹面镜却能形成不可思议的实像。真的，那纸币好像真的就在那里。

就这样，他对透镜和镜子的异常嗜好越来越强烈。不久，中学毕业，他不想再继续往上念书了，而且父母也对他非常溺爱，无论儿子说什么一般都会答应。所以，毕业之后他觉得自己已经是个成熟的大人，便在庭院的空地上建了一座小实验室，终日在里面沉迷于他那不可思议的乐趣。

以前，因为学校多少束缚了他的时间，让他不能够全身心投入此道，而现在，他从早到晚把自己关在实验室里，他的"病情"以一种令人恐惧的加速度恶化。他本来朋友就不多，毕业之后，他的世界局限于狭小的实验室之中，他也从不去任何地方玩，因而来访者日渐稀少。最终，除了他的家人以外，会造访他房间的只剩下了我一个人。

我也是偶尔去他家，但每次到访，我都感到他的病情在不断加重，如今已经近乎疯狂，这也让我私底下深感恐慌。令他的怪癖更加不可遏止的是，他的双亲因为某年蔓延的流感而不幸去世，所以他不必再顾忌任何人，继承的巨额遗产更足以供他随心所欲地进行种种奇妙的实验。另外，他如今已过了二十岁，对女人的兴味日渐浓厚。这位嗜好古怪的主儿在情欲方面亦不遑多让，变态的情欲和天生的透镜情结相互勾连，两者都以惊人的势头高涨。在讲那个故事之前，在讲述那件招致可怕毁灭的事之前，我想先讲两三件事例，好让各位理解他的病情已经严重到何种地步。

他家位于山手区的一处高地上，刚才提到的实验室就建在这座广阔庭院的一隅，能够俯瞰到街道上家家户户的屋脊。起初，他把实验室的屋顶建成天文台的形状，架起一台天文望远镜，沉溺在群星的世界里。那时，他通过自学掌握了粗浅的天文学知识。可这种平庸的爱好远远无法满足他。与此同时，他在窗边架设起高倍望远镜，从各种角度偷窥地势较低处的敞开着的房屋，享受这种罪孽深重的隐秘逸乐。

无论是板墙围绕的房子还是与邻家互相掩蔽的

房子，住民们也自以为不会被别人轻易看见，他们绝对想不到有人正在远处的山上用望远镜偷窥自己。因此，所有的秘密行径仍旧肆无忌惮地进行，而这一切都被他尽收眼底，清楚得仿佛就发生在眼前。

"这真让人欲罢不能呀。"

他经常说，用窗边的望远镜偷窥是无上的乐趣。仔细想来，那确实是种相当有趣的恶作剧。有时，他也让我看一看，那些偶有的奇妙场景突然出现在眼前时，我也不禁涨红了脸。

此外，他还安装了一台名为 Submarine Telescope 的装置，即潜水艇中用来观测海平面的望远镜。他凭此便能坐在自己房间里，窥视用人们尤其是年轻女仆的私人房间，却丝毫不被对方察觉。非但如此，他还爱用放大镜和显微镜观察微生物的生活，更为离奇的是，他竟饲养了跳蚤，让跳蚤在放大镜或者低倍显微镜下爬行，看跳蚤吸食自己的血。他把同类的昆虫聚集在一起，观察同性之间的大打出手、异性之间的和睦相处。其中最令人毛骨悚然的是，他让我用显微镜观察一只半死不活的跳蚤，它痛苦挣扎的模样被放大了不知多少倍，平日里司空见惯的虫子竟然变得如此怪奇可怖。那是一台五十倍的显微镜，看的时候，一只跳蚤充塞了我的整个视野，口器、腿肢乃至于身上的一根纤毛都能看得清清楚楚。打个奇妙的比方，那跳蚤看上去大得像野猪一样可怕，它躺在黑红色血海（仅仅是一滴血）之中，半个脊背都已被压瘪，手脚在虚空中乱抓，尽可能地朝前努嘴儿，呈现出一副垂死挣扎的惨状。我甚至仿佛听见从那口器中挤出的恐怖哀鸣。

这类琐事桩桩件件说起来简直不胜枚举，我们姑且略去大半，只挑重要的讲。自从实验室建造初始，他的嗜好便与日俱增，那时竟还发生过这样一件事。某天，我去找他，随手拉开了实验室的门，不知为何百叶窗都拉了下来，屋内一片昏暗。只见迎面的正墙上隐约有什么——嗯……大概长达两米五左右——在蠕动。我怀疑是自己看到了幻觉，便揉了揉眼睛，可那东西依然蠢动不止。我伫立在门口，怔怔地盯着那只怪物，倒吸一口凉气。渐渐地，那只烟雾般模糊的怪物变得清晰了起来。犹如密植的钢针般的黑色草丛下是一双大如水盆的眼睛，炯炯有神，从带点茶褐色的虹膜到河川般穿流于眼白的血管，无不如散焦照片一样既朦胧模糊又奇妙地鲜明可见。往下是棕榈般闪闪发光的鼻毛，如洞窟般幽深的鼻孔，两瓣鲜红的嘴唇大得就像两枚坐垫重叠在一起，从中露出白瓦般亮闪闪的洁白牙齿。换言之，整间屋子就是一张人脸，它是活着的，并且不断蠕动。这绝非电影的画面，因为它每一个动作都悄然无声，散发出生物才有的光艳色泽。比起惊悚，比起恐惧，我更多怀疑自己是不是已经疯了。当我脱口而出惊恐的尖叫声时，从另一个方向传来了他的声音：

"吓到了吧？是我。是我呀。"

我吓得差点跳了起来。随着他话音一起，墙壁上的怪物的嘴唇和舌头也动了起来，水盆大的眼睛流露出阴冷的笑意。

"哈哈哈哈哈……这设计怎么样？"

整个房间突然亮了起来，他的身影从旁边的暗室里闪了出来，不必多说，墙壁上的怪物同时消失不见。想必各位都想到了吧，那就是所谓的实物幻灯机……当强光作用于镜子和透镜之时，能够将实物的映像投射出来，小孩子的玩具里也有类似的玩意嘛。不过在独具一格的构想下，他制作出了一架能够将映像放大至异常程度的装置，而且映出的正是他自己的脸。听上去似乎不足为奇，但亲眼所见时着实令人大吃一惊。总之，这就是他的癖好。

与此类似却更加难以捉摸的是另一架设置有多面镜子的古怪而复杂的机器，这次房间里可一点都不昏暗，他的脸我看得一清二楚。但当他站在机器前，他的眼睛霎时又变得像水盆一般大，漂浮在我眼前的空间里。他突然来这么一手，我仿佛身陷噩梦般缩成一团，吓得魂不附体。其实这架机器的原理和上面提到的"魔法纸币"一模一样，仍然只是使用凹面镜放大映像罢了。不过，尽管人人皆知理论上可行，但没有人会耗费大量的资金和时间去做这种蠢事。因此，这可谓是他的独家发明。他接二连三给我看这种稀奇古怪的玩意，让我渐渐觉得他已经着了魔。

此事之后，约莫过了两三月光景，他又突发奇想地把实验室划分为几个区域，上下左右各自张挂起一面镜子，连门窗也挂满了镜子，也就是俗称的"镜屋"。他秉着一根蜡烛走入实验室，独自在里面待了很久。谁也不知道他为什么做出这种举动，但不难想象得出他在里面看见的景象。站在上下四方挂满镜子的房间中央，他身体的所有部位都在镜子与镜子的互相反射之中显现出无限多个映像。无数与他一模一样的人从上下左右各个方向乌泱泱蜂拥而至。想想就叫人不寒而栗。我小时候在八幡不知森[1]的杂耍摊上体验过镜屋，虽然只是无比简陋的廉价商品，但仍让我感到恐惧不已。正因为我深知其可怕之处，所以当他劝我进镜屋试试的时候，我表示坚决拒绝。

后来，我发现进入镜屋的不止他一人，还有他中意的年轻女仆。这位当时年仅十八岁的美娇娘是他的恋人。他常把这段话挂在嘴边：

"那孩子身上唯一的可取之处在于，她的身体上遍布着无数深邃浓重的阴影。虽说她气色俱佳，肌肤吹弹可破，肉感也像海兽般富有弹性，但这些都比不上她身上的深邃阴影。那才是这名女子的美丽所在。"

他时常与此女共同在镜子之国嬉戏。据说，他们常常在被分割成数个区域的镜屋中待上一个多小时。由于实验室门窗紧闭，根本没有从外部朝内窥伺的可

1　位于千叶县市川市八幡的森林，自古是以神隐传说而著称的"禁足地"，相传踏入森林者断无可能走出来。

能。当然，他时而也独自待在里面，为此还发生过一件奇事。有次他一个人待在镜屋中，长时间没有任何动静，用人担心他的安危便去敲门。门一下子就打开了，全身赤裸的他走了出来，一言不发，接着便冷淡地向主屋走去。

他原本就体弱多病，从那时起，他的身体状况眼瞅着一日不如一日。但与肉体的衰弱成反比的是，他异样的病态癖好日益增长。他投入巨大的费用搜集各种各样形状的镜子，平面镜、凸面镜、凹面镜、波形镜、筒型镜。真亏他能集齐这么多奇形怪状的镜子。宽敞的实验室仿佛要被每日送来的变形镜淹没了。然而，还远远不止如此。令人尤其震惊的是，他在广阔的庭院中心建造了一座玻璃工场。工场出自他本人的独特设计，其生产的特殊制品在日本无出其右者。就连技师和职工也都是他精挑细选的。为此，他甚至不惜将所剩无几的财产全部投进去。

不幸的是，没有一个亲戚出面规劝他，用人当中有实在看不下去的人好言相劝，却立刻遭到了解雇，剩下的净是些冲着高得离谱的薪水而来的无耻之徒。在这种情况下，我作为他在世间唯一的朋友，应该设法劝导他停止这种疯狂行径，但无论我试着提过多少次，彻底疯癫的他依旧充耳不闻。他只不过是在挥霍自己的财产，并没有做什么伤天害理的恶行，外人也不好多参言。我看着他的财产和生命一天天地消耗殆尽，除了为他担忧，却也别无他法。

为此，我那时起开始频繁出入他家，想着至少可以对他的行动稍加监视。所以即便我不愿多看，他实验室中进行的眼花缭乱的魔术仍然映入了我的眼底。那是个令人惊异的充满怪诞与幻想的世界。随着他的病态癖好达到登峰造极的地步，他那不可思议的天才也发挥得淋漓尽致。那间实验室展现出无数怪异妖艳的光景宛如走马灯流转推移，全然不似这世间所有。我实在不知道怎么用语言来描述当时的见闻。

从外部购买的镜子往往有所不足或者没有适合的形状，这时他便用自己工场里生产的镜子来填补。他的梦想一个接一个变为现实。有时，会看到只有他的头、躯干或者腿飘浮在实验室半空的光景。自不待言，这是在室内倾斜着摆放着巨大的平面镜，然后在镜上凿出洞，从中伸出头或者四肢罢了。如此种种不过是魔术师的惯用把戏，但是表演者并非魔术师，而是我那病入膏肓、钻牛角尖的朋友，所以我不能不感受到一种异常的扣人心弦感。有时，整间屋子变成了一场凹面镜、凸面镜、波形镜和筒型镜的洪水。浪潮中心是他狂舞的身姿，或硕大无朋，或微茫难觅，或细长，或扁平，或弯曲，或者仅有躯干，或者头下方还连着头，或者一张脸上有四只眼睛，或者嘴唇朝上下无限延伸，又或者收缩，那些影子互相交错反复，纷繁杂乱，简直是一幕狂人的幻想。

有时，整间屋子化作巨大的万花筒。由数十尺的镜子拼装而成的三角筒喀嗒喀嗒旋转，在这架装置中汇集着仿佛搬空整座花店那么多的鲜花，万红千紫恍如鸦片吸食者的梦境，一片花瓣的映像大得如同一张榻榻米，千万瓣花朵汇成五色彩虹，化作绚烂极光，覆盖了观者的世界。他置身其中跳着疯狂的舞蹈，被放大的裸体犹如巨妖，庞大的毛孔犹如月球表面般凹凸粗粝。

此外还有种类繁多的可怕魔术，绝不逊色于方才说到的那些。这种魔境之美令观者在目睹的刹那陷入昏厥，让人近乎失明。我无力向你们描述这种美，况且就算我说出来，各位也不见得会相信吧？

这种狂乱状态持续不断，最终导致了他走向可悲的毁灭。我这位最亲密的朋友终于彻底变成了一个疯子。至今为止，我始终觉得他的所作所为违悖理智，但是即使狂态尽显，他在一天中大部分时间里和常人无异，也读书，也会拖着瘦骨嶙峋的身体在玻璃工场里指挥监督，见到我时，还会一如既往地谈论他那不可思议的唯美思想，并未表现出什么异常之处。可万万没想到他竟然迎来了那般残酷的结局。恐怕还是盘踞在他体内的恶魔犯下的罪过，否则便是他太过沉溺于魔境之美，引发了神的愤怒。

某天清晨，我被一阵急促的敲门声吵醒，是他的用人来了。

"大事不妙了。夫人请您赶紧来一趟。"

"不妙？怎么了？"

"我们也不太清楚。总之，请您立刻过来吧。"

用人和我面面相觑，一番简短的问答之后，我什么都来不及带，便立刻朝他家赶去。地点依然是那间实验室。当我跑进屋中，如今已被称为夫人的女仆情人带着几个用人一脸茫然地呆立在那里，望着一个奇妙的物体。

那物体比杂技表演用的踩球还要大上一圈，表面包裹着一层布，它仿佛活物一般在收拾整齐的宽敞实验室中左右滚动，来回转圈。更令人毛骨悚然的是，从球体内部发出既不像动物又不似人类的惨笑般的低吟。

"究竟是怎么回事？"

我只好先问那个女仆。

"我也不太清楚呀。虽然我觉得老爷应该在那里面，但是不知道这么大的球是什么时候做出来的。哪敢伸手去碰，太吓人了……我刚才冲着它喊了好几遍，只有奇怪的笑声从里面回应。"

听她这么一说，我马上凑近那颗球，观察声音是从什么地方漏出来的。于是，我轻而易举地在滚动的球体表面上发现了两三个小小的通气孔。但当我提心吊胆地把眼睛贴在小孔上，往球内部窥视的时候，一道奇妙的光束忽然晃过视野，似乎有人在蠕动，还能听见瘆人又疯狂的笑声。我对着小孔喊了两三遍他的名字，可不论对方是人类还是其他什么东西，球内都没有任何回应。

我打量着滚动的大球，然而未过多久，忽然发现球体表面有一处四方形的奇怪切口，看来这似乎就是进入球体的门。推门时会发出嘎嗒嘎嗒的声音，但是因为没有把手，无法打开这扇门。再仔细一看，球上残留着安置金属器具的凹槽，似乎是把手的痕迹。莫非是某人进入球体之中发生了意外，把手偶然脱落，这扇门就锁死了，无论从内外都打不开了。如果真是这样，那么这个男人就已经被关在球中一整夜了。或许把手就掉落在附近？于是我四处查看，果不其然，我在房间的角落发现了圆形的金属把手，并且试着把它插入刚才的凹槽，尺寸丝毫不差。但是握柄已经折断，就算把它插回去也打不开那扇门。

然而，尤为诡异的是球中人压根不向外界求救，只是不停地笑着。

"难不成……"

我忽然意识到了某件事，脸色顿时变得惨白。已经没有思考的余裕了。必须马上破坏掉这个球，赶紧把里面的人救出来。

我飞速跑到工场捡起一把大锤，回到原先的屋子，照着那个球猛砸过去。令人意外的是，球内部是用厚玻璃制成的，随着咣当一声的可怕巨响，那个球登时破裂成无数碎片。

从里面爬出来的正是我的朋友。我的猜想果然成真了。但即使如此，人类的相貌有可能在短短一日之内发生这般剧变吗？直至昨天为止，尽管他身体衰弱，但面目神情总是神经兮兮地紧绷着，让人望而生畏。而现在，他的面容完全像个死人，脸上的每一寸肌肤都松松垮垮，头发揉得乱作一团，异常空洞的眼睛里布满血丝，嘴巴痴痴地张开，始终笑个不停。他的模样让人不忍直视。就连那位备受宠爱的女仆也吓得不由后退了几步。

毋庸置疑，他已经疯了。但导致他发狂的究竟是什么呢？他怎么看都不像是会因为困在球中一夜就陷入疯狂的人。关键在于，那个奇怪的球究竟是个什么道具？他为什么要进入球中？在场的所有人都对这颗大球一无所知，恐怕是他命令工场秘密制作的。那么他到底想用这颗玻璃球做什么呢？

他在房间中徘徊游走，仍然笑个不停。那女人好不容易才恢复了平静，流着泪拽住他的衣袖。就在这异样亢奋的氛围中，玻璃工场的技师来上班了。我顾不得其他，抓住他发出连珠炮般的质问，他仓皇无措地回答了我的问题。我把他的答话要点归结如下：

　　他很久以前便命令技师制作一个厚约三分、直径四尺的中空玻璃球。这项秘密的作业紧锣密鼓地进行，但直到昨晚才终于完工。技师们自然对球的用途一无所知，只是服从了这条不可思议的命令，在球表面涂上水银，将球内面做成一面镜子，然后在内部安装数个强光小灯泡，在球上开一处供人出入的门。球完工之后，他们连夜将它搬到实验室，把小灯泡的绝缘电线接上室内灯的电线。把球交给老爷之后，他们就回家了。依技师所说，他们确实毫不知情。

　　我让技师们先行回去，又嘱咐用人们照顾好这个狂人，眺望着散落一地的奇怪玻璃碎片，绞尽脑汁也想破解这件怪事的谜团。我对着玻璃球端详了半天。但不一会儿，我忽然意识到，他或许想要试着穷极自己的智慧制作出一架镜子装置，享受它带来的极乐，最终设计出了这颗玻璃球。而且，他要亲身进入球中，看看映在镜子上的不可思议影像。

　　但是，他为什么会发疯呢？不，更重要的是，他在玻璃球内部看到了什么？他究竟看到了什么……想到这里，刹那间，我感到脊髓的中心仿佛被冰柱贯穿，某种世间罕见的恐怖一直冷到了我的心脏。他一进入玻璃球，在小灯泡闪耀的强光下看到了他自己的影像，从而陷入了疯狂？抑或说，他想要逃出玻璃球，却误将门把手折断，欲出而不得，在狭小的球体中痛苦挣扎，最终发了疯？还是说两者皆非？那么究竟是什么令他如此恐惧？

那终究不是人类所能想象得到的。这世界上曾经有人进入过球形镜子的中心吗？也许连物理学家也无法推算出那球形镜壁上映出了什么样的影像。或许，那是我们未被允许去幻想的、充满恐怖与战栗的非人世界，是举世皆惧的恶魔世界。在那里，映照出的不再是他自己的模样，而是什么别的存在。我们无从想象它呈现出了什么样的形象，但必然是某种令人类发狂的存在，而这种存在的映像覆盖了他的边界、他的宇宙。

可是，我们所能做到的，只不过是把作为球体一部分的凹面镜的恐怖扩展至整个球体罢了。想必你们都知道凹面镜的恐怖吧，那是一个仿佛把自己放在显微镜下观测一般的噩梦世界。球形镜则是将无数凹面镜连为一体，把我们全身都包围在其中，那种恐怖是单单一个凹面镜的几倍、几十倍。光是想象一下，我们都会感到不寒而栗吧。那是由凹面镜围绕而成的小宇宙。那里恐怕不属于我们这个世界，而是狂人之国。

我不幸的朋友啊，就这样试图把他的透镜情结、镜子痴迷发展到极致，在不应穷幽极微之处走得太远，以至于触怒神明，或者败给恶魔的诱惑，最终导致了他自身的灭亡。

后来，他在疯病中离开人世，事情的真相再也无从知晓。但是，至少在我看来，他是因为冒险进入镜子球体内部而葬送了自己。时至今日，我仍然无法割舍这一猜想。

死后之恋

梦野久作

一

哈哈哈哈哈。哎呀……失礼了。想必吓了您一跳吧。哈哈啊。以为我是个乞丐？……啊哈啊哈啊哈，真是太好笑了。

看来您对我一无所知呢。近来在符拉迪沃斯托克名声大噪的疯狂的流浪绅士，便是在下。哈哈啊。原来如此。您这么想也不无道理。像阁下这般堂堂日本军人，居然在 Svetlanskaya Street[1]（符拉迪沃斯托克的银座）被一个穿着黑市上卖剩的破破烂烂的旧式礼服的男人纠缠上，给硬拽进了这家餐厅。

---

1 现名为斯维特兰斯卡亚大街。（编者注）

"请您来决定我的命运。"

突然被拜托这种事，您会觉得我是个疯子也是再正常不过的了。哈哈哈哈哈……但您心里清楚，我既不是乞丐，也没有发疯，对吧？您是明白的吧。我没有喝醉……没有……

您可别笑，别看我这副德行，我可是土生土长的莫斯科人，身上流着旧俄国的贵族之血。而现在，我的命运被一种极不可思议的神秘力量左右，这段关于罗曼诺夫皇室末路的"死后之恋"令我夜不能寐，懊恼不已……我眼下便将这件故事讲给您，请您为我作出判断……当然，这是一件严肃至极且具有重大意义的历史事件……

……啊啊……望您谅解……感激不尽！感激不尽！真的太感谢您了……话说回来，来一杯伏特加怎么样？……那么威士忌呢？……科涅克白兰地如何？……都不喜欢啊……日本军人为什么都不喜欢喝酒呢……那就红茶、点心和时蔬……啊。这家店的香肠堪称一绝，来点？……Хорошо（好嘞）……

喂，美人儿！过来，点菜……那我来两口小酒，您别见怪……啊不……之所以还能享受珍馐，全仰仗日本军队维持秩序的福呢。这儿的房间也不大，俄式壁炉正好使……请您把帽子摘掉吧，嗯，轻松点。

说实话，我自打一周前在日本军队的兵站门口看见您的时候，就心想一定要跟您说上话。瞧见您出了兵站大门来到这 Svetlanskaya Street 购物，我凭直觉就知道，想必您在日本也身份显赫……不不，这绝不是溜须拍马……不仅如此，后来我慢慢发现，阁下一口流利的俄语简直不像个外国人，而且对俄国人也格外亲切，所以……而且，阁下对我同胞的习性有着深刻而缜密的理解。您一定会认同我。这也是让我下定决心把这件事告诉您的原因。啊不，我想不到有谁比您更适合倾听这个故事，然后来决定我的命运。

没错……您只需倾听即可。请您相信，我接下来讲述的这段恐怖的"死后之恋"是真实发生过的事。只要您这么做，恕我冒昧，我将把全部身家财产拱手让与您。那是我宁愿牺牲性命也不愿出手的宝物，价值连城，金额之巨足以让绝大多数贵族侧目。只要您相信这个故事的真实性，然后对我的命运作出裁决，这些宝物就是给您的微薄谢礼。我一点不会觉得可惜。因为支配着我的"死后之恋"的命运是那般崇高、那般深刻、那般怪异。

开场白似乎太长了，饭菜上桌还得一会儿呢，请您稍加忍耐……Хорошо……

有很多人听我讲过这个故事。无论是我的同胞俄国人、捷克人、犹太人、中国人、美国人……但是没有一个人相信我。而且因为我太过执着，不分对象地跟人讲这件事，使得我在这一带越来越有名。最终，人们觉得我是因为战争创伤患上了精神病，从而被赶出了白军。

于是呢，我成了符拉迪沃斯托克的名人。每当我想讲这故事之时，大家都捧腹大笑，立马逃走。还有很少的人听罢破口大骂："别把人当傻子！"然后愤然离去……或者是冷笑着挥手走开……"真糟心。"有的人这么说着，还往我脚下吐痰……这些反应让我心如死灰。又寂寞又难堪，叫人难以忍受。

所以谁都可以……只要是这大千世界中的一人就可以。只要他相信这则支配着我的、举世罕见的"死后之恋"的故事……我已经下定决心，只要他愿意裁决我的命运，我就把全部财产——也就是"死后之恋"的遗物原封不动地让给他，然后我准备终日酗酒，直到把自己喝死。就这样，我终于发现了阁下。我坚信只有您才是能够对我那被"死后之恋"笼罩的命运作出裁决之人。

呀……饭菜来了。祝愿您永远健康幸福。您是第一个听到这故事的日本绅士……恐怕也将是最后一个……

二

话说回来，您觉得我多大年纪？哎？不知道？……哈哈哈哈。其实我才二十四岁。我名叫瓦西卡·柯洛尼科夫。对，柯洛尼科夫是我的本名……我在莫斯科念的大学，读的是心理学专业。谁能想到一个前年才毕业的小毛孩儿，现在看起来起码有四十多岁，因为头发和胡须都已经花白。哈哈哈哈哈。不过，我在三个月前看上去还是个二十多岁的青年。一根白头发都没有，一张黝黑的胖脸儿，穿着白军的军服，和现在截然相反……

我在一夜之间变成了个糟老头。

详细说来，那是今年（大正七年）[1]的八月二十八日晚上九点至翌日凌晨五点之间发生的事情……地点嘛，在从顿斯科伊附近荒原中央的一座森林至向南仅十二俄里（约三日里）的日军前哨之间的铁道沿线上。现在说起来……不可思议的"死后之恋"的神秘力量使我的灵魂备受煎熬，最终竟衰老成这副模样……怎么？阁下愿意相信这一事实吗？……Хорошо……我相信……您一定会这么说对吧？Очень хорошо（太棒了）……感谢！不胜感激！

　　就如我一开始所说的，我生于莫斯科的贵族之家。自从双亲在革命中丧命之后，我就隐姓埋名来到了符拉迪沃斯托克。我生性温和，对暴力嗤之以鼻，一想到战争之类的事便会厌恶得浑身发抖。然而，彼得格勒的革命一时间夺走了我的家族和财富，令我陷入走投无路的绝境。我的性情也随之发生了不可思议的巨变，一切都无所谓了……时不时还冒出自杀的念头。本着这种自暴自弃的想法，我投身于曾经最厌恶的军队。不知是幸运还是不幸，那以后我没有遇上任

1　即 1918 年。

何像样的战事，就这么不断更换着军籍，最后被调到谢苗诺夫[1]将军麾下参与对红军的驱逐。您或许知道，距此地三百俄里之外有个叫乌首里的村子，我所在的部队恰好在今年八月上旬行军至此并进行军队整编。故事的主人公里亚多尼科夫就是在这一时期和我被分配到了同一个小队。

里亚多尼科夫和我一样出生于莫斯科，但他的行为举止透着一股天真无邪的活泼劲。这个十七八岁的少年兵虽然乍一看伶俐好动，却不经意间流露出高雅的气质。尽管肤色被晒得黧黑，但他清秀的五官仍在诉说着他体内流淌的贵族血统。

他在抵达该村并且与我被编入同一小队后不久，我们就成了要好的朋友，亲密得像兄弟一般……绝不是那种令人忌讳的关系。那种事是混淆兽性与人性的矛盾，只有痴呆症患者才干得出来……但……里亚多尼科夫和我意气相投，闲暇时畅聊宗教、政治与艺术的话题。我们俩都是罗曼诺夫王朝文化的追随者，谈

---

1 格里戈里·米哈伊洛维奇·谢苗诺夫（Григо́рий Миха́йлович Семёнов，1890—1946），俄国陆军中将，1917 至 1920 年在日本的支持下成为外贝加尔山脉地区的白军领袖，1921 年后流亡中国华北，1946 年被苏军俘获处死。

至动情处常常潸然落泪。在煞风景的军营里能遇到聊得如此投机的朋友，我的喜悦与感激真是溢于言表……恐怕里亚多尼科夫也是同样的心情……请您试想一下这种欢乐有多么深邃。

但是，我们的欢乐并未持续太长时间。不久后，谢苗诺夫将军为了把白军的行军路线告知驻扎在尼科利斯克的日军，就派遣我们的小队作为侦察兵出动……一名下士、十一名士兵，另外又加入了两名军官和一名下士。……说白了，就是去执行联络任务。我一直以来都被人视作懦夫，遇到这类任务时能躲则躲。这回调至司令部工作时我还暗自窃喜，可谁能料到命运还是把这份差事推给了我……就是这样。

决定出发的前一日傍晚……我忘了具体是哪一天。我从司令部回营，准备跟里亚多尼科夫以及小队里的朋友预先道好"死别"的俏皮话，但是小队这群家伙不知道上哪儿喝酒去了，屋中似乎空无一人。然而，里亚多尼科夫一个人落寞地待在屋内的昏暗角落，在修补一个皮具之类的玩意儿。他一看见我便急忙起身，意味深长地用眼神示意，把我拉到了屋外。他的态度别提多古怪了，连脸色也异于寻常。然后，他把我带进一间无人的马厩偏房，再一次确认周围没有人迹之后，他把手伸进内口袋，掏出了用报纸裹着的扁平状物体，像是厚厚一沓信札。他从中取出一个古旧的皮匣，打开黄金色的金属扣，我往里一看，大大小小二三十颗漂亮的宝石正在匣中熠熠生辉。

宝石的光芒令我一阵目眩。贵族的天性使然嘛，我家历代先祖都有收藏宝石的嗜好，我天生也对宝石抱有浓厚兴趣，所以我心急如焚地一颗一颗拈起宝石在青白色的夕晖中仔细端详检验。尽管是旧式的打磨技法，但这些钻石、红宝石、蓝宝石以及黄玉，无一不是精挑细选的逸品，其中没有掺杂一颗乌拉尔产的二流货色。这匣美妙的宝石仿佛是举世闻名的宝石收藏家费尽苦心逐一寻得的秘密收藏。谁也想不到，这等宝物竟然藏在一名年轻士兵的口袋里。

三

我仿佛遭到当头棒喝般，脑袋里一片空白。我就这么目瞪口呆地看看里亚多尼科夫的脸，又看了看成堆的宝石。里亚多尼科夫平日那张苍白的脸颊泛起些微的红色，他用辩解般的语气跟我道明原委：

"这是我迄今为止从未让人看过的……父母的遗物。在激进派宣称的主义看来，这些东西或许与粘在麦子上的泥粒没有区别……他们在彼得格勒把钻石和珍珠丢到排水沟的淤泥里……这是对我来说比性命更重要的东西。……我的父母在革命爆发的三个月前……也就是去年的圣诞夜，把这些宝石交给了我。那时候，他们向我嘱咐道……

"……'俄国近来兴起的革命或将葬送我们的命运。我们家族的血脉不可断绝，以防万一，你就带上这些宝石悄悄离开这个家吧。你也许会怨恨我们的冷酷无情，但是你仔细想想吧，我们面临的未来与你的将来究竟何者更为幸福，还是个未知数。你从小就是个性格活泼、刚毅的孩子，我们相信你一定能够隐藏自己的身份，度过所有的艰难困苦。你一定能等到我们的时代再度来临。'

"……'但是，如果我们的时代复兴无望的话，你就变卖一部分宝石充当结婚的费用，以保家族的血统不会断绝，见机行事。倘若旧世界果能再临，你便用剩下的宝石证明自己的身份，重振家族……'

"从那以后，我乔装成一个贫穷的大学生，来到莫斯科租了一间小房子，以教授音乐为生。我热爱音乐就像爱生命。我计划在时机合适的时候动身前往柏林或者巴黎，去某处的剧院或者乐团当个乐手……但是这一计划以彻底失败而告终。那时候，莫斯科到处飘荡着音乐声，从早到晚都奏响着手枪与炸弹的即兴交响乐，但再也没有一个人伏案谱写乐谱。我被迅速壮大的红军强征入伍，被逼无奈扛起了步枪。

　　"……我放弃音乐是那之后的事。因为我学过的乐谱都是王朝时代的古典音乐，与如今大众的低级趣味格格不入。不仅如此，身在红军，若是一不留神表现出对古典乐的热衷，恐怕还有暴露身份之虞。……所以我拼命找机会逃到了白军一方，但是谁也不知道红军的间谍藏在哪里，仍然不能够掉以轻心，连吹口哨和哼歌都不行，实在令人难过。每当听到娴熟的巴拉莱卡琴[1]和胡琴的演奏声，我不由得捂上耳朵，发出痛苦的呻吟……真想早日回到双亲身边……再次尽情弹奏我那架上等的古典钢琴，便是在我心中挥之不

1　一种俄罗斯民间传统乐器，18世纪从冬不拉琴演变而来。琴腹呈三角形，最大的琴身高度相当于普通人的身高。（编者注）

月
海
与
游
梦
人

去的夙愿……

"……恰好是昨夜发生的事。小队的同伴们脸色分外严肃，聚在一处窃窃私语些什么，我也凑过去听。他们说的是……我的父母和家人被激进派枪决的传闻……我吓得尖叫出了声。正说到关键之处，我把他们拉到暗处，小心翼翼地询问原委。我的父母就那么一言不发地被杀害了。最喜欢我的弟弟在枪口下喊着我的名字，向我求救。一桩桩一件件，听起来都那么真实……所以，我已经……没有任何期望了……我原想跟你说这件事，但不巧你在执行军务……不在……"

他的眼眶中噙满泪水，低下头盖上了皮匣。

我震惊得不知所措，抱着双臂木然地站在那儿，凝视着里亚多尼科夫的帽檐，膝盖直打哆嗦，心中满是惊讶和困惑。……我早就察觉到里亚多尼科夫出身不凡，但做梦也没想到他的身份竟如此高贵。

实话实说，我前一天在司令部执行公务时就听说了相同的传闻。……末代沙皇尼古拉二世、皇后、皇太子以及女大公统统被激进派军人枪决……罗曼诺夫王室的血脉凄惨告终……这样的报道早已有所耳闻，但那时我深信这是无稽之谈。无论怎样的激进派也不会贸然对毫不知情的、手无寸铁的沙皇及其一家下此毒手。……我在心中冷笑道。而且，白军司令部也和我持相同意见，并且向各部队下达通牒："务须确认真伪后才行公布。绝不可动摇军心。"

　　然而……即便这则消息是以讹传讹，但结合里亚多尼科夫的自白来考虑的话，我显然正在面对一桩无比重要的历史事件。我与这位身负重大因缘、随身携带着美丽宝石的青年相向而立——他那令人寒毛倒竖、充满万千危险的命运与我自身的命运正在彼此联结。

　　……不过……还有一件令人疑惑的事实。……非是其他，尽管尼古拉二世膝下有几位女大公，但是皇子仅有今年刚刚十五岁的皇太子阿列克谢殿下一人。……因此，如若当下站在我眼前的青年果真是废帝的皇子，是在激进派的枪口下幸免于难的罗曼诺夫王室的最后一人，那他应是奥丽加、塔季扬娜、玛利亚和阿纳斯塔西娅四位女大公之中最年轻的阿纳斯塔西娅殿下的兄长或者胞弟……因为他俩的年纪最为相仿……在从前的俄国或者外国皇室，秘密出生的皇子

256

在不为人知的情况下流落民间的事情时有发生……但是，近年罗曼诺夫王室掌控下的宫廷中绝不允许这样的秘密存在。……考虑到当时的国情，如果尼古拉二世新添了一个皇子，纵使再怎么棘手，他也会将皇子的存在公之于众。对此国情，您想必也有所了解，我就不再多费口舌了。总而言之，当时所有斯拉夫人都在翘首以盼皇储的诞生，更有甚者，就连维多利亚女王的女儿——皇后陛下[1]的身边也有被德国人买通的人。……还有人密谋在皇子出生时将其扼杀。……我还记得这些从祖父那里听来的荒唐的流言蜚语。

　　……所以……由此推断，我眼前这位低头拿着宝石匣、用白手帕掩面的青年必定是与废帝血缘关系最密切的某位大公的子嗣……从这些"足以证明身份的宝石"便不难推测，这位青年的父亲大公一家遭受了和废帝同样的命运……我猜想抑或是大公一家的遇难被谣传成了废帝惨遭灭门。……倘若此事属实，那么能被身份如此高贵之人告知这般秘密，乃是身为斯拉夫贵族的无上荣光，多么让人面上添彩。但与此同

1　概系作者笔误。亚历山德拉·费奥多罗芙娜皇后是英国维多利亚女王的外孙女。

时，从另一种角度来看，我也正在一步步迈入难以预料、危机四伏的命运……

……还有……思来想去之间，我不禁深深叹了一口气。我双臂抱在胸前，一回过头来重新思考，我却又意识到一件极为异常……令人忍俊不禁的怪事。

……那就是，我甚至还不知道……眼前的青年的本名……为什么这位自称里亚多尼科夫的青年要在此时让我看宝石？至于他向我坦白如此重大的秘密的理由，我更是一头雾水。或许是这位青年察觉到我出身于贵族……而且将我视若挚友，无比信赖，所以才将郁积在胸间的隐秘叹息和悲苦一并倾诉，向我寻求安慰？……但这种做法太过大胆，也太过轻率，不像是这位背负着沉重命运的聪敏青年会做出的事。

又或许是，这位青年具有夸大妄想狂般的变态性格。刚才向我展示的宝石都是极尽精巧到足以瞒过我双眼的赝品。……但我反复酌量，刚才的宝石怎么看都不像是赝品。我越来越确信这些宝石是如假包换的珍稀收藏。

……但是我预感到，如果我对青年问出"为什么要给我看这些宝石"的话，便会朝那向我逼近的危险命运更近一步。

　　……可……考虑了各种可能性的最后……无论如何，当下我应该继续不动声色，仍把他作为战友同志一样对待，这样对双方都安全。从今以后也保持这种态度，暗中观察，见机行事，才是最聪明的做法……得出结论之后，胆小怕事的我毅然下定了决心。我扫了一眼四周，贵族架子十足地点了点头，然后咳嗽了两三声。

　　"千万不要给别人看见这些东西。我是可以信赖的，但绝对不能让其他的人发现，不然很可能会大难临头。尽管只是绵薄之力，但我会竭尽全力帮助你，不要沮丧。我也听到了两三桩关于贵族被虐杀和处决的风闻，比如亚历山德罗维奇、米哈伊尔、格奥尔格、弗拉基米尔……"

　　我边说边窥伺着他的脸色。里亚多尼科夫的表情没有任何变化，但是听到那些名字时，他仿佛安心了一般长叹一口气，抬起脸擦干眼泪，面露感激地点着头，把宝石匣深深地放回内口袋里。

　　……可……但是……我不会做任何掩饰。虽然你可能会蔑视我……如果在故事中掺入假话，一切就会变得模糊不清，所以我打算和盘托出……

直说吧，我压根不在乎会发生什么事，满脑子想的都是得到那些宝石。我的血管中流淌着代代相传的宝石收集癖。第一眼看到里亚多尼科夫的宝石的瞬间，那种欲望就像火把般点燃，无论如何也无法抑制。我隐约有种预感，"里亚多尼科夫也许会在此次的侦察兵行动中战死"，所以我必须要和他一起行动。这种念头甚至让我忘记自己也会因此身处随时丧命的险境……

然而，那些宝石不久后将把我带入毛骨悚然的地狱……有谁能想到后来这段里亚多尼科夫的死后之恋呢？

四

从我们所在的乌首里村乘坐火车去尼科利斯克只需半日，但是铁路沿途的车站和村庄被红军占领，因而我们不得不从东方迂回。这是一场每时每刻都在折耗生命般苦心劳力的旅程，但万幸的是我们小队没有被红军发现。出发后的第十四天正午，我们终于看到了顿斯科伊教堂的尖塔。

那里位于红军占领的库莱夫斯基以南约八俄里（两日里），辽远无涯的湿地上风吹青草如浪，乌首里铁道犹如一道白光横亘在苍茫草原之左。往前一俄里左右的地方有一大片呈圆形的、茂密的阔叶林，宛如与库莱夫斯基城遥相对峙的孤岛般浮现于草原的中央。周围的森林大多因为修筑铁路而被砍伐，唯独这片森林保留了下来，着实是不可思议……在湛蓝的晴空之下，这座枝圆叶茂的森林反射着耀眼的盛夏阳光，美得仿若一幅不为人知的名画。

来到这里，距离尼科利斯克仅有咫尺之遥，我们小队众人终于松了一口气。自军官到士兵个个从齐腰高的青草中探头出来，伸着懒腰把一直紧挎的枪扛在了肩头，然后从广阔的杂草丛中飞速行过，保持着不规则的散开队形向森林方向前进。不久，从我们身后吹来习习凉风，令人有种仿佛在远足般的悠闲心情。紧跟在打头的军官身后的里亚多尼科夫斜戴着帽子，微笑地回头望着我，那泛红的脸颊和雪白的牙齿，至今仍映在我的眼底。

就在那时，距此约一俄里半之外的铁路方向倏地响起一阵尖锐的机关枪声，我们前后的青草叶被吹散到空中。甚至来不及惊讶，一颗子弹贯穿了我的左腿。

我跳起来得有一尺多高，然后横倒在了草丛中。不过我这时意识到"受伤的是大腿，不会危及生命"，便蹲坐在草丛间，双手颤抖着用小刀割开裤子，把表皮和烂肉剜出来之后，牢牢绑上绷带。其间，机关枪的子弹如同叽叽喳喳的群鸟般不间断地从我头顶掠过，我蜷缩着伏下身子，从草隙间张望伙伴们的情况。因为被独自留在这种地方是比死亡更加可怕的事呀。

但是我的同伴里好像没有一个人注意到我负伤了，大家都提着枪，在草丛间连滚带爬地向那片圆形森林的方向逃窜而去。现在回想起来，真是狼狈至极。就在此时，不知道为什么，机关枪的声音戛然而止，但我的战友们没有停下逃命的脚步。不一会儿，他们的背影变得越来越小，我想他们应该快到森林了。打头阵的两名军官以及尾随的十一名士兵都平安无事地逃进了森林。我清楚地看见，殿后的里亚多尼科夫一边不住地回头望、一边匍匐爬进了森林。如果我草率地向他发信号，反而可能会被击中，所以我仍旧弯下身子，忍受着腿疼，始终观望着森林那头的情形。

就在里亚多尼科夫的身影消失在森林中还没过十秒钟……你猜怎么着？森林中突然响起令人窒息的激烈枪声。那根本就是疯狂的扫射。我呆若木鸡地望着，脑袋被搅成一团乱麻。紧随着子弹纷飞声的，是一声声令人恐怖的哀鸣，从森林飞向四面八方。又过了不到一分钟，一切都回归寂静，恢复成最初那片绵延在万里晴空之下的、宛如画卷的静谧原野。

我仿佛做梦般注视着那片森林，想要知道那里究竟发生了什么事情。但过了很久，都不见一个人影从森林中走出来。或许是被枪声惊扰，原野上空没有半只飞鸟掠过。

环视四周的光景，我没来由地觉得那片森林中一定发生了某种恐怖骇人的事情。……刚才听到的枪声是敌是友？……比起这种理性判断，心中的恐惧更有力地俘获了一切……我与生俱来的怯懦使我浑身战栗，一动也不敢动弹。……在耀眼的蔚蓝天空下辉映着光芒的圆形树林……在其中突如其来又骤然消失的枪声，……然后是死一般的静寂……目睹这幅光景的我连牙根都在咔嚓咔嚓打战，感到紧握着青草的双手腕部冷得像冰块。我凝视得眼睛酸痛，直到森林周围的青空上，忽然纷纷扬扬地洒满了灰色印花布图案，我失去意识倒在了草丛里。也许是因为大腿出血过多引发的昏厥……

但不久后我就恢复了意识，我把枪和帽子都丢掉，在草丛里匍匐前行。我屡屡被草根缠绊住，头晕目眩地感到大腿阵阵剧痛，咬紧牙关向森林方向爬去。

我自己也不清楚，为何那时要去往森林。天性软弱的我究竟为什么要忍受着剧烈的疼痛，喘着粗气，匍匐在敌人占据的这片暮色笼罩的原野上，朝那片令人悚然的森林爬去呢……

……只能说，那时候的我被一种看不见的力量所支配。按照常识判断，理应避开那片可怕的森林，在草丛中躲着直到夜幕降临，然后沿铁路而行，趁着夜色向尼科利斯克方向出发才是最安全的做法。自不待言，由于连续发生的恐怖事件和剧烈的伤痛，让我把里亚多尼科夫的宝石忘得一干二净，连同好奇心、关心战友生死的人性感情统统荡然无存……只是有种……非去那片森林深处不可的念头……说不定我一到那里就会被射杀，然后从这种恐惧和痛苦之中解脱，在最高的树枝上升入天国……诸如此类散发着甜蜜哀愁的超自然思考在难以忍受的苦痛间隙中萦绕不绝……这片寂静原野无边的青草地中蒸腾的热气令我哽噎……我用沾满泥巴的手使劲抹掉无端流淌的眼泪，专心地拖曳着左腿……但……途中从森林方向传来两声轻微而渺远的枪响，我不由得抬起头，恐惧地四处张望，周围静寂如常，不见一丝影子闪过。那真的是枪声吗？我想不出个所以然，便又把头埋入草中，开始徐徐向前爬动。

五

当我爬到森林入口处的柔软草地时，天色已经彻底暗淡，夜空中唯有群星悬挂。夜晚的寒气接连爬过沾满泥泞的袖口、濡湿的膝头直至臀部附近，鼻涕和眼泪止不住地流下，让人忍不住想要打喷嚏。我忍着寒冷趴在草地上，细心观察周遭的动静。高大的树木并排而立，通向森林深处，星光依稀照亮了前路。但是，任凭我再怎么擦亮眼睛、竖起耳朵，也没有一丝人声，甚至未听见飞鸟振翅、树叶摩挲的声音。万籁俱寂。

人心真是种不可思议的东西。我渐渐明白，这座森林里既没有敌人也没有伙伴……只有无尽的空虚。我不禁松了一口气，平素的怯懦一时间再度复活。为什么我要一个人来到这座仿佛随时会有妖怪冒出来的瘆人森林……想到这里，我下意识地颤颤巍巍缩起了脑袋。毫无军人气概的我投身军旅，千里迢迢来到这片草原，孑然一身地负伤倒下。越是回望自己的命运，就越深切地感到恐惧，所以我打算赶紧离开森林。但忽然间，我改变了主意，默然凝视着森林深处的暗影。

这时候，我想起了里亚多尼科夫的宝石。与此同时我意识到，里亚多尼科夫他……不，是我们小队也许在这片森林中被杀害了……

……早就发现我们行踪的红军设下计策，决意不放过任何漏网之鱼。他们预先埋伏在这片森林中，然后将我们往这边驱赶，趁其不备从旁用机关枪射杀。这样就解开了迄今所有疑惑。若果真如此，我们小队大概被埋伏在林中的红军全歼了，里亚多尼科夫也不太可能侥幸存活。然后，红军应该是在我昏迷的时候往铁路方向撤退了……这么一想，在我眼前的黑暗中仿佛蓦然闪烁起里亚多尼科夫的宝石的美妙幻影。

我再次向您发誓，绝无半句假话。那时我已经彻底沦为欲望的奴隶。那几十颗珍稀宝石也许能为我所有——为了这卑鄙的欲望，我不顾因为痛苦和疲惫而奄奄一息的身躯，从草中撑起身，向眼前这片犹如蓝黑色墨水瓶底的黑暗中爬去。……战场窃贼……确实如此。我那时的心理状态已经不像个人，完全就是个在战场上扒窃的贼，您这么想，我也不会做出任何辩解。

之后，我一点点接近森林的深处，那里寸草不生，而是一片积满落叶枯枝的平地。寒意仿佛沁入身体的每一个毛孔，骇然的氛围愈发浓重，枯萎的枝叶在我的手掌下、膝盖下研碎而发出的极为细微的声音，也在挑逗着我紧绷的神经。

随着我逐渐接近密林的幽深处，也许是习惯了恐惧，我冷静地思考着周围的事态。……这座森林中似乎曾建有堡垒或者教堂，到处横陈着四四方方的巨大石材。似乎不时会有人来，落叶中有人踏过的痕迹。

不过现在林中寥无人迹，而且一路走来没有遇到一具尸体，也没看见枪匣或军帽之类的战斗遗留物，照此推测的话，我的同伴们也许平安无事地走出了这座森林……这么说……这时候，匍匐前行的我感觉手掌按在了枯叶堆积的小山上，看来我来到了森林中央的一处凹地。我环视四周，交错的枝桠间隐约能看见微明的原野。

我感到一阵安心……同时也非常失落，深深叹了一口气，盘腿坐在凹地当中。不由自主大大地打了个喷嚏，只见高高的树梢间垂下两三道微茫的星光。就在我抬头仰望的时候，胆子好像也渐渐壮了起来，我忽然想起了时常装在兜里的打火机。

我伏身在凹地中小心翼翼地确认周遭的情况，在确保从任何方向都看不见我之后，我迅速从右衣兜中掏出打火机，把手放得很低，啪的一声扳动点火装置的盖儿。我借着火光缓缓抬头，看见眼前有个树干似的白色物体，当我仔细看清之时，惊愕得发不出声音，手中的打火机也掉落在地上。

但打火机落地后并没有熄灭。那里的枯叶顺势被缓缓点燃，打火机里的汽油泄露流出，火势愈来愈旺，开始升起摇曳的油烟。可是我根本无暇去扑灭火焰，反而瘫坐在地上，浑身战栗不已。

　　包围着我所在的凹地的巨大树干上，捆绑着一具具全裸的尸体。仔细一看，全都是我那些方才还存活着的战友。他们各自的手脚被衬衣之类的玩意做成的绳结捆束着，双手被高高拽起，反缚在树干上。每一具尸体上都布满枪眼，保持着被捆缚的姿势饱尝残虐的痛苦与侮辱，眼睛被剜除，牙齿被敲碎，耳朵被扯得摇摇欲坠，两腿被斫砍得碎烂不堪。每一道伤口都流散出如同毛线捆般又粗又长的血痕，沿着树干一直流到了根部。他们筋疲力尽地垂着头，被撕裂的嘴角浮现出愚痴的表情……被切开的鼻子仿佛在笑……在枯叶熊熊燃烧的火光之中，每一具尸体都在上下摇荡，那姿势仿佛顷刻就要坠落在我身上。

　　我对着这幅光景痴痴看了几分钟还是几十分钟，我已经全然不记得了。当我看到下士尸体被剖开的胸膛时，自己胸前的扣子仿佛也被猛烈地揪住了；看到喉咙被割开的军官时，我拼命抓着自己的喉结，丝毫没有察觉已经抓出了血。仰望着那张下颌被撕裂、仿佛在笑着的血迹斑斑的脸，我不由得像喘粗气似的

"哈……哈……"地笑了出来。

　　……如果现在的我真的像人们所说，是个精神病人的话，那我一定是从那时起精神变得异常的。

　　此时，就在焦躁挣扎着的我的身后，似乎传来了一声不知何人的微弱叹息。虽然不知道这是否是活人发出的叹息，但我不知为何飞也似的转过身去，透过悠荡摇曳的红褐色枯叶火焰，我看见里亚多尼科夫的尸体被捆在一棵参天巨木上。

　　与其他尸体不同，他全身没有一处枪伤，也没有被虐杀的痕迹。只有脖颈上勒着条男式宽衫，吊在扎进树干高处的刺刀上，里亚多尼科夫的双手双脚无力垂下，两只眼睛瞪得大大的，直直俯视着我的脸。

　　……看到那副模样时，我不禁发出了奇妙的嘶喊声。……不，不，并不是因为害怕那眼神。

　　……里亚多尼科夫是个女人。而且，那还是一对处女的乳房。

　　……啊啊……我无法压抑住尖叫，惊骇得险些要昏迷过去。……这就是罗曼诺夫 - 荷尔斯泰因 - 戈托普家族的真正末路……

　　她……请允许我这么称呼……看来她是在稍后

爬进森林时被活捉的。那具肉体显然被施加了"强制结婚"的蹂躏，唇边还留有堵塞物的瘀痕。非但如此，她仁慈的双亲馈赠的结婚费用……那三十几颗宝石被塞进了空弹壳，由红军常用的大口径猎枪射进她的下腹部。我匍匐在草原上的时候听到的两声枪响应该便是这声音……在她皮开肉绽的下腹，有如手掌大小的青白色脏腑从里面流出垂下，其表面上粘黏着数十颗钻石、红宝石、蓝宝石和黄玉，沾满鲜血，散发着熠熠光辉。

六

……这就是我要告诉您的……"死后之恋"的故事。

她一定是爱上了我。一定是出于想和我结婚的打算，才把那么珍贵的宝石给我看。……我当时并未注意到这一点。看见宝石的一刹那，我就被熏心的贪欲所俘虏……啊啊……我是何等的愚蠢……

我对她的爱意一无所知。她在临终前寄托那最后一缕香魂，将我唤至这片森林。只为了将宝石给予我……她一定是想以宝石为灵媒，与我的灵魂永结同好……

请看……这些宝石……黑色的是她的血和弹药的烟灰。但是，请您仔细看看这闪烁的钻石特有的虹彩。蓝宝石也好，红宝石也好，黄玉也好，每一颗都是真货，而且，若不是上成货色的话绝无可能有这种硬度和光泽。这些都是我从她的脏腑里取出来的。我对她怀抱的爱深信不疑，这给了我勇气去进行这般令人战栗的工作。

……可是……这条街上的所有人都说这是赝品，嘲笑这血迹大概是猪狗的血。他们根本不相信我所说的话，还对她的"死后之恋"报以冷笑。

……但阁下绝不会说出这样的话。……啊啊……请您相信这一切都是真的。请您相信我……谢谢！谢谢！好了，请把手给我……请您与我握手……宇宙间最高的神秘——"死后之恋"是真实存在的。我的信念，由您首度证实。只要您相信，那么我像个乞丐一样徘徊在符拉迪沃斯托克的街头，受尽人们的冷眼嘲笑也是有价值的。

我的爱恋已经彻底圆满了。

月海与游梦人

……啊啊……再没有比这更令人愉悦的事了。不好意思，请允许我再干一杯。那么请允许我把这些宝石送给您，作为我满足于这段爱恋的谢礼。我只要有这段爱恋就足够了。这些充当灵媒的宝石已经在今日完成了使命……来，请您收下吧。

……哎？……为什么……您为何不肯收下……

难道您还不明白我欲将这些宝石献给您的心情吗？这些宝石归您了……我只感到喜悦，心满意足，打算就这么喝酒喝到至死方休，您不觉得这样的我很可怜吗？……

哎……哎哎……我的话不像是真的？……

……啊……阁下也不相信吗？……啊啊……怎么办……等……请等一等！不要逃……等……我还有话要说……等，请等一等啊！……

啊啊……

阿纳斯塔西娅女大公殿下……

樱花树下

梶井基次郎

樱花树下埋藏着尸体！

不妨相信这一事实。若问何故，盛绽的樱花美得令人难以置信，不是吗？我无法相信那种美，所以这两三日间始终惴惴不安。但如今，我终于明白了。樱花树下埋藏着尸体。这是大可以相信的事实。

为什么我每夜归家途中，都仿佛有一双千里眼，能从我房间里的各种道具中精挑细选，看见极轻薄小巧的物什，诸如安全剃刀的锋刃之类？——你说不知道为什么，可是——我也不知道为什么，可是——你我的无知想必是一回事。

无论是什么树的花，但凡待到满树花开之际，就会在周遭的空气中播撒一种神秘的氛围。犹如旋转的陀螺完全静止般澄澈，仿如聆听精湛的音乐演奏时伴生的幻觉，又如灼热的生殖幻觉导致的后光[1]。那是一种扣人心弦的、不可思议的、栩栩如生的美。

然而，昨日，前日，令我心中弥满阴森气息的亦是这种美。不知为何，我觉得这种美是无法置信之物。可我反而心生不安，陷入忧郁，心境愈发空虚。但是，我如今终于明白了。

请你试想，烂漫盛放的樱花树下埋着一具具尸体。这下你能够理解我为何会如此不安了吧。

马的尸体、猫狗的尸体以及人的尸体，所有的尸体都已腐烂，满布着蠕动的蛆虫，恶臭难闻，而且不断滴落下水晶般剔透的液体。樱花树根好似贪婪的章鱼般抱紧尸体，收拢起有如海葵触手般的细根，吸食着这种汁液。

如何做出花瓣？如何做成花蕊？我仿佛看见，细根摄取的水晶汁液静静地排列成行，在维管束[2]之中

---

1 指佛与菩萨背后放射出的神秘圆光。佛像造型中常见的光背即是对后光的具象化。

2 植物体内输送水分、养料的通道，呈束状。

如梦似幻地向上流淌。

——你为何露出这般痛苦的神情？这难道不是一种美丽的透视法吗？如今，我的瞳孔中终于飘满了樱花，得以从昨日、前日令我陷入不安的神秘中获得自由。

两三日前，我蹚进这里的溪水，扶着石头漫步。流散的飞沫之中交飞着漫天的蛟蛉，恍若初生的阿佛洛狄忒般款款而来，在溪流的上空飞舞盘旋。如你所知，它们在那里举办美丽的婚礼。又走了不多时，我偶然间目睹了一番奇怪的景象。溪水干涸的河滩上残留着一汪水洼。积水面上浮现出有如涌流的石油般光彩。你觉得那会是什么？那是不知多少万只蛟蛉的尸体，覆满水面，未留下一丝空隙。它们交合重叠的鞘翅在阳光下微微起皱，流溢出油质的光彩。那里，就是它们产卵结束后的墓地。

当我看到那番景象时，心中仿佛被触动了。我品尝着属于掘开坟墓、嗜好尸体的病态者的残忍愉悦。

这座溪谷中的一切都不再能令我感到欢愉。黄莺与山雀也罢，将雪白的日光熏作青蓝色的嫩芽也罢，只不过是朦胧的想象而已。惨剧于我是必不可少的。

只有维持住这种平衡，我的想象才开始明确下来。我的心像恶鬼般渴求忧郁。我的心随着忧郁的落成而趋于平和。

——擦拭你的腋下看看吧。冒出冷汗了吗？我也一样。别觉得有任何不愉快。请把它想作黏着的精液吧。到此，我们的忧郁将会落成。

啊，樱花树下埋藏着尸体！

犹如不知浮现自何处的空想般荒诞无据的尸体已然与樱花树融为一体，在我的脑海中无论如何也挥之不去。

如今，我终于具有了与在那棵樱花树下举行酒宴的村民们同等的权利，将那花间美酒一饮而尽。

哀蚊

太宰治

…………我亲眼见过奇怪的幽灵。那是——我刚上学不久后发生的事，早应如幻灯片般朦胧不清才对。可……奇妙的是，我发觉那映在青蚊帐上的幻灯片一般的模糊记忆竟然一年比一年清晰了起来。

我依稀记得那是姐姐招婿上门的日子……对，事情恰好出在那一夜。就是在婚礼当晚发生的事。我家里挤满了来为酒宴助兴的艺妓，我记得其中有个面容姣好的雏妓，她还替我缝补过开了线的带徽和服。那天晚上，父亲还在旁厅的幽暗走廊里与一位高挑儿身材的艺妓玩相扑呢。父亲在婚礼隔年就驾鹤西去了。如今，他已移驾于我家客厅墙上挂着的大照片里……每当我看到那张照片，总会想起那晚的相扑比赛。我父亲绝不会干出欺凌弱小这样的事，一定是那位艺妓犯下了什么不可饶恕的大错，父亲才用相扑的方式惩罚她。

结合这些杂七杂八的回忆来看，我敢确定目睹幽灵一事也发生在婚礼那天夜里。实在不好意思，那晚发生的一切都好像……映在青蚊帐上的幻灯片般……啊，这句话前面已经说过了。就算让我描述，我也很难讲出令您满意的故事来。但是这绝非痴人说梦……不，只有那晚述说哀蚁时的祖母的眼眸，以及后来出现的……幽灵……无论别人说什么闲话，只有这二者绝对、绝对不是梦。哪儿能是梦呢？你瞧，这不又历历浮现在眼前了吗？祖母的眼眸和……

就是这样。世上没有一个老妇人能像我祖母那般美丽。她已经于去年夏天仙逝，但若说起她去世时的容颜……简直美得不可方物。她那打上白蜡的两颊上，唔，仿佛映着夏日树丛的落影。她虽然出落得如此美丽，却一生未结良缘，从来也没用铁浆染过牙齿[1]。

"老身这一口万年皓齿，今博得，吾家万贯钱财

1　古代日本的贵族妇女间流行染黑牙的习俗，及至江户时代，染黑牙齿逐渐变为已婚妇女的标志。

也。"

　　她生前经常用唱富本调[1]而惯熟的枯涩声音这么喃喃道。这句话里也暗藏着有趣的因缘。不过在我看来，这种事没什么稀奇的。可能因为我从小见惯了各种各样痛快淋漓的奸诈。比起让您听她的悲惨身世，我更想请您试着思考为什么她生在巨富之家却不得不身陷图圄。另外，我现在想研究的是，物语中的幽灵为什么总是以暧昧不清的模样出现呢？换言之，这才是我讲述这个故事的目的。——要是一直这么不解风情地对祖母的过往追根究底的话，可是会害祖母流泪的喔。不得不说，我的祖母是位气质极其高贵的女性——那件绣有家徽的黑绉绸和服外褂仿佛从不离身。只从这一点，您也就明白她有多注重形象了吧。她曾把师傅召到家中，跟随其开始学唱富本调，这也是许久以前的事了。打从我记事起，祖母就沉迷于《老松》[2]《浅间》[3]，终日用如诉如泣的哀婉曲调唱戏，甚至被旁人冠以"隐居艺妓"的名头。祖母本人听说

1　净琉璃的流派之一，从常磐津调分支而出，1748 年由初代目富本丰前掾创立。

2　出自世阿弥创作的能乐《老松》的同名乐曲，通用来祝贺仪式。

3　1779 年初演的净琉璃《浅间岳面影》的略称，是富本调的代表作。

了，也只是露出一丝美丽的笑意。我自幼就亲近祖母，一离开乳母，我立刻投入了祖母的怀抱。当然，我的母亲由于身体不好，无暇照看自己的孩子。再加上我的父母并非祖母的亲生骨肉，所以祖母也很少去探望母亲，而是常年居住在旁厅的偏房。我总待在祖母身边，三四日见不着母亲的面也是常有的事。因此，较于姐姐，祖母显然更偏爱我，每晚都会读草双纸[1]给我听。听到八百屋阿七[2]故事时的感动，还有祖母嬉笑着连声唤我"吉三""吉三"时的欢乐，我至今还记忆犹新。……在煤油灯的昏黄灯火下落寞地读着草双纸的祖母的美丽身影，我始终念念不能忘。

尤其是祖母在那晚讲述的睡前故事《哀蚊》，不可思议地久久留在我的记忆之中。如此说来，那一夜确是在秋天。

"苟活到秋天的蚊子叫作哀蚊。人们不会点蚊香

---

1 江户中期至明治初期流行的用假名书写的插图通俗读物，常取材于净琉璃和游廊故事，包括面向孩童的绘本、成人向色情读物、道德教训和侠义故事等。

2 江户本乡驹达的菜商的女儿，因天和二年（1682）的火灾到寺院避难，与寺中侍童吉三郎相恋。她为了再遇见吉三郎而再次放火，被捕后处以火刑。其故事被改编为净琉璃《伊达女恋绯鹿子》、歌舞伎《八百屋阿七歌祭文》等。

赶它的，因为觉得太可怜了。"

啊，那一字一句我至今都还记得。祖母一边躺下，一边用沮丧的口吻这么说道……对，对，祖母抱着我睡觉的时候，一定会把我的双脚夹在她大腿间焐暖。如果是寒冷的夜晚，祖母会脱掉我的睡衣，自己也露出光滑细腻的肌肤，搂着我入睡，给我暖身子。祖母就是这么地爱我。

"唉，哀蚊就是我，朝生夕死……"

她说着，定定地凝视着我。我再未见过那么美丽的双眼。主屋婚宴的喧哗似乎也已经回归寂静。……我隐约回想起，那时已经接近午夜了。秋风沙沙吹拂，檐下的风铃微微震动，发出丁零零的响声。

——……哀蚊。

不，祖母绝对不是哀蚊。哀蚊就不能活下去吗？你是不是也听见了悲哀的嗡嗡声？

我就是在那一夜看见了幽灵。……

…………我猛地从梦中醒来。

"我想尿尿……"

祖母没有回答。半睡半醒间，我扫了眼四周，却没看到祖母的身影。不过，我只是觉得，祖母也撒尿去了吧。尽管心中忐忑不安，我还是一个人下了床，害怕地沿着长长的走廊往厕所走……我感到脚心冰凉，意识也不甚清醒，仿佛摇摇晃晃地在深邃的大雾中游泳……

对，就在这时，我看到了幽灵。——在长长的走廊的一隅……一团白影落寞地蹲在那里……远远看上去，仿若幻灯片里的人影那么小……但确实，它确确实实在窥视着姐姐和新郎今晚下榻的房间。……幽灵，不不，那绝不是梦。

失乐园杀人事件

小栗虫太郎

一、堕天女记

在温泉小镇 K 与距离滨岸约一公里远的鹎岛之间，有一座半已朽烂的简陋木桥蜿蜒在海面。有位名唤青秋的诗人称此桥为"叹息桥"，当地人便也跟着这么叫了。

且不说桥名如何，兼常龙阳博士出资创立的天女园麻风病疗养院就在这座鹎岛上，因而桥上往来的大多是愁容满面的病患及其亲属。

三月十四日，前夜的浓雾还未散去，尽管已至正午时分，空中还飘浮着仿佛被灼烧过的赤红色雾霭。只见愁眉深锁的法水麟太郎从桥上走过。法水本想趁着难得的休假，在温泉乡静养个四五日，但恰在此时，这座被内部人员称为"失乐园"的疗养院研究所中发生了一起奇怪的杀人事件，副院长真积博士得知好友法水就泊宿在对岸的小镇，无论如何都要请他来帮忙。

法水早就听说过关于失乐园的各种传闻，而且据说院长兼常博士是个性情古怪的奇人，所以尽管他表面上不大情愿，心中却也充满了好奇。

与真积博士刚一见面，法水就感到了弥漫在失乐园的神秘氛围。真积认为失乐园的专职助手杏丸医学士比自己更适合说明案情，于是就打电话要他过来，这之后，真积说出了一番出乎法水意料的话。

"如果我说我一次都没有去过坐鱼礁（失乐园的所在地）的话，你一定会觉得很奇怪吧，但这的确是实情。事实上，除了河竹、杏丸这两个助手之外，就连我也不能入内。可以说，那里是院长设立的绝对不容他人侵入的秘密场所。"

"那么，死者是谁？"

"助手河竹医学士。这起事件显然是他杀，但很奇怪的是，院长也几乎在同一时间离奇死亡。总之全仰仗你了，赋闲警官，希望你能调查个水落石出。"

这时，一个三十岁模样的矮胖男人走了进来，真积介绍说此人就是杏丸医学士。

杏丸的皮肤呈现出浮肿般的土黄色，单看长相就是个阴郁沉闷的人。然而，在去现场勘验之前，法水从杏丸口中得知了失乐园的真相，以及以院长为首的三人不可思议的生活。

"到这个月为止，距院长在坐鱼礁上建立失乐园正好满三年。在这期间，我们一直在秘密进行尸蜡研究。例如防腐法、鞣皮法和马尔皮基黏液网保存法，都是我们主要的研究项目。院长以高薪为诱饵，禁止我和河竹把失乐园内发生的任何事情泄露出去。暂且不论我们在这个月中取得的研究成果，我有一件非同小可的事情必须告诉你们。在过去这三年间，失乐园中还有一位秘密的居住者。"

杏丸从怀中取出一沓装订成册的格纸，上面写着《番匠干枝狂病手记》。

"你们只要读读院长写的序言，就能明白院长是怎样一个恶魔般的存在，以及他用了多么凄惨的形式实现他那病态扭曲的唯美思想。这就是除了尸蜡研究以外，我在失乐园度过的生活。"

翻开由宝相华[1]与鸟衔花纹样装饰的封面，法水的注意力立刻被开头的第一章吸引。

×× 六年九月四日，我救起了一个漂流到岩礁上的美貌妇人，她二十六七岁模样，左眼失明。从她身上带着的东西只能知道她的籍贯以及番匠干枝这个名字。也许是因为精神状态不稳定，她几乎一言不发，所有的迹象都表明她是个抑郁症患者。然而，从其偶尔说出的只言片语中得知，她是小机的某个僧侣的妻子，丈夫出于嫉妒弄瞎了她的左眼，这也是她投水自尽的原因。那时，我逐渐对干枝心生爱慕，不久竟与这个疯女人过上了同居生活。

但我其实另有打算。为了一步步实现我的计划，首先，我命令学眼科出身的杏丸给干枝换上了义眼。在手术进行的过程中，我强迫他把梅毒螺旋体从干枝的眼巢后壁注入头盖腔，不断滋生的螺旋体将侵蚀她的大脑，创造出超越现

1　唐草花纹的一种，唐草与虚构的五瓣花交织的纹样。在中国的唐代和日本的奈良、平安时代流行。（编者注）

实的虚拟世界。实话说，我计划让干枝陷入癫狂，借此倾听她独特的凝神妄想。干枝素来富有教养，再加上离群索居的脱俗生活，果不其然，她很快以为自己是身穿兜罗绵[1]的天人，在树下的众车苑[2]嬉游放歌。她那歌声美得令人驻足侧耳，我不厌其烦地在手记中描绘再三，简直犹如《宝积经》和源信僧都的《往生要集》般无可比拟。

然而，最让我感到震惊的是，干枝竟然怀孕了。我立刻把她送到沼津的农村，待到今年一月分娩后才把她接回失乐园。但是在这期间，干枝的身心都如我所料发生了急剧的变化。随着螺旋体侵入脊髓，干枝开始四肢运动失调，下腹部出现剧烈疼痛。干枝的幻想也因为痛苦而充满了悲哀的内容，华发萎悴，羽衣垢秽——她恍如歌中所吟唱的天人般衰朽了。尽管她已然近乎退化为一株植物，却也并非没有医治之策。

---

1 "兜罗"是梵文"棉花"的音译。一种棉线和兔毛混纺而成的织物，颜色多为鼠色、藤色、浅卡其色等，初在日本为舶来品，后出现了不掺毛的日本本土产品。(编者注)

2 出自《阿毗达磨大毗婆沙论》，帝释善见城四苑之一，又名众车园。"帝释诸天若欲游玩时，随其福德之力，于此苑中自现种种宝车。"(编者注)

月海与游梦人

只不过干枝对我而言已毫无用处，所以我准备让她安乐死。

可还未等我动手，大自然就让干枝出现了严重的腹水症状。她挺着六尺有余的大肚子，身体其余部分却枯瘦如柴，宛如地狱草纸中的饿鬼一样。昔日的面容今已无处可寻，徒令见者喟叹无常人世的冰冷铁链令万事万物化作虚妄泡影。

我在三月六日为干枝动手术，从她的腹水中取出数十个浮游的囊泡，尽管如此，因为手术之后的体力衰竭，干枝在那一日离开了人世。我记录下干枝作为天女的一生，她让我在一年有余的时间中耽享贪欢。为了铭记她生命的终焉，我将这座坐鱼礁研究所命名为失乐园。

等法水读完了手记，杏丸医学士接着说道：

"可就当研究完成的同时，除了干枝以外，我们又得到了两具新的尸体。两人都是疗养所的住院患者，其中一人名叫黑松重五郎，年约五十，患上了罕见的松果状结节癞。另一人是个年轻男子，名叫东海林彻三，他得了一种叫作阿狄森氏综合症的怪病，肾上腺的病变导致他的皮肤变成了显眼的青铜色。现在有三具尸体被做成了蜡尸，而且院长还用一种叫作緟繝法[1]的奇怪工艺对尸身进行了处理。干枝的蜡尸仍旧保持膨胀的肚腹，另外两人则换上了冥界狱卒的衣裳，换言之，他们被做成了六道图绘的多面像。"

说罢，杏丸的眼中闪过一丝嗤笑般的光。

"但是，为了取得保存尸体的法律许可、交涉收购尸体的价格，我们需要与死者的亲属进行协商。于是他们中的三位代表来到了这座小岛。这是大前天——也就是十一号发生的事情。"

"那他们现在还留在岛上？"

"是的。这件事可不像'3-2=1'那么简单啊，交涉进行得并不顺利。院长拒绝让他们查看尸体，所以黑松的弟弟和东海林的父亲都不同意我们提出的价位。更棘手的是干枝的姐姐鹿子，她以前是 U 图书馆的馆员，现在是救世军[2]的女士官，在看过这本手

1　将相同的颜色从浓到淡，从淡到浓地形成层，反复着色形成渐变的上色手法，常用于上文提到的"宝相华"纹样的绘制。

2　属于基督教新教的慈善组织，1865 年由英国牧师威廉·布斯创立，以军队的组织形式进行传道和社会事务。1895 年传入日本。

记之后，她提出了一个荒唐的条件。她要的不是钱，而是成为失乐园的一员。有够奇怪的吧！”

“原来如此。成为失乐园的一员吗……”

连法水也诧异地皱起眉头。

“大概是因为看到了这个。”

杏丸翻开了手记的最后一页。

日期为手术的当日，上面写着：干枝陷入长眠。这行字下方贴着一张黑桃皇后的扑克牌，皇后的右肩上写有“科斯特初版圣经所藏之地”的字样，而人物的头顶上还写着“Mor-rand 脚”。

“所谓 Mor-rand 脚，指的是长了八根脚趾的先天性畸形吧。不过，这是什么暗号吗？”

法水微微歪头询问道。真积博士点了点头。

“那科斯特初版圣经说的又是？”法水反问道。

“如果真有的话，那就是历史性的大发现了。”

法水不以为然地说道：

“1452 年版的谷登堡圣经是世界上第一本活字印刷的圣经，但是有记载表明，就在同一年，荷兰哈勒姆的科斯特也发明出了印刷机，制作了活字印刷本的圣经。不过，科斯特圣经没有一本保留至今，而谷登堡圣经能卖到六十万英镑的天价。如果此事属实的话，那实在太令人惊讶了。"

法水说罢，扭头对杏丸说道：

"那么，请您讲讲事件发生的原委吧。首先被发现的是谁的尸体，院长还是河竹医学士？"

"是院长。"

杏丸取出了一张手绘的示意图交给法水。

"院长患有相当严重的结核病，所以他有在无风的夜晚打开窗户睡觉的习惯。因此，今早八点左右，我通过开着的窗户看到院长的样子很奇怪。我想把这件事告诉河竹，但不管怎么敲、怎么推，他房间的门始终打不开。我在门外足足等了一个多小时，可里面没有任何动静。我只好找来两个男人，合力把门撞开。进去以后，我们就看到河竹趴在地上，短剑从背后插进心脏，已经没有了呼吸。关于两个房间的情形呢，院长的房间只有面朝中庭的窗户是打开的，门和其他窗户都一个不漏地上了锁。但河竹那边的情况却不相同，那是一间完全封闭的密室。从初步的尸检结果来看，河竹无疑是死于刀伤，院长的尸体还没有进行详细解剖，但死因也只能想到病发身亡了。而且两人的死亡时间也很诡异。院长大概死于凌晨两点到三点之间，但是从今早十点对河竹尸体的检验结果可以推测出，他死于两个小时以内。换句话说，就在我们惊慌失措的时候，犯人不动声色地暗中完成了犯罪。"

说着，杏丸露出了狡猾的笑容，又压低声音说道，

"对了，法水先生，还有一件事情不得不说。就在院长的尸体被发现之前，有人发现番匠鹿子昏倒在尸蜡室的窗户下。当然，她立刻被抱进房间，很快就清醒过来了。但我那会儿无暇他顾，直到十一点左右才去探望她。没想到她已经完全恢复，和平时没什么两样，也不知道什么时候就能下床走动了。"

"也就是说，鹿子在河竹死亡的时间段内缺乏明确的不在场证明啊。"

法水瞥了一眼杏丸那张脸。

"那就请您带我去案发现场看看吧。"

二、六道图绘的秘密

失乐园建造于鹈岛沿岸绵延数百米的岩礁之上，

其身影完全被四周苍郁的树木掩蔽，与本岛之间仅以吊桥相连。因而除了院长和两位助手以外，无人知道失乐园中的秘密。

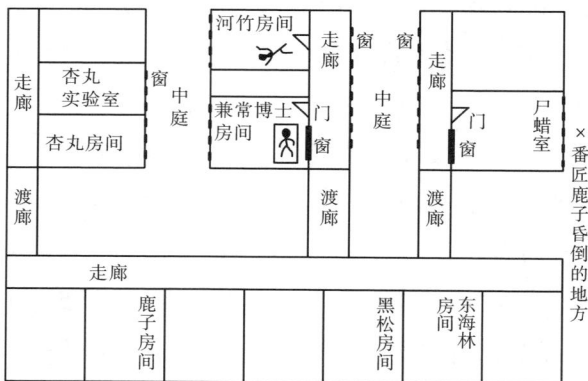

失乐园位于岩礁中央的平地上，依图所示，整座乐园不过是四栋白色木造房屋，外观与随处可见的病房别无两样。

法水首先开始调查周围的脚印，但是昨夜的浓雾使得土壤受潮，到头来除了杏丸发现尸体时留下的脚印以外再一无所获。

然而一走进兼常博士的房间，法水立即注意到从窗户能看到对面的房屋，斜对角的杏丸实验室窗户也是开着的。

兼常博士房间面向走廊的两扇窗户是普通的玻璃窗，且都锁上了窗闩，但是面向中庭方向的三扇窗户都是打开的。门在走廊侧墙壁的左边，右边是床。兼常博士穿着睡衣，四肢外露，仰卧在病床上。

兼常博士的年龄约是五十四五，若不是留着白里安[1]式的胡子，他这张脸还真是格外严肃。但他半张着嘴的死相，看上去仿佛只是在安然酣睡。

室内的摆设毫无异样，也没有被弄乱的痕迹，甚至找不到任何指纹和犯罪痕迹。尸体不仅没有遭受外伤，也没有中毒的迹象。他的右手摊放在小桌上，手表的玻璃表面被打碎，指针指向了两点，这显然是死亡时间的明证。

"果然还是因为心脏骤停吧。"

正在查看尸体的法水身后传来了杏丸的声音。

"空气栓塞一般会伴随有剧烈的疼痛，但尸体没有挣扎的迹象，也没有口水横流，应该不是脑出血……而且在窗户大开的房间里，毒气也起不了作

1　阿里斯蒂德·白里安（Aristide Briand，1862—1932），法国政治家，外交家。

用。"

"是啊，果真如此的话，那倒好了。"

不知为何，法水委婉地表示出相反的意见，他开始调查起尸体的周围。

一串钥匙静静躺在枕头底下。按照杏丸所说，似乎每个房间的钥匙形状都是不同的。法水的目光很快离开床铺，停留在脚边的地板上。

那里散落着四五个约一寸大小的囊状物体，像干瘪僵硬的膀胱似的。杏丸医学士的一席解释让众人都吃了一惊：

"其实我也觉得很可疑。这是和干枝的腹水一起取出来的囊泡。当时一共取出来了三十多个，储藏在尸蜡室的玻璃皿中。这些囊膜到现在还保持着很强的韧性。"

"原来如此。"

法水也微微点头。

"腹腔内的异物散落在这种地方，确实让人毛骨悚然。不过，这些东西或许是凶手留下的犯罪纪念。又或者说，它们就是凶器之一……"

"哎哟，侦探先生搬出了他杀说的话，那中庭正对面就是我的房间呢！假设凶手把毒气装进囊泡，再从这么远的距离扔进院长的房间的话，薄膜绝不可能完好无损。大家刚才也看见了，中庭没有任何脚印。"

面对嗤笑不已的杏丸，法水也回以讥讽的微笑。

"不，根本不需要脚印。因为这些囊泡是从与中庭相反的方向扔过来的。"

法水逐一指着地上的囊泡。

"您难道还没有发现吗？如果把地上的囊泡全部连接起来，这条线恰好画出了一个以尸体为圆心的半圆。这幅放射状图形似乎含有某种意义。面向走廊的玻璃窗都上了锁，这一图形不正暗示着某种难以解释的力量降临到了博士头上吗？总之，现在的情况显然不是自然死亡。无论是他杀还是自杀，博士之死一定隐藏着某个秘密。"

博士的死因暂不明了，众人走出博士的房间，到河竹医学士的房间继续调查。

河竹的房间与博士的房间位于同一栋，格外逼仄，窗户一律紧锁，只有被破坏了的门敞开着。房间的四角堆满了实验设备，内穿睡衣、外披罩衫的河竹医学士呈大字形俯卧在房间中央，脚朝向门的方向。

一把短剑从背后精准地插在他的心脏部位，深得连握柄都没进身体，但是血液只流在伤口周围，尸体附近未着一滴血迹。如果说室内还有什么引人注目的东西，那便是尸体脚边有一张被踢翻的椅子。

另外，这把短剑是河竹的所有物，犯人似乎是戴手套作案，剑柄上没有留下指纹。现场的所有情况都表明河竹是当场死亡的。情形与博士的房间类似，室内没有打斗的迹象，甚至找不出任何犯人入室的痕迹。当从河竹睡衣口袋中找到门钥匙的时候，就连法水也不禁困惑起来，犯人究竟是使用了什么不可思议的手法侵入了这间密室呢？

不久之后，尸体右手边的墙壁上悬挂的鸽子时钟开始报时，法水连实验用的气阀也仔细调查了一遍。在调查工作全部结束后，法水叹了口气，用很不符合他风格的语气说：

"真是毫无头绪啊。因为死者是内出血，几乎没有血液流到外部，所以根本无法判断他遇害时的位置。"

"不过，在凌晨两点前后杀害博士之后，到早晨八点杀死河竹之前，犯人究竟躲在什么地方呢？"

杏丸抛出了自己的疑问，而法水对此只是不快地皱起眉头，并不作答。

法水接着询问了三位访岛者，两个男人都和杏丸一样，昨晚就寝后就没有再外出，直到今早才知道发生了杀人事件。麻风病患者的弟弟黑松九七郎只希望院方提高收购尸体的价钱，阿迪森氏综合征患者的父亲东海林泰德是位药剂师，所以他对儿子的早逝充满怀疑。

然而，最后一位访客番匠鹿子双手抱在胸前，仿佛还沉浸在记忆中似的，说出了一番瘆人的话：她目击到了第五个人……

"我只是想看我妹妹一眼而已。昨晚一点左右，我穿过浓重的大雾来到尸蜡室的窗前。百叶窗的扇叶不知道被谁打开了，我擦亮火柴，透过微弱的火光看见了一个盛放袋状物的玻璃皿飘浮在半空中。我隐约觉得那时候有人在房间里。"

"别开玩笑了。除了三具蜡尸还能有谁？那个房间院长以外的人是绝对无法打开的！"

杏丸医学士面露凶相地吼道，鹿子也不甘示弱地反驳道：

"如果不是这样，那就说明我妹妹和另外两个人还活着。其实我还看到了不可思议的东西！"

鹿子的脸上泛出恐惧的神色。她说，

"就在那时，不知从何处传来凌晨两点的报时声，我擦亮了最后一根火柴。一道白光忽然间将那枚玻璃皿照得透亮，袋状物在房间中忽上忽下地飘浮回旋。只有短短的一两秒，但我突然因为过度的惊讶和疲劳失去了意识。那绝对不是我的幻觉。我说的句句属实，请你们一定要相信我！"

两人听罢鹿子这番话，不禁面面相觑，杏丸也露出一副难以置信的表情小声嘀咕道：

"如果囊膜破裂致使腐败气体泄露的话，确实可能让囊泡发生移动。但是那道白光让人怎么也想不通。肯定有人躲在里面——那家伙无疑就是凶手！"

说罢，他目不转睛地盯着鹿子那张像狐狸一样刻薄的脸。

询问就这样结束了。鹿子没有提到任何关于科斯特圣经的事情，而法水也没有追问鹿子的不在场证明。

然而，法水似乎想到了什么事似的，撇开杏丸他们，独自外出了两个小时之后才回来。之后，他们决定前往尸蜡室展开最后的调查。

尸蜡室位于发生杀人事件的楼栋的右侧。只有这个房间的窗户安装了百叶窗。双层门的内侧镶嵌着忉利天[1]之主帝释的彩绘玻璃画，他指着下界应允道——堕天女呵，去吧。

一到房门前，众人即刻闻到一股奇异的臭味，这有如腐烂的蛋白般的异臭令人不禁用布捂住鼻子。房间内是一派任何人都不曾目睹过的惟异陆离的光景。

尸蜡室中的景象与其说阴惨，不若说千万种瑰怪奇崛的事物荟萃于此，让人超越了诸如恐怖、厌恶之类的感情界限。或许应说，这是一幅细密画般的神话风景。

门的右手边伫立着两个冥界的狱卒，通身涂以朱丹、群青、黄土、绿青等古代岩画的色彩。右侧是用阿狄森综合征患者制成的青铜鬼，身穿绿青色的单衣，

---

1 忉利天（Trayastrimsa），佛教用语，意译"三十三天"，以有三十三个天国而得名。居须弥山顶巅，中央为主国帝释天，为三十三天之主释提桓因（帝释）所居，四方各有八个天国，四角四峰，有帝释天保护神金刚手居止。帝释所居善现城，包含上文提到的"众车苑"。（编者注）

面容间流露出一抹悲痛；左侧身着红衣的是丑陋的结节癞患者，他身上松果状的疮疤已经矿物质化，仿佛重峦叠嶂的山岳般亘连，甚至塞住了眼睛和嘴巴。而且这个高耸若入云的巨人犹如金刚力士般四肢怒张，嘴巴歪斜，双眼睥睨着虚空。

在两者之间蹲踞着的是裸体的番匠干枝，头发中分，梳成宝髻状，肋骨间的肉深深凹陷，枯瘦的四肢呈透明的琥珀色。这愚痴的佳人抱着直径二尺有余的便便大腹，她的心脏仿佛仍然在跳动。

但是法水只向其投去一瞥，便径直走向在蜡尸与窗户之间的桌子。

桌上摆放着一个硕大的玻璃皿，里面装有从干枝腹中取出的腹水和囊泡。在浑浊的褐色液体中漂浮着二十多个老鳖卵似的东西。无疑，异臭就是从腐败的腹水中散发出来的。

于是，法水转头向杏丸说道。

"这种腹水腐败产生的气体里有硫化氢的气味。垫在玻璃皿下面的布也变成了淡绿色。犯人多半是从中采集了高纯度的气体，装充在囊泡里，以此杀害了博士。但是使用硫化氢杀人会留下大量的痕迹，即使是高浓度气体也无法在昨晚的那种大雾中聚集。因为气体在散发之前就会被水蒸气吸收。那么，是时候揭秘鹿子小姐所目击的怪事了。"

法水站在窗畔，略微欠身，对着玻璃皿凝视了半晌，一边莞尔一边直起腰来。迷惑不解的杏丸医学士也效仿法水的动作，却只能徒增困惑。

"我不明白您为什么一副扬扬得意的表情。我们的疑问非但没有解决，难道不是还越来越多了吗？既然囊泡没有破裂，那就无法解释囊泡飘浮的原因，而且鹿子看到的光依然是个不解之谜。如果这道光是从中庭透过玻璃窗射进屋内的话，那么理应也会照亮立于玻璃皿后方的两具蜡尸，他们穿的是朱丹、绿青二色的衣裳，鹿子没有理由会看到一片纯白。所以说，那道妖异的光必然是从玻璃皿周围发射的。犯人显然是我们四人以外的谜一般的人物。对此你能作何解释？"

"鹿子看到的白光另有原因。"

法水静静地说道。

"也许你们会觉得我接下来的话像在开玩笑。我能够用事实证明鹿子所见非虚。杏丸先生，鹿子听到的报时声不正是宣告博士死亡时间的标识吗？我现在的心情就像是发现了能够从燃烧的气体中生成晶体的催化剂。总而言之，我采取了以毒攻毒的手段——或者说，以谜攻谜。"

"但犯罪搜查可不吃辩证法这一套！"

杏丸反驳道：

"反正就是靠直觉呗。那你为什么不追查鹿子？"

"哈哈哈哈哈，因为有比鹿子更加可疑的嫌疑人嘛。"

"什么？比鹿子更加可疑？"

杏丸惊讶地叫出了声。

"如果说……犯人就是杏丸先生您呢？"

法水仿佛给予他致命一击般说道，

"刚才我在您的实验室的架子上发现了这么个东西。如各位所见，这根做成'く'形的木头就是回旋镖（一种能够飞回原地的玩具）。那么，这些安装在回旋镖上面的、带孔穴的纸球又是什么呢？我大致上已经看清了这一事件的全貌。好了，就请各位先回到本岛吧！请容我再安静地整理一下思路。"

三、科斯特圣经现世

落日西沉未几，法水终于出现了，在座的真积博士等人不由得紧张地咽了咽口水。法水入座后静静地说道：

"我已经知道谁是犯人了。"

"您连科斯特圣经所在之处也查明了吗？"

在骤然紧张的氛围中，鹿子仿佛对杀人事件毫不关心一样，顾自地询问起了科斯特圣经。她的嘴唇透着铅灰色，汗水如线般从微微颤动的太阳穴流下，那双瞪得浑圆的眼睛中炽烧着卑劣的欲望。

"是的，科斯特圣经也已经找到了。让我们按顺序来说吧。其实，引导我分析出真相的钥匙是鹿子小姐您的眼睛。"

在场的人立刻吵嚷起来，法水继续说道，

"鹿子所目击到的是确凿无疑的事实。当然，的确出现了妖异的白光，玻璃皿中的囊泡也确有移动。可以说，若白光的光源在玻璃皿附近，那必然是有人潜入了尸蜡室。又或者说，这一切都是超自然的妖怪现象。不过无论如何，我还是想要相信事物的实在性。

光源如果位于中庭，那么玻璃皿后方的尸蜡所穿着的朱丹、绿青色的衣裳又成了问题。然而，这种情况下的障碍在鹿子小姐的眼中却反映为不可思议的现象。鹿子小姐，您应该患有轻度的红绿色盲症吧？"

"嗯，您说得没错……"

鹿子不由发出一声惊叹，愕然地看着法水的脸庞。

但是法水例行公事般继续说道：

"医学中有一个术语叫作伏盖尔彩色表，即是在彩色的纸面上写上灰色的文字，然后覆盖上一层薄布。这种情况在色盲眼中，文字会逐渐消失而导致无法卒读。这与本次事件的情况不谋而合。一言以蔽之，从中庭射入玻璃皿的光最终穿过了红色与绿色的布，褐色的腹水在鹿子小姐的眼中只会映为灰色。因此，玻璃皿中的同色囊泡就这样消失了，接着又有火柴的微光在刹那间让囊泡重新出现，于是就令鹿子小姐产生了囊泡在浮动的错觉。各位，我已经证明了光源确实来自中庭，至于它具体在什么地方嘛——那自然是隔着数扇玻璃窗的兼常博士的房间。"

接着，一看见法水取出回旋镖与纸质的球体，杏

月海与游梦人

丸立刻低下头，焦躁地咬起指甲。

"这两件东西是在位于博士房间对面的杏丸先生的实验室中发现的。考虑到回旋镖能够飞回投掷者所在处的功能，我实在无法不对杏丸先生起疑心。这些表面附有圆孔的球体可以说是烟花的弹壳。凶手将充入有毒气体的囊泡塞满圆孔，加以威力极小的黑火药，再将球体紧紧固定在回旋镖上，如此一来，只需扔出回旋镖，在适当的地点引燃火药，飞出的囊泡就能够造成死因不明的猝死。不消说，弹壳会随着回旋镖再度收回。于是乎，这时迸发的火光透过窗户映在了尸蜡室的玻璃盘上。"

众人的目光一瞬间齐刷刷地定在了杏丸的身上。

但是法水完全不为所动，就连说话时的抑扬顿挫也毫无变化。

"当我们进一步考虑到回旋镖特有的弧线飞行的时候——尤其是大弧度的返回路径，很容易得出它的飞行是以杏丸先生房间为基点的结论。但这实际上是一个非常浅薄的错误。"

法水在失乐园的示意图上画出了一道弧线，继

续说明道,

"诚如诸位所见,杏丸先生的实验室斜对着博士的房间,所以弧线飞行的回旋镖会撞上隔壁房间的外墙。而且为了降低黑火药走火的风险,还得考虑到导火线的长度。这么一看,回旋镖杀人的手法实行起来困难重重。但我的脑海中不经意闪过一个想法,如果在其返程飞行即将结束时再加上一个力的话……"

"什么?再加上……"

真积博士大吃一惊地抬起脸,法水却冷淡地回视他的眼睛。

"也就是说,当折返的回旋镖正在空中画出大弧线的时候,施加一个相反方向的动力来弹飞它。这个力就是黑火药燃烧产生的。这样一来,回旋镖的基点就变成了与博士同栋的河竹的房间。首先,让回旋镖飞向对面的杏丸先生的实验室,折返的弧线路径恰好进入兼常博士的房间。就在此时,引爆的黑火药把囊泡弹飞的同时,排出的气体形成了一个反动力,从而造成了如同火箭发射般的效果。因此,新的推动力使得回旋镖沿着来时的路径逆向而行,最终飞进了杏丸先生的实验室。"

月海与游梦人

照这么说的话，犯人究竟是谁呢？众人深感恍如徘徊在迷雾之中。尽管看上去越发逼近事件的真相，但那个最关键的名字——始终没有从法水的口中轻易道出。

"简要来说，这是一个企图转嫁罪行的计划。回旋镖也好，烟花也好，在凶手进行了缜密的数学计算之后，这桩罪行具有相当程度的可行性。尸体没有表现出死于氰化物的特征，所以凶手使用的有毒气体大概是砷化氢。"

"但气体不是会流散吗？"

真积博士又一次反驳道。

"因为有某种东西使气体在一瞬间下沉到了地面上。是啊，凶手的犯罪必须得有昨夜那场茫茫大雾相助。"

法水戏谑地回应道。

"想必诸位都知道，不同温度的气流向雾中流动时会发生雾分层的现象。即使不搬出亥姆霍兹等伟大学者，我们也知道水蒸气与温度差能够防止气体散失。对于犯人而言，昨夜的浓雾可谓天赐良机。黑火药爆炸时产生的回旋气流位于上方，所以囊泡破裂后泄露的砷化氢被挤压成细长带状，向下直降，触碰到了博士的鼻孔。"

"那么犯人究竟是谁？"

"毫无疑问是河竹医学士。"

"那又是谁杀了河竹？"

"这个嘛，河竹是自杀的。"

法水笑了。一切情况都发生了彻底的颠倒：

"生性乖僻的河竹为了拉上别人给自己陪葬，竟然构想出如此令人惊诧的手段。那把短剑是借由旁边的实验用气阀发射的。首先，河竹把短剑的柄插进气阀的端口，在铅管上凿开小孔，用抽气泵排出其中的空气。然后把丝线一端系在蝶形螺栓上，另一端连接在鸽子时钟小门中的螺钉上。这颗螺钉每隔一小时会变松一次，此时小门就会打开，鸽子开始报时。当然，河竹必须严格遵守时间，等待小门的开启。随着预定时刻的到来，鸽子推开了门扉，丝线骤然紧绷，向外牵引蝶形螺栓一端，从而打开了气阀。于是，真空释放出可怕的压力，把气阀端口的短剑弹射了出去。不过，由于计量器的螺丝是封紧的，释放出来的压力本就不多，霎时就消失于无形了。河竹只要临死前把系在蝶形螺栓的丝线解开，其后的一小时之内，鸽子时钟里的螺钉就会自动把丝线收回去。"

"看来河竹果然就是犯人，但他能有什么杀人动机……"

真积博士与杏丸医学士抱着同样的疑惑，面面相觑，法水则无视了他们的眼神交流，接着说道：

"至于杀人动机，自然是河竹必须杀死兼常博士才能够得到的那样东西——科斯特圣经。河竹在知晓了藏匿圣经的地方之后，为了夺取这件珍宝杀害了兼常博士。但不可思议的是，科斯特圣经最终使河竹选择了自杀。"

"啊啊！"

鹿子无意间表露出疯狂的偏执，用力握紧桌子的边缘。

"继河竹之后，我也发现了科斯特圣经的藏匿点。当然，我这么做不是出于利他主义精神，只不过是想解开博士留在扑克牌上的谜罢了。"

法水终于点燃了一根烟，悠然开始向众人解读博士的暗号：

"Mor-rand脚[1]指畸形的八根脚趾，比正常人要多出三根，所以数字三意味着多余。我推测这或许是在暗示：应该删去三个假名。在反复推敲之后，我去掉了モ、ン、ド，留下了ル和ラ。如果把ラ顺时针旋转45度，就变成了ル的轴对称。如此一来，无论是从纸面还是纸背看，两个假名组成的图案都是完全相同的。同样的形式还出现在尸蜡室的门上。帝释天的彩绘玻璃画与其不是同工异曲吗？黑桃皇后亦然，无论正向、反向都没有区别。我推测以上种种都是对'井'字的暗示。因此，我查看了玻璃画中的帝释所指向的地面，果不其然，那里有一条天然的纵向裂隙，我在里面发现了科斯特圣经。"

说着，法水转身面向鹿子莞尔一笑。

"这部圣经显然应该归您所有。"

法水从衣兜中取出价值一千万日元的珍本的一刹那或许将成为历史性的瞬间。在场的诸人无不屏息凝神，眼神中混杂着惊异与羡望。但随后，当目睹了法水取出的东西之后，他们异口同声地发出了惊叫。

1　日语写作"モルランド足"，故有下文的拆字法。

那根本不是圣经，而是一个有如畸形胎儿般的灰色扁平状物体。

怒火中烧的鹿子叫喊道：

"请不要再开玩笑了！快！把科斯特圣经交出来。"

"科斯特圣经便是此物。兼常博士把这个胎儿木乃伊比作科斯特圣经。他只不过是给双胞胎中那个被挤迫、压扁的纸样胎儿[1]换上了一个美丽的名字。"

法水注视着快要哭出来的鹿子，平静地说道。

"干枝小姐当时怀的是双胞胎。然而这对双胞胎天生羸弱，一个未生便已夭折，另一个有幸能够健康成长。就好比不走运的科斯特，尽管他在同一时代发明了印刷机，并且凭借活字印刷术制作出了《圣经》，也只能沦为谷登堡的万丈光芒的牺牲品，被葬送在无声黑暗之中。诸位，令兼常博士与河竹医学士二人殒命的，不过是一个比喻罢了。"

---

[1] 纸样胎儿（fetus papyraceous），又称压缩胎儿，指双胎或多胎妊娠中因生长受限而死在宫内、被挤压成薄片状的死胎。

猫町

——散文诗风格的小说

荻原朔太郎

你拍死一只苍蝇，但苍蝇这一事物本身不会死去。你拍死的只不过是苍蝇的现象。

——叔本华

1

旅行的邀约渐渐从我的空想中消退了。以前只要幻想到旅行的种种意象——火车、轮船、未知国度的城市，就会让我欢欣雀跃。然而，过去的经验告诉我，旅行只不过是"同一事物在同一空间中的移动"罢了。无论去到什么地方，所见的无非是同样的人，居住在同样的村庄与城市，重复着同样单调的生活。任何一座乡间小镇上，都有商人在店头拨弄着算盘，终日望着泛白的街道消磨时光，小吏在官署里抽着烟，心底盘算着午饭吃什么，日复一日，他们过着乏味单调的生活，远眺着自己慢慢老去的人生。旅行的邀约在我疲惫的心上那片影子里投映出穷极无聊的风景，犹如长在空地上的梧桐，无论何处都反复上演着同一性的法则。我对枯燥的人类生活心生厌倦。什么样的旅行都无法令我兴致盎然、心生幻想。

很久以来，我一直凭借自己独特的方法持续着不可思议的旅行。我所谓的旅行，实是巧妙利用了飞翔于时空与因果之外的唯一瞬间，也即梦与现实的边境线，从而游乐于主观构筑的自由世界。说到这里，已经没有必要对我的秘密再多作解释了吧。不过需要补充一下，我借助的大多是注射和服用更加简单的吗啡、可卡因，而不是在日本很难搞到手的鸦片。我没有余裕在此详细叙述在麻醉带来的恍惚梦境中旅行所至的诸多国度，但我大抵是在青蛙群集的沼泽、极地附近企鹅栖息的海岸徘徊。在那些梦中的风景里，一切都沾染上鲜艳的原色，大海也好，天空也好，都是一片如玻璃般透明的蔚蓝。即使在醒来后，那些景象仍然留在我的记忆中，并且屡屡在现实世界中引发异样的错觉。

但是依靠药物维持的旅行极大地损害了我的健康。我一天比一天憔悴，面如土色，皮肤变得衰老暗沉。我开始注意身体健康。于是，我为了运动而开始散步。某一日，我偶然地在散步途中满足了自己怪异的旅行癖。我发现了一种新方法。我遵照医生的嘱咐，每日散步至离家十四五町远的地方（大约需要三十分钟至一小时左右）。那一日，我在平时的散步区域里走着。我敢确定走的仍是往常那条路。但唯独那一日，我无意中穿过一条陌生的小巷。随后，我就彻底分不清道路，迷失了方向。

我本来就是那类在感知罗盘方向上具有严重缺陷的人，所以我时常记不住路，但凡去到不怎么熟悉的地方，动辄便会迷路。不仅如此，我还有一边踱步，一边沉浸于冥想的坏毛病。路上即使有熟人打招呼，我也浑然不知。我有时在家附近迷路，跟人问路还会徒然招惹嘲笑。有一回，我在久居的房子周围沿着院墙转了几十圈。由于方向感太差，哪怕家门近在咫尺，可我就是看不见。家人都说我肯定是被狐狸附身了。

所谓被狐狸附身的状态，不就是心理学家所说的半规管疾病吗？因为根据学者的说法，三根半规管具有感知方向的特殊功能。

闲话少叙。我在迷途中不知所措，只好猜了个大致方向，急忙想往家赶。在树木繁盛的郊外住宅街来回转悠了好几圈之后，我来到了一条繁华的街道。这是一处我从未知晓的美丽街市。道路清扫得很干净，露水沾湿了铺路石。每一家店铺都精致整洁，擦得锃亮的玻璃橱窗后摆放着琳琅珍奇的商品。咖啡店檐下花繁树茂，给街道平添了几分阴翳情趣。连十字路口的红邮筒也那么美，连烟草铺的少女也若杏子般明媚可爱。我从未见过如此富有情趣的街道。这样的街道究竟位于东京的何处？我已经忘记了来路。但按时间估算，这条街无疑在我家附近，就在我平日徒步半个钟头的散步区域内，抑或是更近的地方。但为何近在咫尺的地方，有这么一条至今鲜为人知的街道呢？

我仿佛在做梦。这里好像不是现实的街道，而是映在幻灯片荧幕的影子街道。但在那一瞬间，我的记忆和常识恢复如初。回过神来，便发现这条街我再熟稔不过了。这地方就在我家旁边，不过是一条随处可见、概无趣味的郊区街道。如往常一样，十字路口处立着个邮筒，烟草铺里坐着个患胃病的小姑娘。每一家店铺的橱窗里永远是些过时的商品，落满灰尘，仿佛在排着队打哈欠。咖啡店的檐下装饰着土气的假花拱门。这儿也好，那儿也罢，都是我熟悉的那条无聊街道。短短一瞬间，我的印象就彻底转变了。导致这种恍如魔法般不可思议变化的原因，仅仅是我迷了路，在方向感上产生错觉罢了。邮筒立在街道最南端，但此番我是自北边的反方向入口望见了它。平时见惯了在左边的沿街房屋则移到了右边。仅是这细微变化，就能令所有的街道焕然一新。

那时，身处陌生的幻觉街道的我望着一家店铺的招牌。我想起曾在什么地方亲眼见过招牌上的画。随后在那记忆恢复的一刹那，所有方向都在逆转。方才还在左侧的街道变为右侧，朝北走的我蓦地发现自己正在朝南走。那一瞬间，罗盘的指针飞快地旋转起来，东西南北的空间位置彻底颠倒。与此同时，宇宙中的一切都在变化，作为现象存在的街道的风情变为了截然不同的东西。换言之，我先前所见的不可思议街道确实存在于罗盘倒转的宇宙逆空间之中。

月海与游梦人

历经这次偶然发现之后，我常常刻意在方向上产生错觉，从而在这个神秘的空间中巡回旅行。再加上前述的身体缺陷，这种旅行正与我的目的相符。不过，哪怕是具备健全方向感的人，时而也会像我一样体验这种特殊空间的吧。比如说，列位在深夜搭乘归家的火车。刚刚从车站出发时，火车沿着铁道由东向西笔直地行驶。但未过少顷，列位从酣然的睡梦中醒来，发现火车前进的方向不知在何时逆转，自西向东反向而行。列位的理性判断这绝无可能，但知觉上的事实却是火车的确在逆行，并且距离列位的目的地越来越远。

　　这时，请向窗外望望看。平日早已司空见惯的沿途车站与风景顿时变得奇异，就连一鳞半爪的记忆也无法浮现出来，看上去简直是另一个迥然不同的世界。但是最后当火车抵站，列位走下熟悉的月台时，才能从梦中醒来，辨认出真正的方向。一旦恢复方向感，方才目睹的异常景色与事物就会变得平庸无趣、不足为奇。

　　换言之，虽然是同一片风景，列位一开始是从风景背面观看的，而后则是依照平日习惯，再度从表面观看。通过改变视线的方向，同一个物体就能拥有两种不同的表象。再没有什么问题比隐藏在同一种现象之中的"秘密的背面"更加充满形而上学的神秘了。我小时候看见挂在墙上的油画时总会思考：画中景色的背面究竟隐秘地藏着一个怎样的世界？我多次把那幅画摘下，仔细观察油画的背面。即使早已长大成人，儿时的疑问是我至今都想要解开的谜。

　　接下来讲述的故事将是一把钥匙，暗示着对这个谜的某种解答。倘若读者在听罢这不可思议的故事之后，能够设想出隐藏在事物与现象背后的四次元世界——风景背面的实在性，那么，这个故事中的一切便是真实的。但如若列位无从设想的话，那么，我真实经历的事实说到底也只是一个吗啡中毒、神经错乱的诗人不值一提的颓废幻想罢了。不管怎样，我鼓起勇气试着写了下来。可是我并非小说家，不懂如何以文辞和构思勾起读者的兴趣。我所能做的，只是将自己经历过的事情如实记述而已。

月海与游梦人

2

彼时，我正在北越地方的温泉乡 K 逗留。九月将尽，彼岸的山间已经是一派秋色。来自大都会的避暑客也都已归返，还有少数为温泉疗养而来的人，仍留在这里静静养病。秋日的落影愈发深沉，孤寂的旅馆庭院之中飘满了树木的落叶。我穿着法兰绒的衣裳，独自在山中漫步，终日无所事事。

我所寓居的温泉乡附近有三座小镇。但无论哪一座，与其说小镇，不如说是小小的村落更恰当。其中有座小巧玲珑的乡间小镇，镇上大抵是些贩卖日用品的铺子，间或有几家都市风格的饭馆。从温泉乡有直达这些小镇的道路，每日都有合乘马车定期往返。尤其还铺设了铁道通往繁华的 U 町。我时不时乘火车去 U 町买东西，时而还会去女子作陪的店里喝酒。但是我最真切的乐趣发生在搭乘轻便火车的途中：那些像玩具一样可爱的火车蜿蜒行驶在落叶林之中、望得见溪涧的山谷之间。

有一天，我在乘坐轻便火车的中途下了车，徒步朝 U 町的方向走去。只因我想要一个人在视野开阔的山隘小路上悠闲散步。山路沿着铁轨的走向，通往一条树林中的不规则小径。四处秋花绽放，红土泛着光泽，被伐倒的树木横在林间。我望着天空中漂浮的白云，想起了这片土地上流传甚久的关于此山的古老传说。这片土地自古被未开化的原始民族的禁忌和迷信所笼罩，至今仍有很多人发自真心相信这些形形色色的传说和故事。我所在旅馆的女佣、从邻村来温泉疗养的人们，都曾用一种夹杂着恐怖和嫌恶的语气给我讲过许多故事。据他们所说，某一个部落的村民被犬神附身，另一个部落的村民被猫神附身。被犬神附身者只吃肉，被猫神附身者只吃鱼。

周边的人将这种发生异事的部落称为"附身村"，并且心生忌惮地断绝与其一切往来。"附身村"的人们每年一度选在无月的暗夜举办祭祀礼。他们以外的普通人完全无法窥见祭祀的情形。即使有极少数特意来看的人，不知为何，他们事后也会避而不谈。村民具有特殊的魔力，村中藏有来历不明的巨大财富……种种传说，不一而足。

故事讲完之后，他们往往还要添上几句：直到近时，这温泉乡附近仍有一个这样的部落。现在应该已经解散，村民也流落涣散，但恐怕他们仍在某地继续着秘密的集体生活。据说有人亲眼见过他们的魔神奥库拉的真容。这些人的话中充满了农民那种冥顽不灵。无论愿意与否，他们都极想迫使我相信迷信的恐怖和真实性。我却抱着另一种趣旨，饶有兴趣地倾听他们的故事。这类在日本各地流传的部落禁忌，大概是崇奉不同风俗习惯的外国移居者和归化者的子孙，他们至今仍信仰先祖的氏族神祇。又或者，他们是隐居避世的基督徒团体，这大概是最确切的推测。然而，宇宙间充斥着人类尚不知晓的秘密。诚如霍拉旭[1]所言，理性什么都不知道。理性将一切常识化，对神话进行通俗的解释，而且常让宇宙间隐藏的意义变得无以复加的庸俗。因此，所有哲学家总在穷理尽微的最后在诗人面前甘拜下风。只有诗人直觉感知到的超常识的宇宙才是真正的形而上学的实在。

　　浸淫在联翩思绪之中，我独自走在秋天的山道。

---

[1]　莎士比亚戏剧《哈姆雷特》中的登场人物，为主人公哈姆雷特最信赖的朋友。然而霍拉旭并无此对白，疑是第一幕第五场哈姆雷特对霍拉旭说的话："在天地之间，有许许多多事情，霍拉旭，是你们的哲学所梦想不到的啊。"（译文引自方平译《哈姆雷特》，上海译文出版社 2020 年版）

沿着狭窄的山道而行，路却在树林深处消失了。连我唯一能够依赖的目的地路标——火车轨道也已经无处可寻。我迷失了道路。

"迷路了！"

当我从冥想中醒来时，这句令人仓惶的话浮荡在我的心房。我倏地感到不安，慌里慌张地想要摸清道路。我折返回去，试图回到最初的来路上，却更加迷失了方向，在错综复杂的歧路之间进退两难。越走仿佛越往山的更深处去，小径在荆棘丛中消失不见。我徒劳地耗费着时间，路上连一个樵夫也不曾遇到。我愈来愈不安，焦躁得像条狗，走来走去想要嗅出归途。最后，我终于发现了一条残留有人迹马痕的细窄山路。我一边留神着足迹，一边沿着山麓向下走去。虽然已经沿不知何处的山麓而行，但只有到达有人烟的地方，我才能放下心来。

几个小时以后，我终于走到了山脚。随即，我发现了一个意想不到的人类世界。那里非但没有贫困的农家，取而代之的是一座繁华绚丽的城镇。一个朋友曾向我说起西伯利亚大铁路的旅行，火车日复一日地疾驰在满目荒凉的无人旷野，偶然停靠的沿途小站看上去竟像是繁华的国际大都会。我那时也产生了和朋友相似的震惊。山麓之下的平缓地带上是连绵无数的房屋，塔与高楼辉映出日光灼烁。这般偏僻的深山中竟有如此气派的大都会，属实令人难以置信。

我觉得仿佛在看幻灯放映似的，逐渐走近那座城镇，最终，连我自己也走入了幻灯片之中。我走入城镇的某条窄巷，经过一条逼仄如佛堂内坛通道的小路，才来到繁华的大路上。映入眼帘的市街印象颇为奇异，鳞萃比栉的商店和建筑都凝结着一种别具风情的艺术匠心，继而构成了这座城镇的整体美感，这并非刻意而为，而是妙手偶得的结果。城镇中处处可见岁月的锈痕，更显古奥幽雅，仿佛在述说着城镇的久远历史与住民的悠长记忆。城镇的面积似乎不大，即便是大路也仅有两三间宽。其他小路穿插在房檐与房檐之间，形成错综复杂的狭窄里巷。巷子犹如歧路般迂曲回环，时而地势随着青石板坡道向下，时而又在二楼飘窗的影子里变成幽暗的隧道。这座城镇仿佛位于南国，无处不是繁茂的花树，不远处还有水井。所到之处皆浓荫蔽日，整座城镇都笼罩在恬静的绿荫下。有些娼馆似的房屋连排并立，闲雅的乐声自那庭院深处传来。

大路两旁多是带玻璃窗的西洋建筑。理发店前兀立着一根红白相间的圆柱体，涂漆的招牌上写着Barber Shop。旅馆、洗衣房、十字路口的照相馆，还有一座像气象台一样的玻璃房屋，倒映出寂寥的秋日青空。戴眼镜的店主正坐在钟表店前，默默地埋头专心工作。

街上人来人往，热闹非凡，然而却丝毫不觉喧嚣，整座城镇都静悄悄的，只有沉眠的影子摇曳不止。这是因为除了过路行人之外，路上没有车马驶过，也便没有声响。不仅如此，甚至人群也是寂静无声。男男女女无不高雅恭谨，显出一副落落大方的姿态。尤其是女性，美丽娴淑，却又不失绰约风情。无论是在店中购物的人，还是在路上闲谈的人，一举一动都合乎礼仪，说起话来轻声细语。颇为有趣的是，与其说是用耳朵的听觉倾听他们的话语和交谈，莫如说是用某种轻柔的触觉，凭手感探明语言的意义。尤其是女人的声音，仿佛在抚摸肌肤，散发着令人迷醉的甘美魅力。所有的物象与人都仿若影子般来来往往。

我开始注意到，城镇中弥漫的氛围是通过某种纤细的意志人为构造出来的。不单单是建筑，构成城镇风格的全部神经都集中于一种重要的美学意趣上。空气的轻微摇动都将破坏"对立""匀称""和谐""平衡"等美学法则。况且美学法则的构成需要经过极其复杂的微分计算，城镇的每一根神经都异常紧张，时刻战栗不已。比如，说话时音调升高一度便会打破和谐，因此大声说话是被禁止的。走在路上的时候，手做出动作的时候，吃喝的时候，思考的时候，选择和服花纹的时候，都必须保持敏锐的注意力，维持和城镇气氛之间的和谐，与周遭保持适宜的对立和匀称。整座城镇都是由一面薄玻璃构筑而成，像一栋极易毁坏的危险建筑。但凡有一寸失衡，整栋建筑便会土崩瓦解，玻璃顷刻化作齑粉。为了确保无虞，城镇是依从精密的数学运算而建造的，每一根柱子都必不可少，它们是按照对立与匀称的比例立起来的。更可怕的是，构筑出这座城镇的材料是现实中的客观存在。一个不留神，对它们而言便是崩溃和毁灭。整座城镇的神经都因为畏惧和恐怖而紧绷。城镇中肉眼可见的美学匠心实际上不仅是旨趣上的匠心，其中还隐藏着更加恐怖而切实的问题。

当意识到这一点的时候，我急剧地不安起来，感受到城镇的神经在周围充电的空气中绷紧的痛苦。城镇别致的美也好，有如宁静之梦般的闲寂也罢，都已悄然间变得阴森骇人，仿佛有谁正在这个恐怖的秘密之中交换暗号。我什么都不知道。唯有某种隐晦的预感显露出恐怖的青白色，在我的心间急匆匆往复奔走。所有的感觉都被解放，事物细致入微的颜色、气味、声音、味道以及意义都变得确切可感。周遭的空气中盈溢着像是尸体散发的恶臭，气压时时刻刻都在攀升。在这里呈现出的现象无疑是一种凶兆。毫无疑问，某种异常事件将要发生！一定将会发生！

城镇上没有起任何变化。街道依旧繁华，安静得鸦雀无声，高雅的人们踱步往来。不知从何处，远远传来轻拢胡琴般的低音，听上去悲切绵长。我的预感就仿佛是在大地震来临前的一瞬间，某个人眺望着与平日别无二致的街景，没来由地感到奇怪、恐惧以及不安。就在一刹那，有一个人摔倒了。人工构筑的和谐被打破，整座城镇陷入混乱之中。

如同一个在噩梦中意识到自己在做梦的人，为了醒来而奋力挣扎，我也在恐怖的预感中无比焦躁。

天空泛着纯净的蓝色，充电的空气的密度正在逐渐变大。建筑物令人不安地歪斜扭曲，仿佛生病似的越发瘠瘦。各处房屋看起来都像是塔。屋顶也异乎寻常地变得细长，宛如瘦鸡骨节分明的爪子般怪异畸形。

"就是现在了！"

恐惧在我胸中悸动，我不由自主地叫出声。这时，某种老鼠似的小而黑的动物跑过街道中央。它的身影清晰地映在我的眼球上，给人留下一种仿佛整体和谐被摧毁一般异常而又唐突的印象。

瞬间。森罗万象骤然静止，无底的沉默横亘在小镇上。我什么都不知道。然而就在下一瞬间，任谁都难以想象的、世间罕见的奇异现象在我眼前上演。放眼望去，这座城镇的大街上充塞着密密匝匝的猫，它们成群结伙地走在路上。猫，猫，猫，猫，猫，猫，猫。到处都是猫。家家户户的窗户如同裱在框中的油画般，从中浮现出一张张翘起胡须的巨大猫脸。

我浑身战栗得几近窒息，简直要昏厥过去。这里不是人类居住的世界，而是只有猫居住的城镇。究竟是怎么回事？眼前的现象是真实发生的吗？确实，我的脑袋现在有些不正常。我看见的是幻影，不然就是发了疯。我自身的小宇宙已经在失去意识的平衡之后走向崩溃。

我心中万分惶恐，强烈地感到那可怖的末日毁灭已经近在咫尺，正在朝我逼来。我紧阖双眼，瑟缩在黑暗之中。然而下一瞬间，我恢复了意识。我一边平复心绪，一边再度睁开眼睛，回望那作为事实存在的真相。这时，那些令人无法理解的猫已经从我的视野中消失无踪。城镇中没有丝毫异常，开着的窗户后面一片空荡荡。街上没有发生任何事情，只有单调的街道微微发白。哪里都看不见猫的身影。

眼前的光景已经完全改变：镇上林立着寻常的店铺，随处可见的乡下人一脸疲惫，满身灰尘，走在被白日晒焦的街道上。那座魅惑人心的不可思议之町早已无处可寻，犹如扑克牌表里翻面，乍然显现出另一个世界。现实中的此地是一座平凡无奇的乡间小镇，而且这不就是我熟悉的 U 町吗？理发店的师傅还是老样子，摆放好无人的椅子，怔怔地望着白昼的街道。冷清街道的左边是那家无人问津的钟表店，老板总是打着哈欠，把门窗关得紧紧的。依旧是那座单调的乡间小镇，一切都如我熟悉的往常一样毫无变化。

意识清醒到这种程度时，我终于理解了全部的事态。愚蠢的我又犯了名为"半规管功能丧失"的知觉疾病。从在山中迷路时起，我就丧失了方向观念。我本想沿原路下山，结果却走到了 U 町，而且是从与以往下车的站台截然不同的方向糊里糊涂地走入镇中心。因此，所有的印象都被颠倒，我从罗盘指针指示的相反方向眺望，看到了另一个上下四方前后左右发生逆转的四次元宇宙（风景的背面）。如果用通俗的常识解释的话，就是所谓的我"被狐狸附身了"。

3

我的故事到此就结束了。然而，那个不可思议的疑问却重新萦绕脑海。中国的哲人庄子曾在梦中化蝶，醒来后深感奇怪。究竟梦中的蝴蝶是自己，还是现在的自己是自己？纵使千年逝去，这个古老的谜也无人能解。能够看到错觉的宇宙之人，究竟是被狐狸附身的人，还是理智清醒的人？形而上的实在世界位于风景的背面还是表面？恐怕谁也无法解答这个谜。但是，那座不可思议的世外小镇至今还留在我的记忆之中。那座猫町的奇怪光景犹如影像一般，窗户、房檐、街道以及猫的身影都历历在目。即使是十余年后的今日，我的知觉仍然能够让那些恐怖的印象分明地浮现在眼前。

人们对我的故事报以冷笑，斥之为诗人的病态错觉、愚不可及的妄想幻影。但是我确实亲眼得见那座只有猫居住的城镇，猫扮成人的模样，成群地走在大街小巷里。且不论那些道理和争辩，我在宇宙中的某处"看见了"猫町，对我而言，再没有比这更加确凿无疑的事实。在所有人面前，在所有嘲笑面前，我至今深信着，猫町便是那隐藏在日本传说中的特殊部落。那座只有猫的精灵居住的城镇必定存在于宇宙的某个地方。

附身

中岛敦

　　纽利人[1]部落的夏库因为遭受灵魂附身而闻名。据说许多不同的动物曾经凭附在这个男人身上。鹰、狼、水獭的灵魂附着在可怜的夏库体内，使他吐露出不可思议的话语。

　　在被后世希腊人称为斯基泰人的未开化人种之中，纽利人显得与众不同。他们在湖上修筑房屋，以避免野兽的袭击。数千根木桩打进湖泊的浅水地带，上面铺着木板，他们的房子便建在其上。地板上随处设有可以打开的活板门，他们从中垂下笼子，用来捕捉湖中的鱼类。他们会驾着独木舟捕捉水狸和水獭，

1　纽利人（Neuri），公元前 6 世纪居住在黑海以北、海帕尼斯河上游的部族，以崇尚巫术而著称。据希罗多德的《历史》记载，纽利人每年都有几天会变成狼。

还通晓麻布的制法，懂得用麻布和兽皮裹身保暖。他们平时吃马肉、羊肉、木莓和菱角等食物，嗜饮马奶以及马奶酒。据说纽利人部族中自古流传着一种奇妙的泌乳法，他们把用兽骨制成的导管插入牝马腹中，命令奴隶往里吹气，马奶就会滴落而下。

纽利人部落的夏库，便是这些湖上住民之中最平凡无奇的一人。

去年春天，自从弟弟德库死后，夏库开始变得越发奇怪。那时候，北方剽悍的游牧民族乌古利人像疾风般袭来，他们跨在马背上，挥舞着长柄弯刀。湖上住民拼死抵御。他们最初在湖畔迎击侵略者，怎奈难挡名震北方草原的骑兵，不得已退回湖上的居所。他们切断湖岸和住地之间的渡桥，以家家户户的窗户作射孔，用投石机和弓矢迎战。不擅长驾驶独木舟的游牧民放弃了摧毁湖中村的计划，仅仅掠夺了留在岸上的家畜，便如疾风般向北而归。之后，血染的湖畔上只留下几具没有头颅和右手的尸体。头颅和右手被侵略者砍下带了回去。因为头盖骨能在表面镀金，作成骷髅杯；右手则被剥皮，保留指甲，作成手套。夏库的弟弟的尸体也在遭受这般侮辱之后被随意遗弃。没有头，只能凭借服饰和持有物来判断尸体的身份，但是，当夏库通过腰带的标记和斧钺的装饰找到弟弟的尸体之时，他只是恍惚地久久望着眼前的惨状。后来有人说，夏库当时那副模样，怎么看也不像是在哀悼弟弟的死。

不久之后，夏库开始说起奇怪的谵言。起初，附近的人都迷惑不解，是什么东西附着在这个男人身上，并使他说出奇怪的语言？从措辞来判断，似乎是一只被活活剥皮的野兽的灵魂。大家想来想去，最后得出结论：说话者是被蛮族砍掉的德库的右手。四五天后，夏库又说出了其他灵魂的谵言。这一回，人们很快弄清楚是哪个灵魂。它悲伤地讲述着，自己时运不济，倒毙在战场上，死后被虚空的大灵握紧脖颈，然后被扔进无限黑暗的彼方。无论谁都同意，讲述者显然是德库本人。人们认为，在夏库茫然伫立于弟弟尸体旁的时候，德库的灵魂悄然潜入到了兄长体内。

至此，如果说作为血肉至亲的弟弟及其右手附着在夏库身上犹且不足为奇，那么在一时重回平静的夏库再度吐露谵语的时候，所有人都为之一惊。

以前也曾出现过男人或者女人被附身的先例，但从未见过如此纷繁杂多的灵魂附着在同一人身上。有时，是在部落房屋下面的湖里摇头摆尾的鲤鱼，借夏库之口将鳞族的悲喜娓娓道来；有时，是特摩罗斯山的游隼描绘它所俯瞰的雄浑风景，河泽、草原、山脉，还有远方那犹如镜子般波澜不兴的湖泊。草原上的母狼述说自己曾在苍白的冬月下，饥肠辘辘地彻夜徘徊在冻土之上的辛酸。

人们觉得稀罕，纷纷来听夏库的谵言。奇怪的是，夏库（或者说寄宿在夏库体内的灵魂们）也开始期待更多的听众。夏库的听众越来越多，但是，他们中的一人忽而说出了这样的话来：不是附身的灵魂在说话，那些话都是夏库自己编造出来的吧？

的确，这么说来，被附身的人通常都是在更加恍惚的忘我状态下胡言乱语，但是夏库的神情举止间并无疯癫的迹象，而且说话也极富条理。心生狐疑的人渐渐多了起来。

夏库自己也不晓得最近做的事情有什么意义。当然，夏库也察觉到自己遭遇的并非寻常所见的附身。然而，为何自己能够不知疲倦地一连数月维持这种奇妙的举动？他想，正因为自己也不明所以，才更加印证了此乃附身的灵魂所为。一开始，他确实为弟弟的死亡感到悲恸，就在他愤怒地想象着头颅和断手的去向之时，不自觉地有奇妙的话脱口而出。这并非他刻意而为之。不过，原本就耽于幻想的夏库逐渐体会到了将自己的想象诉诸附身的灵魂之口的乐趣。听众与日俱增，他们的表情随着自己所述故事的一张一弛而变化，时而安心，时而恐惧。每当夏库看到不加伪饰的神情浮现之际，他便由衷地感受到这种乐趣。他的幻想故事的构成日臻精巧，依凭想象的风景描写愈发地生动多彩，连他自己也深感意外，鲜明且细致入微的画面源源不断地浮出他的想象。他一边惊讶，一边思考：自己果然是被某种东西附身了。不过，他还不曾想到，若是有能将他口中不知魇足地冒出来的语言流传后世的工具——文字就好了。当然，他也无从知晓后世给他现在所扮演的角色冠以的名字。

即使夏库的故事被认为是他自己编造的，听众的数量也丝毫未减。听众反而不断要求他创作新的故事。哪怕故事是编造的，但生来平庸的夏库竟编织出如此美妙的故事，又何尝不是被灵魂附身了呢？对于没有经历过附身的他们而言，绘声绘色地描述自己未曾目睹的事情是无法想象的。在湖畔的岩荫处、附近森林的冷杉下或者是挂着山羊皮的夏库家的门口，他们围着夏库坐成半圆形，享受着他的故事。北方群山中的三十个强盗的故事、夜下森林的怪物的故事、草原上的牡牛犊的故事……

年轻人沉迷于夏库的故事而懈怠了劳作，这让部落的长老们面露愠色。"部落中出现夏库这样的男人是不祥之兆。"其中一人这么说道。如果确是灵魂附身，这么荒唐的附身属实闻所未闻；如果不是灵魂附身，这种终日信口开河的疯子也前所未有。无论是何者，任凭这家伙胡闹下去，都是有悖自然的凶兆。这个老人的房前挂有豹爪为标记，意味着他是部落中最显赫的人，因此全体长老都支持他的说法。他们暗中合谋要除掉夏库。

夏库的故事逐渐开始取材于周遭的人类社会，因为听众们不满足于总是听老鹰和牡牛的故事了。夏库讲起了美貌的年轻男女的故事，齿喾善妒的老婆婆的故事，还有在他人面前飞扬跋扈、在老伴面前头也不敢抬的酋长的故事。当故事讲到一个老人明明脑袋秃得像脱毛期的秃鹫，却想和年轻人争夺美丽的姑娘，最后输得一败涂地，听众们哄然大笑。是什么令他们捧腹？坊间正风传着呢，建议除掉夏库的那位长老最近刚经历过一模一样的悲惨遭遇。

长老越发怒不可遏。他绞尽白蛇一样的黠智，想出了一条计策。另一个近来妻子与人私通的男人也加入了阴谋，因为他觉得夏库的故事是在嘲讽自己。这二人千方百计想让所有人注意到，夏库经常逃避作为部落民应尽的义务。夏库不钓鱼。夏库不照顾马匹。夏库不去森林砍树。夏库不剥水獭皮……太久太久了，打从自北方群山呼啸而来的烈风吹来鹅毛大雪以来，有谁见过夏库在村里干过活儿吗？

"对呀！"人们恍然大悟。夏库确实什么也没干。在分发过冬的必要物资的时候，这种感受尤其明显，就连夏库最热心的听众也心怀不满。即使如此，因为被夏库妙趣横生的故事所吸引，人们还是勉强把过冬的食物分给了从不劳作的夏库。

身披厚实的毛皮抵御北风，在燃烧着兽粪和枯木的石炉旁痛饮马奶酒，他们就这样度过了冬天。湖岸的芦苇一冒芽，他们也开始外出活动了。

夏库也走到原野，但不知为何，他的目光呆滞，看上去蠢头蠢脑的。人们意识到夏库再也编不出故事了。即使是强求他讲，他也只是翻来覆去讲述以前的故事罢了。不，他渐渐连老调重弹也做不到了，修辞也彻底失去了光彩。人们都说，附着在夏库身上的灵魂掉落了。让夏库能够讲述无数故事的附身之物，明显已经掉落了。

不仅附身之物掉落了，以前的勤勉习惯也回不来了。不劳作，却也不讲故事，夏库终日木然地眺望着湖水。一看到他这副样子，从前的听众想起曾把自己珍贵的过冬食物分给这么个一脸蠢相的懒人，就不由火大起来。对夏库怀恨在心的长老们暗自窃喜。因为一个人如果被一致认为对于部落百害而无一利，部落将会决议对他进行处罚。

佩戴硬玉颈饰、留着大胡子的当权者们进行了多次讨论。没有一个人站出来为无亲无故的夏库申辩。

恰逢雷雨季节来临。纽利人最忌惮畏惧的就是雷鸣，因为雷鸣是高居天穹的独眼巨人发怒的诅咒声。一旦雷鸣作响，他们就不得不停下一切劳作，小心翼翼地被除邪恶。奸谲的老人用两尊牛角杯买通了占卜者，成功把夏库这个不祥征兆与近来频繁的雷鸣联系到了一起。人们最终决定，某日，当太阳行过湖心正上空之后、行至西岸的山毛榉的树梢之前，如若雷鸣三次以上，则于翌日按照祖先传下的规矩对夏库进行处罚。

是日的午后，有人听见了四声雷鸣。有人说听见了五声。

次日黄昏，人们围绕在湖畔的篝火旁进行盛大的飨宴。大锅里翻滚着羊肉和马肉，还有可怜的夏库的肉，也在里面咕嘟咕嘟地煮着。对于物产贫瘠之地的住民而言，除了染病死亡者以外，所有死去不久的尸体都是可供食用的。夏库最热心的听众是一个头发卷曲的青年，篝火烘得他脸颊发热，他大口嚼着夏库的肩肉。那位长老右手握着仇敌的大腿骨，一脸享受地咂摸着粘连在骨头上的肉的滋味。嗦干净之后，他把骨头扔得远远的。水声响过，骨头沉入了湖底。

被称为荷马的盲诗人在吟唱出美妙的歌声之前，曾经吃了另一个诗人。此事还无人知晓。

来自黄泉

久生十兰

一

"九点二十分……"

鱼返光太郎在新桥站的站台上看着手表呢喃道。

今天将是忙碌的一天。十点钟，有两组客人来看塞尚的《静物》。十一点钟……某夫人送来了出自名匠吕西安·格莱夫之手的首饰。午后两点钟……拍卖家具。四点钟是……光太郎是位一流的艺术品经纪人，他熟谙诗与音乐，经常会收到美术杂志或者美术批评的约稿。对他而言，无论战争输赢与否，他从来不缺乏洽谈和商机。

光太郎在滞欧日本人的最后一次撤侨中巧妙应

对。当所有人都在搜购金刚石，费尽周折地捣鼓一些毫无价值的交易之时，光太郎通过竞拍将雷诺阿、亨利·卢梭、弗拉戈纳尔以及三幅维米尔的作品收入囊中，这些美妙的收藏品替他安全转移了财产。

先见之明和机敏是艺术品中介从业者必备的品质，这与诗人源自倦怠和梦想之中的灵感极为相似，一旦投身于这份工作中，人生的况味便只剩下趋利避害的周旋，其余一切都成了褪色的残花。

正当光太郎立在站台上回想盘算着今日的工作，一个六十岁上下、白发如鹦鹉冠毛一样蓬乱的洋人匆匆从西口的楼梯走了上来。

"哎，是吕多先生。"

他上身还是平日穿的那件老旧无尾礼服，但下身换了一条有折痕的白条纹裤子，抱着一大束用蜡纸包装的鲜花。他仿佛是从朱尔·罗曼的喜剧中走出来的角色，"为爱痴狂的特鲁哈代克博士捧着花束自右侧上场。"[1]

---

1 出自朱尔·罗曼于 1923 年上演的喜剧《特鲁哈代克的放荡》(*Monsieur Le Trouhadec*)。

梅塔克萨伯爵夫人[1]二十年前曾在早稻田大学法文系担任教师，吕多先生到访日本的时间比她还要早上十年。这位年迈的雅儒已经在日本居住了三十年之久，在光太郎的记忆当中，从未见他如此慌张匆忙过。

吕多先生开办的私塾中不止有光太郎，光太郎唯一的堂妹阿萤也受诲于此。她在吕多先生的指导下准备着大学入学考试，如果没有这场战争，她本应在巴黎大学念书。

吕多先生对学生视若己出。为了学生，他从不吝惜自己的智慧和葡萄酒。每当含辛茹苦、终于折桂的学生出发前往法国之前，吕多先生尽管贫穷，却拿出 Les Amoureuses（爱侣园）或者 Chateau d'Yquem（滴金酒庄）的红酒，抑或是稀有到只在巴黎的 Maxim's（马克西姆）餐厅才能品尝得到的波尔多或者勃艮第顶级古酿，为学生庆祝饯行。

光太郎也曾是其中一人，他原本在法国研究美

1　指希腊的文化人类学者伊娜·梅塔克萨（Ina Metaxa），她于 1918 年造访日本并沉醉于日本古代文化，昭和初年在早稻田大学执掌教鞭，著有《神秘的日本》一书。

术史，却一脚踏入新兴的经纪人行业，摸爬滚打八年后回到了日本。

吕多先生的家距离光太郎家不足一公里，但光太郎终究觉得难为情，只拜访过一次吕多家，而且仅是站在玄关之外寒暄，后来再无问候往来。

光太郎颇感困窘，但站台上没有任何躲藏之处，索性佯装看不见。不过吕多先生还是发现了光太郎。

"噢，光太郎。"

说着，他站在了光太郎身旁。

"久疏问候。您今天要往哪儿去？"

吕多先生瞪了一眼光太郎的手提包，爱搭不理地把脸转向一旁。

"还用问吗？今天是盂兰盆节，当然是去扫墓。"

他冷淡地说道。

七月十三日……说起来，今日确实是盂兰盆节。但光太郎记得，吕多先生一直是在每年十月二日[1]万灵节把菊花供奉在亡妻的遗照前，从没听过他有盂兰

1　作者笔误。万灵节应是十一月二日。

盆节祭拜的习惯。

"冒昧问下，您去为谁扫墓？"

"Insupportable！（真让人难以忍受！）"

闻言，吕多先生很罕见地嘟囔了一句法语。

"你难道不知道我很多学生都在这场战争中死去了吗？"

他用诘责的目光回头看向光太郎的脸。果然是这样，光太郎想着，低下了头。

"真是很不幸。有多少人在战场上丧生了？"

"十八人……一个都没有回来。死了太多人了。自从我来日本之后从未见过这种惨状。"

他掏出手帕擤鼻子，然后就这么攥在手中。

"唉，再怎么哀叹也为时已晚。无论如何，这场战争的'意义'已经尘埃落定，为此而死的灵魂不必再在虚空中飘浮，终于能够安然逝去了吧。因此，今年的盂兰盆节可以说是祭奠这场战争中牺牲的数百万亡灵的新盆[1]。所以呢，今天大伙儿会到家里来，举办一场盛大的宴会。"

---

1 指祭奠已故之人的第一个盂兰盆节。

"什么？宴会？"

"我和大家约定好了，等战争结束之后，举行一场波旁王朝式的宴会。现在，我正要去邀请他们……如果按照正式礼仪，应当在黄昏时分提着灯笼前去迎接。不过，既然大家都是自由主义者，也不必拘泥于形式。最关键的反而是不要弄错每个人的名牌。"

"但是，降灵术之类的巫术不是被天主教视为异端吗？"

"有什么要紧呢？还有谁能比天主教徒更喜欢玩弄灵魂？死者被他们的呼唤搞得不胜其烦，对那些愚蠢的发问伤透了脑筋。一年一度焚火等待亡灵归来根本不是一桩美丽的事情。如若亡灵不来，他们就凭蛮力把它拽来。"

"那么，我也随您一同去祭拜吧。"

"哎，不必了。圣经有言，'任凭死人埋葬他们的死人'。昨天我已经祭拜了大家的墓，只剩下一座墓没有清扫。看来日本人没有工夫惦念因战争而死之人。还有人认为，死掉的家伙都是愚蠢者，压根不必超度他们。"

"这么说，阿萤也在您邀请之列？"

"你越来越像一个法国人了，而且是那种坏透了的法国人。从你嘴里发出的这句疑问，与其说冷酷无情，不如说是漠不关心。阿萤的尸骨还在新几内亚。她离我们太远了。就算我不去迎接她，阿萤也一定会来的。你这种俗人是根本不会明白的。"

"您说得可真过分哪。"

"过分的是你。这八年来，你连一封信都没给阿萤写过。"

"这是阿萤跟您说的？可她八年间也从未给我写过信嘛。"

"是啊。因为没收到你的来信，她不敢主动联络你。你一直把阿萤当作小孩儿对待，所以她面对你的时候始终束手束脚的。阿萤曾爱慕过你，最终却还是放弃了。阿萤来道别的那晚下着鹅毛大雪，她浑身落满了雪，脸色苍白，然后讲了很多关于你的事情。她说希望看到你与人结婚，早日过上快乐的日子。"

"那孩子说的吗？"

"那孩子……还说等你归国之后，要从自己的朋友中介绍一个好姑娘给你做新娘……真无聊。算了。阿萤她心心念念的都是你。事到如今再说这些也无济

月海与游梦人

于事。她已经不在了……得了，得了，你赶紧回事务所忙你的生意去吧。你要去日本桥对吧？走吧，电车进站了。"

二

光太郎在神田下了车。这里的市场熙攘拥挤。烈日当空，飞扬的沙尘里弥漫着浓浓的食物气味，整条街市像修罗场一样嘈杂。

死去三百万人的国度举行的盂兰盆节，却哪里都不见与之相符的哀愁，反而形成鲜明对照的是，市场上的卖方与买方都显露出动物性的野蛮生命力。

光太郎忽然想起十月二日那天，巴黎的万灵节肃静悲戚。巴黎街头的店铺门窗紧锁，剧院和电影院也闭门歇业，大道上流淌着菊花的清香，只见穿着丧服的人们匆匆向墓地走去。

巴黎的拉雪兹神父公墓的山顶有一家名为Bellevus de Tombeau 的咖啡馆，它的别名叫作"墓地展望亭"，站在咖啡馆的露台上能够瞭望到墓园的全景。

光太郎在万灵节那天去了那里。互相搀扶的老夫妇、戴黑面纱的年轻孀妇、拄着腋拐的残疾军人、无精打采的孩子们……身着丧服的人们静静地把花束放在墓前，却因不忍离去而又登上这座露台。他们坐在桌旁，以手托腮，悲戚的目光飘向丝柏掩映的小径。每一张脸上都挂着沉重的神色，他们深知何谓死亡，并为此哀悼。光太郎不禁感慨，死在这样的国家或许是件快乐的事情。

"这样下去可行不通啊。"

光太郎擦了擦汗，自言自语道。

颇为诡吊的是，光太郎家族中的人接二连三地死去，他就剩下阿萤这么一个亲人了。然而，阿萤作为女性职工随军前往新几内亚，死在了一个叫作凯马纳的地方。光太郎听到她的死讯时并无特别的触动，甚至直到今日遇到吕多之前，他从未想起过阿萤。

光太郎一到事务所便打电话取消了今天的工作安排。明天以后再为卑俗的生计奔波劳碌，至少今日的全部时间就用来纪念阿萤吧，他想道。

光太郎的家位于平民区。他还记得，祖母在世的时候，每年的盂兰盆节祭典都热闹非凡。铺上茭白的草席，树起篱笆墙，在修竹林上挂起小葫芦和酸浆果。卷叶包裹的莲蓬、摆放一处的葛饼和砧卷、茭白编就的马、盛放在荷叶上的团子和茄子条……"来啊来啊，大家要在火焰熄灭前回来呀。"祖母念念有词地点燃了迎魂火。

光太郎寻思，若能搭起灵棚，焚烧麻秆，按照自古沿袭的规矩迎接亡灵，真不知是件多好的事。但令人惋惜的是，他只能模糊地记起灵棚的装饰，至于那些细致入微的法事更是一无所知。

光太郎躺在椅子上想道，这样的话，只能用自己的方式祭奠阿萤了。于是，他给朋友挂了个电话。

"今天务必请你帮个忙。"

"听起来挺棘手啊……想让我帮你搞到手什么？"

"巧克力、糖果、蜜饯栗子、梅脯……嘛，大概就这些。"

"哎？究竟怎么回事？"

"还有，因为要给女孩子喝，你那儿有利口酒吧？"

"抱歉，这个没有，但是有苏特恩的白甜酒。"

"啊，那就它吧。怎么样？傍晚五点能送来吗？"

"明白了。一定送到。"

傍晚时分，光太郎把送来的甜点与银座的 Bonton 餐厅做的菜肴吐司一起包好，回了家，将它们一股脑放在客厅的小桌上。怎么看都显得很奇怪。他把这些东西挪到了壁炉上，又挑了几样摆上钢琴，但无论如何也不成体统，难以让光太郎满意。

他想到了照片，但在家中翻箱倒柜也没找出一张来。八年前他启程前往欧洲的时候，将有感情瓜葛的艺妓的照片一把火烧光了。阿萤的照片好像也在其中。

不知道该做些什么，光太郎孤零零地靠在椅子上。忽听得蟋蟀的鸣声，世上已无亲人的孤独感堵塞在光太郎心头。他这才痛切地意识到，阿萤对自己而言是无可取代的重要之人。

事到如今已经无可挽回，但如果当初自己对阿萤多几分温柔，把她接到巴黎的话，她也不至于会死在新几内亚。可以说，是自己的冷漠害死了阿萤。

虽然从未想过阿萤会化身为幽灵，但她若在今夜回来，想必会捎来什么音信吧。光太郎觉得自己的感官已然失常，但只觉晚风自露台徐徐吹来，此外，什么迹象都不曾发生。

"为什么，为什么？"

望着钢琴上徒然摆放的葡萄酒瓶以及暗淡无光的盘子里盛着的吐司，光太郎不禁苦笑起自己的自私自利。

吕多先生那边怎么样了？他想着，走上了露台，只见吕多家的厨房窗子漏出明晃晃的白炽灯光。看来宴会已经开始了，吕多先生高兴的时候喜欢弹钢琴。光太郎已经听到了他那蹩脚的琴音。

光太郎的家原来位于银座的一丁目，阿萤的家位于新堀。

阿萤是她父亲五十五岁才得来的女儿，之前的三个孩子全部夭折了，所以她父亲简直欣喜若狂，甚至使外人觉得这一家子都有些疯癫。

那时，堀川家还很兴盛。在被称为"阔绰堀川"的先代家主[1]还在世的日子里，他曾在福井楼邀来上百的宾客，请来如云的艺妓，为家中的孕妇祈祝顺产。

1　指阿萤的祖父。

那一夜，每一人的餐费便花了四百元之多，由是闻名一时。

大约是阿萤六岁时的事。光太郎要去堀川游玩，阿萤的父亲便邀请他说："今天要带阿萤去赏月，你也一道来吧？"

阿萤身边有七个艺妓伺候着，他们乘船自桥光亭溯流而上，朝绫濑方向而去。阿萤的父亲事先准备好了堆积如山的银箔扇，他说，来，大家把这些扇子扔出去。艺妓各自散开站在船前身、船舷以及船艉，从心所欲地把银扇投向半空与河面，恍如千鸟在流照的月华下飞舞飘落，如梦似幻般美丽。阿萤倚靠在安坐于船中蒲团上的父亲膝头，嫣然微笑地眺望着。

被这样抚育成人的阿萤向来不做任何出格的事。若是把她放着不管，她能不吃不喝坐上一整天。阿萤便是这样一个决不撒娇、从不催逼他人的女子。

昭和十年（1935）的冬天，堀川家失火，所有的家当都烧毁在大火中。阿萤举家从东京搬到了鹄沼，但未过多久，双亲便先后撒手人寰。阿萤被托付给赤坂表町的须藤律师，她就读于三崎町的法英和女子学校，每个礼拜三则去吕多先生的私塾学习法文。现在想来，她这么做是为了有朝一日跟着光太郎前往法国做准备。

离开日本的前夜，阿萤曾来向光太郎道别。她穿着男式的铭仙绸¹衣服，白色井纹凸显在茄青色底子上，结城䌷²缝制的短布袜一尘不染。她央求光太郎把奶奶留下的琴爪³给她。

光太郎的祖母是古筝名家，这副琴爪是她离世时留给阿萤的遗物。

光太郎问她为什么紧着要。她说，你不会再回日本了吧，如果今天不来拿的话，以后就拿不到了。

"有客人拜访。"

光太郎吃惊地抬起头，家中的女佣正站在他跟前。

"谁啊？"

"是一位二十二三岁的小姐。"

光太郎应声从椅子上站起了身来。

---

1 用粗蚕丝织就的平纹丝绸，质地结实，价格低廉，常用于缝补粗衣和被褥。

2 茨城县结城市出产的丝绸，以结实耐用而著称。

3 也叫"义甲"，即弹古琴或古筝时常用的假指甲。

三

站在玄关处的女子甚为优雅，双目炯炯有神，五官端丽，用"千金小姐"一语来形容着实再熨帖不过了。

"冒昧来访。请问您是曾经居住在银座的鱼返先生吗？"她问道。

光太郎点头称是，女子仿佛很喜悦似的说，"那我果然没找错。"

二人来到客厅，千代坐在椅子上，那对于日本人而言过长的双腿并拢斜向一旁。她用富有朝气却不失成熟冷静的声音说道：

"我是银座今屋的伊草千代。我最近才从新几内亚回国，想与您说一说阿萤的事情，所以特地前来拜访。"

"非常感谢您的好意。家中没有供奉阿萤的牌位。如不介意，还请您把知道的事情详细地告诉我。"

"谢谢。其实我回国之后便想尽快登门拜访，但是苦于不知道您的住所，才耽搁到今日。"

"我记得今屋从以前起就是银座的名店。那幢古老洋馆始建于明治初年，是最早卖进口油画颜料的店，所以我印象很深。那么，您和阿萤在新几内亚，是几时认识的？"

"阿萤很早就去到了凯马纳，但是我们被穷追不舍的敌军冲散了，各自四处逃窜，所以直到战争临近结束的半年之前，我才认识了阿萤。"

"凯马纳是个什么样的地方？"

"我回国后读了纪德的《刚果之行》，凯马纳简直与书中'班吉与诺拉之间的大森林'一章的描写一模一样……'抬头望去，是一列高耸得令人目眩的巨木，树木仿佛在行走。'这便是凯马纳给人留下的印象。"

"我好像能想象得出来。"

"我们的工作相当辛苦。半年的时间里，大雨像瀑布一样无休止地从天上浇落。雨季过后，温度急剧升高，打字机的铅字遇热膨胀，印字杆抬不上去，印刷导轨也是歪歪斜斜的，无论怎样打出的都是满纸错字……当时正值巴布作战的紧要关头，与战事有关的文书都是用暗号写成的，单单一份文书就需要对着打字机敲上五天，可如果有一个字错了，就会被命令重写。夜以继日的工作简直要人命，我们每天回到宿舍时都是筋疲力尽，一头扎在床上。只有阿萤要么临摹池冻帖习字，要么弹琴，一个人自得其乐。"

"琴？是那种有十三根弦的琴吗？"

"嗯，正是如此。战地医院有个叫秋田的医疗兵，他似乎是京都有名的琴师。他看见阿萤的房间里放着琴爪，便说要给她做一把琴。他竟真的用驻地附近的柳安木和铁樟木做出了一把琴。那真是把美丽的六尺古筝，琴身还带着有趣的木纹呢。"

"还有这等事？真让人意想不到。"

"我们每次值夜班都要待到很晚，只能凭月光摸着路回去，这时听见从热带雨林深处传来了一曲《由缘》[1]，那心情实在难以形容。"

光太郎垂下目光，他不禁想象，在玲珑月色下的千古密林中不绝如缕的琴音是何等的凄怅冷艳。佩戴琴爪抚弄琴弦的阿萤仿佛就在眼前，光太郎忽然感到一许寒意。

"阿萤那个人呢，不管遇到什么事都闷不作声，

1　鹤山勾当作曲的地呗《由缘之月》的略称，初演于元文五年（1740）。

月海与游梦人

358

那时候，她的病情已经很严重了。临近战争结束之前，有一次她被大雨浇透了，回来之后咳血咳得厉害，很快便卧床不起。她被转移到病房，没过多久，就陷入了生命垂危的境地……于是，我代表大家去探望她的时候，见她枕边放着一本《谣曲全集》，便问，'你还爱读这种书呀？'她答说，'嗯，啊，都是些极好的短小故事，很有趣。'她跟我讲起了《松虫》[1]，讲起男子偕友人走过枯野之时，友人不知在何时已遽然死去。说到这儿，她忽地不再言语了，那对水汪汪的大眼睛一直凝视着天花板。我觉得不对劲，便靠近看她的脸，她的眼睛一眨也不眨。我大声喊她，'阿萤！阿萤！你怎么了？'她这才如梦初醒般望着我的脸说，'真有趣呀，我刚才去了趟巴黎……'我问，'那你看到了怎样的景色呀？''那或许是马德莱娜教堂。在成排的粗大圆柱之前，光太郎正抽着烟散步呢。'她跟我说了这样的事情。"

---

1 能剧剧目，四番目物，作者不详。故事梗概如下：摄津国阿倍野有家酒肆，一个年轻人每夜都来饮酒。他对卖酒人讲了一个故事，某个男子偕同友人走过原野时，友人被松虫的声音吸引，死在了草丛中。年轻人自白幽灵之身后消失不见。未几，另一个男子来到酒肆讲述了完全相同的故事。卖酒人彻夜祭奠之后，二人的幽灵现身起舞，共享宴酣花鸟之乐，天亮后消散无踪，草原上唯余松虫鸣。

"这是什么时候的事？"

"六月二十七日。也就是她去世的那天清晨……黄昏降临了，阿萤的临终时刻也到了，她的容颜仿佛变得愈来愈美，她说，'《松虫》的笔致真美呀，我好喜欢。'说着，便用她那美妙的声音朗读上歌[1]的段落。

"部队的长官也来了。他说，'辛苦了。死在这种异国他乡，实在是太可怜了。你如果有什么未尽的心愿，无须多虑，请尽管提出来吧。'阿萤回答说，'那……能让我再看一次雪吗？'

"'雪？雪……从天上落下的雪？''嗯，对呀。''这就伤脑筋了，我也不是神明大人，怎么着也没法子让新几内亚下雪嘛。'他说。阿萤笑着说，'开玩笑的啦。从国内启程那一晚，下了好漂亮的雪，所以我想再看一回。'

"这时，军医长凑到长官耳边说了些什么，长官紧皱的眉头一下子舒展开来。他说，'好，就这么办。'他们用担架把阿萤搬到了山谷底。

---

1 谣曲的构成部分之一，即符合平乘拍子的长歌谣，以上音开始演唱、以下音结束的部分。

"我们揣测有什么事情将要发生。阿萤的担架被放了山谷的涧溪附近。不可思议的事情出现了。细若粉末的雪花从遥远的天空中轻盈落下，纷纷扬扬，无休无止，眨眼之间，森林也好流水也好都变作了白茫茫一片。

"长官对阿萤大声说，'喏，你瞧，下雪了！'阿萤睁开已经昏花模糊的眼睛，出神地嗫嚅道，'真的是雪，好美呀！'没多久，她就像睡着了一样合上了眼睛。"

"那场雪是怎么回事？"

"所谓的雪，其实是群集在河流上空的几千万、几亿只蜉蝣。这似乎是新几内亚的雨季过后常见的现象。"

"谢谢您。若不是您，我一辈子也不会知道这些事情了。"

说着，光太郎忽然好奇她是跟谁打听到自己的住址的。他说：

"这栋房子长时间租赁给了别人。我也是前天早上才刚刚搬进来，还没来得及把迁居的事儿告诉别人。真亏您能找到这儿来。"

伊草凝望着光太郎的脸：

"嗯，我今天去了距此不远的宋林寺扫墓。往常我是从六阿弥陀[1]方向回家，今天不知怎地想从长明寺绕路，但是我一下子迷了路，在这附近兜兜转转的时候，不经意间看见了贵府的门牌上写着'鱼返'，便冒冒失失地上门叨扰了。说起来，还真挺离奇的，请您多见谅。"

说罢，她的脸颊赧然泛起了微微潮红。

"阿萤要介绍自己的朋友给光太郎做新娘"，光太郎忽然想起吕多今早说的话，他明白了，是阿萤的意志把这个姑娘带到了这里。

他不由用另一种眼光审视起眼前的人，自己先前竟未曾注意到她身上的许多好。

沐浴在月光下的纯白无垢的肌肤、令人望而生情的深邃眼眸、健康的娇艳唇色，一桩桩一件件都是光太郎曾与阿萤闲话过的对女子的钟意之处。细看去，淡薄栀子色的麻制绅士女装的胸褶内凸显出浮雕一般

1　指东京近郊存放着相传为行基所造的阿弥陀像的六座寺庙，分别是王子的西福寺、沼田的惠明寺、泷野川的无量寺、田端的与乐寺、上野的常乐院、龟户的常光寺。

的葡萄纹样，石榴石首饰正堪视作结出的葡萄，两相映衬，营造出了在日本已经宣告惨败的巴洛克趣味。

伊草离去之后，光太郎仍然双手抱臂站在玄关。阿萤接下来就要去吕多家了吧，他想到，至少也想把她送到吕多家门前。

"可以为我点一盏灯笼吗？"

女佣露出了惊讶的表情。

"啊，灯笼……手电筒可以吗？"

"不，灯笼比较好。"

光太郎提着灯笼，悠然地朝吕多家的方向走去，可途经尚未竣工的在修道路时，他下意识地说道：

"哎，这里坑坑洼洼的，把手给我。"

他向黑暗中伸出了手。

盛开的樱花林下

坂口安吾

櫻花盛开之际，人人拎着美酒，大啖团子，漫步在花下，不禁喜形于色，发出"真乃绝景""春光烂漫"之类的感慨，然而，这不过是谎言。为什么说是谎言，因为自江户时代起，櫻花下便聚集着烂醉如泥的酒鬼，争吵不休，呕吐得遍地狼藉。从前的人只会害怕立于櫻花下，而不会将其视若绝景。近来说起櫻花树下，莫不是人们聚而畅饮抑或吵嚷争执，一派欢闹热烈的景象。然而，一旦将人从櫻花下移除，转瞬间便会化作恐怖的风景。故而能乐中曾有这么一事，母亲为了寻觅被人贩子拐走的爱子而发了狂，恰来至櫻花盛开的森林下，在满目花荫之中描画着孩子的幻影，癫狂而死，终为花瓣所掩埋（此处是小生画下的蛇足）。櫻花林下若无人迹，则空余恐怖罢了。

昔时，旅人途经铃鹿岭时必须取道樱花林。鲜花不开的时节还则罢了，待到花季，旅人从樱花林下路过时无不目眩神摇，只想着尽快从花下逃离，于是朝苍翠绿树或者已死的枯木所在的地方飞奔。只身一人倒还好，因为一溜烟从樱花下逃脱，来到其他树底之后，便能放下心来，安然无恙。但若二人结伴同行，可就不妙了。因为人的脚程快慢有别，若有一人落在后面，必会拼命嘶喊："喂！等等我啊！"可是届时大家都已失去理智，无不舍弃朋友独自逃命。因此，迄今为止，那些交情甚笃的旅人自从途径铃鹿岭的樱花林之后无不交恶，不再相信对方的友情。为此，旅人们自然也避忌樱花林下，甚至不惜特地从别的僻远山道绕路而行。久而久之，这座樱花林渐渐偏离了干道，被独自遗留在人迹罕至的静寂深山中。

此后经年，山中住下了一名山贼。这是个残暴凶狠的男人。可怜那些从干道过路的行人，都被他无情地剥去衣物，白白断送性命。然而即便是这样的男人，站在樱花林下时也会心生畏葸。于是自那以后，山贼变得厌恶樱花，他总是满腹嘀咕："花儿这种东西太可怕了，真叫人生厌。"花下明明无风吹拂，耳边却能听见喧嚣的风声。尽管没有一缕风，也没有任何声响，唯有他自己的身影和脚步声，但他仿佛被包覆在静寂、清冷、岿然不动的风中，灵魂一如花瓣干枯凋落般四散，生命渐趋于衰弱。他想要紧闭双眼，厉声尖叫着逃命，但是一闭上眼又会撞在樱花树上，为此眼睛也闭不得，心智更加错乱疯狂。

不过，山贼是个生性冷静的男人，也是个不知后悔为何物的男人，他觉得这座樱花林很是蹊跷。"来年再来考虑此事吧，"他如是想道，"今年不想再作打算了。留待来年开花之时，再好好想想这件事。"年复一年，他都这么想，一晃十几年过去，今年他又盘算着，等来年再作深思吧。于是乎，转眼又至岁暮。

就在他思来想去却不见行动期间，他的妻子从起初的一人增加到了七人。第八个妻子又是从干道劫掠来的，捎带手还带回了她丈夫的衣物。女子的丈夫则是死于刀下。

山贼杀死女子的丈夫之时，感觉到有些异常，和平时不大一样。他也不晓得哪里不对劲，但他向来不惯拘泥于这种细枝末节，所以当时也没有特别留意。

月海与游梦人

山贼本来不想取男子性命，只是把他剥了个精光，像往常那样猛踢一脚，喊道："赶紧给我消失。"但是这女子着实妩媚，不觉间男子已作了刀下鬼。山贼自己也没想到会顿起杀意，女子亦是始料未及。山贼回头顾盼，只见女子瘫坐在地上，茫然地注视着他的脸。他说："从今天起，你就是俺老婆了。"女子点了点头。他伸手把女子拉了起来，女子说道："我走不了路。你来背我。""没问题，没问题。"山贼满口答应，轻轻背起女子，向前迈步走。走到险峻的上坡前，山贼说道："这里很危险，你下来自己走吧。"女子用力搂紧他的后背，说着"我不要！我不要！"，就是不肯下来。"你也不想想，像你这样的山里人也觉得吃力的坡道，我如何走得来！"

"这样啊，好、好。"男人虽然疲惫不堪，却还是满心欢喜，"不过，你还是先下来一下。我这么身强力壮，可绝不是嫌累，只是想稍微歇口气。因为后脑勺上没长眼睛嘛，从刚才起又一直背着你，心底好生焦急难耐。想要先把你放下来，好好端详一番你俊俏的脸蛋儿。"

"不要嘛！不要嘛！"女子又死命抱紧山贼的脖

子，"我一刻也不想待在这么寂寞的地方。快些带我去你的家中，一刻都别耽误，否则我就不做你的妻子。你若让我在这里感到落寞，我就咬舌自尽。"

"好、好，知道了。你说什么，俺就做什么。"

山贼想到日后有这么一位美娇妻做伴，不禁感到一种几欲融化般的幸福。他逞威风似的挺起胸膛，转了一周，让女子看这前山、后山、右山、左山。

"这些凡是山的山，都是俺的东西！"

他说道，但女子完全不为所动。他感到既意外又失落。

"听到没？你双眼所能看见的，凡是山的山、凡是树的树、凡是山谷的山谷，甚至连从山谷中蒸腾涌现的云彩，全都是俺的东西噢！"

"赶紧走！我不想在岩石四处隆起的悬崖下久待。"

"好、好。等到了家，马上给你张罗一顿山珍海味。"

"你就不能快点吗？赶紧跑起来！"

"这坡道太陡峭，就算俺一个人也跑不动呀。"

"真看不出你竟然这么没用。我怎么会沦为这个窝囊废的妻子。呜——呜——从今以后，我可怎么活啊。"

"说什么蠢话！不就是区区一条坡道吗？"

"唉，真让人焦心。你已经累了吧？"

"胡说八道。等俺爬到坡顶，马上跑给你看，管教鹿也追不上。"

"可是你的喘息声很重欸，脸色也发青了呢。"

"万事开头难嘛。等俺势头一起来，跑得让你在俺背上都觉得头晕眼花。"

说归说，山贼累得全身都要散架了似的。等他终于摸到家门口时，已经两眼直冒金星，耳鸣不止，声嘶力竭，连喊话叫门的气力都不剩了。家中的七个妻子出来迎接，山贼光是松解僵硬得像石头一样的身体，把背上的女子放下来，就已经体力难支。

七个妻子迄今为止从未见过这般美貌的女子，女子却惊讶于七个妻子的腌臜污秽。七人中也有昔日风华绝代的女子，只是如今容颜不再。女子害怕地退缩在男人的背后。

"这些山野村妇都是谁？"

"她们都是俺过去的老婆。"

男人险些被问倒，急中生智加了"过去"二字，也算是回答得滴水不漏了。女子却毫不留情地说：

"哎呀，她们是你的老婆啊？"

"那是因为，呃，俺过去不知道世间还有你这么可爱的女人嘛。"

"去把那个女人给我砍了。"

女子指着其中容貌最端丽的一人说道。

"这个嘛。就算不杀她，当作侍女使唤不也很好吗？"

"你杀了我的丈夫，却杀不得自己的妻子？你就这样还想娶我为妻？"

男人哑口无言，只听得沉吟再三，他飞身跃起，把所指的女子砍倒在地。然而，女子根本不留给他喘息的闲暇。

"接着是这个女人。这次杀她。"

男人犹豫了半晌，但即刻鲁莽地大步向前，照着她的脖颈决绝地挥下砍刀。人头还在地上骨碌碌地翻滚，来不及停下，女子那柔和清透的美妙声音已然传来，她指向下一个女人：

"这次是她。"

被指定的女人双手掩面，扯着嗓子发出惨叫。高举的砍刀从半空中划过，眼见刀光乍现，其余的女人骤然起身，四散而逃。

"若是放跑一人，我就不饶你。草丛里躲着一人呢。还有一个朝河上游逃走了。"

男人提着沾满血迹的刀在山林中狂奔。其中一人来不及逃命，吓得腰肢瘫软。她是妻子中最丑陋且跛腿的一个，男人把欲逃的女人们一个不留地杀死之后，转身折返，漫不经心地对着她抡起砍刀。

"够了。留她一命，我得有个侍女伺候。"

"顺手就一并宰了吧。"

"你可真蠢。我说了叫你别杀她。"

"啊，这样啊。好吧。"

男人把血刀丢在一旁，一屁股坐在地上。疲惫感忽然涌遍全身，他感觉两眼发黑，屁股沉得仿佛是从土里长出来的。他倏地注意到了四周的静寂。恐惧迅即袭来，他大为震惊地回头看去，女人仍然伫立在原地，露出些许郁郁不快的风情。男人这才仿佛从噩梦中惊醒。然后，他的目光和灵魂都自然而然为女子的美丽所吸引，身体动弹不得，但男人感到了某种不安。

怎样的不安？为什么不安？什么令他不安？他自己也一头雾水。只是女子实在太过美丽，美得吸噬了他的灵魂，因而他才能够对胸中激荡的不安不以为意。

"这感觉不知为何总觉得有些似曾相识。"他心想。

"好像曾经有过类似的情形，"他苦思冥想，"啊！原来如此，是那个。"他忽然意识到什么，继而深感惊悚。

正是那盛开的樱花林下。这与在樱花林下经过时的感受极为相似。尽管他不清楚具体什么地方相似，又是怎么个相似法，但是，两者的相似是毋庸置疑的。只想到这里，他就已心满意足，他向来是个不作深虑的男人。

山中的漫长冬天结束了。尽管山峰和谷底的树荫下还残余着稀稀落落的积雪，但花季不久将至，整片明媚的晴空恰是春的征兆。

今年樱花盛开之时，得去一探究竟，他思忖道。此前，当他步入樱花林时并未发生异样，于是他坚定决心走入纷乱的樱花下。然而随着他愈走愈深，便会感到意乱神迷，放眼朝前后左右望去，无不是层层蒙覆的樱花。越接近樱花林的中央,越觉恐惧,进而忍不住盲目行动。他心想,今年要去到樱花盛开的森林中央,一动不动。不,非但如此,还要就地而坐。他忽然产生了一个念头:到时把这女子也带上吧。他瞥了一眼女子的脸庞,胸间忽觉一阵忐忑不安,便慌忙别开了目光。"这个念头若是被女子知道就糟了。"不知为何,这种感觉深深地烙在他的心中。

★

女子无比刁蛮任性,无论山贼多么用心准备的饭食,她都会吐露怨言。山贼在山中奔跑,狩猎小鸟和鹿,也捕获过野猪和熊。跛脚女则终日在林间游荡,搜寻树芽和草根。然而女子从未表示出满意。

"你每日就让我吃这种东西?"

"这已经是珍馐佳肴了嘛。你来之前,俺们十天才吃得上一回这么好的饭菜。"

"你这种山里人什么糟糠都能咽下,我的喉咙可不行。在这好生寂寞的深山里,长夜中听到的唯有枭的叫声,所以至少在伙食上,就不能让我吃上不逊色于京都的可口食物吗？京都的万千风雅啊……与京都的风雅完全阻绝的我心中有多么苦闷，谅你也明白不了。你夺去了我的京都风雅，取而代之，留给我的徒有乌鸦和枭鸟的鸣叫，你却一点都不愧疚、不觉得残忍。"

面对女子这番怨诉，男人只觉得莫名其妙。因为男人根本不知道何谓京都风雅，自然也无从想象。他百思不得其解的是，女子竟然会对现在这种生活、这种幸福感到不满。他对女子埋怨的风雅不再深感困惑，并且也不晓得如何应对才好，只能一味心焦气躁。

迄今为止，他不知道杀死了多少来自京都的旅人。这些人腰缠万贯，所带的物什也都极尽豪奢，自然就成了他的案上鱼肉。若是好不容易夺取财物，却发现里面净是些不值钱的玩意儿，他也只能破口大骂一句："切，这个乡巴佬"或者"这死老百姓"。总而言之，他对京都的认知仅此而已。"京都"是那些带着豪奢物什的人居住的地方。除了将这些人洗劫一空以外，他别无任何余念。至于京都的天空在哪个方位，他概无了解的必要。

女子非常珍惜自己的发梳、笄、簪和胭脂。他那沾着泥巴或者山林野兽鲜血的手哪怕轻轻触碰到女子的衣裳，都会遭到厉声训斥。女子仿佛视衣裳如命，守护衣裳是她的职责，她命令别人时时将她周围打扫清净，把家中拾掇得纤尘不染。那件衣裳不只是一条细带束身的窄袖便服，而是几层衣物错叠在数条罗带之下，形状奇异的罗带结略显赘余地垂下，再点缀以形形色色的饰物，才算得穿戴完毕。男人看得瞠目结舌，然后漏出一声感叹。他被折服了。一种美就这样蔚然成形，他被那种美所盈满，并且不留丝毫质疑的余地。他按照自己的想法，把这看作一种奇妙的魔法，那些作为个体而言毫无意义、残破不全且不可解的断片聚拢成了一个完整之物，若将此物分解则又回归为无意义的断片。

男人进山伐木，遵照女子的指令制造某样东西。他动手制作的过程中也没有参透此为何物，又有何用途。他所做的是胡床和扶手。胡床即椅子。每逢天气淑和，女子就把胡床搬到屋外，坐在向阳处或者树荫下阖目休憩，又或是在屋中凭靠在扶手上若有所思。这一切在男子眼中显得分外异样、妖娆、充满诱惑。魔法在现实中成了真，尽管他们是这场魔法的助手，却常常对魔法的结果感到非常惊讶和叹赏。

　　跛脚女每天清晨为女子梳理她那头乌黑的长发。梳发所用的是男人特地从僻远的山溪汲舀来的清水，他对自己考虑周到的辛劳颇感欣慰。自己也能为这种魔法尽一份力，便成了男人的愿望。于是，他想将手穿过女子梳理整齐的黑发。"讨厌，别拿脏手碰我。"女子将男人推开并呵斥道。男人像个孩子般缩回手，满脸羞愧，望着光泽透亮的黑发被盘成髻，女子的脸从中露了出来。美的描摹与诞生，如同一枕未竟之梦，他如是想。

　　"是这样的东西啊……"

　　他反复把玩着饰有花纹的发梳和做工精巧的笄。那是他过去看不出任何意义和价值的东西，现在依然如此。装饰即物与物之间的调和、关联，他对此毫无见解，但他明白这当中蕴含着魔力。魔力是物的生命。物之中也寄寓着生命。

　　"你别乱摆弄。为什么你每日都要摆弄它们呢？"

　　"因为很不可思议嘛。"

　　"有什么不可思议的？"

"就是……也没什么大不了的。"

男人感到很害臊。他有些惊讶，却不知道是对什么惊讶。

随之，男人对京都的畏惧油然而生。这种畏惧并非因其恐怖，而是对于无知本身产生的羞耻和不安，类似于博学之人对未知事物怀抱的不安和羞耻。每当"京都"一词从女子口中说出时，他的心便会胆怯颤抖。但凡眼睛看得见的东西，他从来无所畏惧，所以他不熟悉这种畏惧心理，也无法习惯于羞耻心。于是，他对京都只抱有敌意。

他袭击过成百上千个来京都的旅人，却没有一人敢于反抗，这让他心满意足。无论再怎么回忆过去，也从不曾有过任何被背叛、被伤害的不安。当他意识到这点之后，便时常感到愉快和骄矜。他将女子的美丽对比于自身的勇猛，而对自身的勇猛有所察觉后，能够让他多少感到棘手的，便只有野猪了。实际上野猪也并非那么可怖的敌人，所以他颇为游刃有余。

"京都有长着獠牙的人吗？"

"有身背弓箭的武士噢。"

"哈、哈、哈。若是较量弓箭，俺能够射落山谷对面的小麻雀。京都没有皮糙肉厚到能令刀折断的人吧？"

"有身披铠甲的武士噢。"

"铠甲能让刀折断吗？"

"能。"

"俺可是连熊和野猪都能打翻在地。"

"如果你真有这么勇猛，就把我带到京都去。用你的力量夺取我想要的一切，将京都的精粹妆点在我的身上。如若你能够让我由衷感到快乐，你就真称得上是勇猛的男人。"

"小菜一碟！"

男人下定决心要去京都。他打算仅用三日三夜的时间，抢来京都所有的发梳、笄、簪、和服、镜子和胭脂堆放在女子身边。没有什么事能令他忧心。唯独一事让他有些放心不下，但那与京都毫无干系。

是那片樱花林。

两三日后，整片森林的樱花都要盛开了。他已决意今年去一探究竟。在那片樱花盛开的森林中，一动不动地坐着。他每日都悄悄去樱花林观察花蕾的饱满程度。"再等三天。"他对着急出发的女子说道。

"难道你还需要收拾打扮？"女子眉头轻蹙，"别让我等得心焦。京都在呼唤着我呢。"

"但俺已经约定好了。"

"约定？这种深山穷林，你和谁约定好了？"

"是没有人。可、可俺确实有约在身。"

"这可真是桩咄咄怪事。明明没有人，却还能与人有约？"

男人见隐瞒不下去了，便说道：

"因为樱花就要开了。"

"这么说，你是与樱花有约？"

"樱花就要开了，俺必须去看罢樱花才能远行。"

"为什么呢？"

"俺不能不去樱花林下看看。"

"所以说，为什么非去看不可？"

"因为花要开了。"

"花要开了？为什么？"

"因为花下始终有冷风吹过啊。"

"在花下吗？"

"因为花下是无边无涯的。"

"花下吗？"

男人自己也闹不明白，心中杂乱无章。

"你带我一起去那花下吧。"

"那可不行。"

男人斩钉截铁地说道。

"俺一人前往才行。"

女子面露苦笑。

男人第一次看到所谓的苦笑。他从不知道世上还有如此饱含恶意的笑。且他并未将其判断为"恶意"，而是觉得这笑仿佛挥刀也斩不断似的。证据便是，这苦笑犹如印戳般刻在他的脑中。每一想起，便如刀刃般反复在脑中刻画，而他却无法将其斩断。

第三日到来了。

他悄悄溜出家门。樱花林已然盛开。他刚一踏入林地，便回想起女子的苦笑，仿佛被某种迄今为止未曾体尝过的锋利割下头颅。仅仅如此，便已使得他神智混乱。樱花下的阴冷从无垠的四方刹那涌来。他的身体忽然在这阵风的吹打下变得透明。四方的风呼啸长号，此地已经被冷风涌满。他的声音中只剩哀号。他奔跑。这是何等的虚空。他哭泣、祈祷、挣扎，只想要逃走。等他明白自己业已从花下逃脱时，仿若从梦境回到己身。与梦不同的是，他的身体切实感到了濒临气绝死亡的痛苦。

★

从此，男人、女子、跛脚女在京都住下。

男人每夜都奉女子之命潜入宅邸，带回和服、宝石和装饰品，但这些尚不足以填满女子的心房。女子最想要的，乃是宅邸中人的项上人头。

他们家中已经搜罗了从数十座宅邸掠取的人头。屋内被隔扇屏风所分隔，四壁挂满了人头，还有人头悬吊在天顶。人头多到男人根本分辨不出谁是谁，而女子却能一一记得，即使这些人头早已毛发脱尽，皮肉腐烂，化为骷髅，她依旧晓得此为何处的何人。倘若男人和跛脚女移动了人头的位置，女子便会大发雷霆，嚷嚷着这儿摆的是哪里的世族、那儿列的是谁家的门第。

女人每日把玩人头。人头带领家仆在外散步。人头一家找别家人头去冶游。人头相恋。女人头拒绝男人头，转而，男人头又抛弃女人头，使得女人头呜咽泪流。

贵族千金的人头被大纳言的人头所骗。在某个无月的夜晚，大纳言人头假扮成千金人头恋慕之人的人头，偷偷潜入与其同谐云雨之欢。事后，千金人头发觉不对劲，但也无法对大纳言人头心生憎恨，只得悲泣自身的宿命，出家为尼。然而，大纳言人头追至尼姑庵，侵犯了已削发尼姑的千金人头。千金人头虽欲一死了之，但还是听从了大纳言的花言巧语，就此逃离尼姑庵，藏身于山科的乡间，成为大纳言人头的妾室，重新留起了秀发。实际上，千金人头与大纳言人头已经头发脱落殆尽，皮肉腐烂不堪，蛆虫从白骨中蠕动爬出。二人的人头沉溺于觥筹酒色，追逐嬉戏，牙齿互相啮合发出咔哧咔哧的声响，糜烂的肉彼此黏着贴合，鼻子和溃烂的眼球早已剜空。

每当见到这两颗人头彼此亲昵贴近，以至于面部变形，女子都欣喜若狂，发出尖锐的高声大笑。

"来呀，吃掉脸颊吧。啊啊……真美味。把千金的喉咙也吃了吧。对，还要啃噬她的眼珠，尽情啜饮。对，舔一舔。哎哟，看起来真是美味哪。已经忍不住了吧，嗯哼？好啦，要用力咬嘛。"

女子咯咯调笑。那美妙悦耳的笑声宛如敲响薄轻的陶器而发出的清越之音。

其中也有僧侣的人头。僧侣人头为女子所痛恨，所以时常扮演恶人角色，饱受憎恨，被凌辱残杀或者惨遭官吏处刑。僧侣人头在刚死后，反而长出头发，不久后毛发尽落，腐败臭烂，化作森森白骨。而后，女子命令男人再带回些僧侣的人头。新的沙弥人头的面容上还残留着少年人温润如水的稚美。女子满心欢喜，将人头置于桌案上，斟入美酒，又是用脸蹭，又是舔舐，逗弄他作乐。但女子很快就玩腻了。

"找个更胖的、更面目可憎的人头来。"

女子发令道。男人觉得麻烦，就一口气拎来了五颗人头。有老态龙钟的老僧人头，也有眉毛浓密、脸颊肥硕、鼻子好似一只趴着的青蛙的人头，有耳朵尖如马耳的人头，也有神情分外温驯的人头。不过最令女子中意的是这颗五十岁左右的大和尚人头，相貌丑陋，眼角下垂，双颊松弛，嘴唇肥厚，甚至厚得仿佛合不上嘴儿，一副散漫邋遢的模样。女子把双手的手指抵在下垂的眼角处，向上挑，滴溜溜地画起圈来，又在他的蒜头鼻里插进两根棒，将人头倒立起来滚动，或者是搂紧在胸前，把自己的乳房塞进那厚唇间，让他咂含吮吸，自己放声大笑。但她很快就又腻了。

其中还有美丽少女的人头。那是一颗娟秀、恬静、高贵的人头。尽管透着点孩子气，这副容颜却在死时微妙地流露出成人的忧郁，紧阖的眼睑下隐秘交织着种种快乐、悲伤、早熟的思绪。女子把这颗人头当作自己的女儿或者妹妹一样疼爱。她颇为用心地为其梳理黑发、涂抹粉黛，念叨着这样不行，那样也不好，浮现出温柔的神情，仿佛能嗅到馥郁花香。

为了这颗少女人头，还需有一颗年轻贵族公子的人头相伴。女子为贵公子人头也梳妆妥当，两个年轻人的头颅沉迷于烈火般疯狂燃烧的情爱游戏。时而娇蛮，时而嗔怒，时而憎恶，时而说谎，时而欺骗，时而露出悲哀的表情给对方看，但当情热再度点燃，一人的熊熊爱火便会将另一人焚焦，双双历经情爱的煎熬，化作乱舞的火焰彼此交缠。可是好景不长，坏武士、淫贼、恶僧等人的污秽人头会出面阻扰这段姻缘，贵公子人头被踢踹、被殴打，最终命丧黄泉。这些污秽的人头从右、从左、从前、从后围住少女，出言轻慢挑逗。少女人头满面沾着他们的腐肉，被獠牙般的利齿啃食，鼻子给人咬掉一块，头发也被薅得凌乱不堪。接着，女子拿针在少女人头上连连扎出孔洞，又用小刀切割、刨剃，使她变得比任何一个人头都要污秽，令人不忍卒睹，而后便随手丢弃了。

男人厌恶京都。他已见惯京都的稀奇之处，却如何也适应不来。他像京都人一样穿上了水干[1]，但仍旧把小腿露出来走路。白日里不能挥刀杀人。他不得不上街买东西，在有暗娼的居酒屋里喝酒也得乖乖付钱。街上的商人嘲笑他，挑菜到城里卖的村姑和孩子嘲笑他，连下贱的暗娼也笑话他。贵族的牛车在京都的大道上辚辚驶过。穿着水干的赤脚家仆大都涨红了脸，在路上耀武扬威地开道。无论在集市、大道抑或是寺庙的庭院，骂他愚蠢、呆傻、迟钝之类的怒喝不绝于耳。不过，这些琐事并未使得他大动肝火。

真正让男人叫苦不迭的是，他痛感所谓的"人"是种无聊透顶的东西。人类太聒噪。当有大狗走过，小狗猖猖狂吠，男人就像一条被吠的狗。他厌倦了乖

1　狩衣的种类之一，脖颈处有两根细带，以下摆掖入袴裙为标志。原为下级官吏、地方武士及庶民的便服，后演变为武家的礼服。

僻、妒忌、固执以及思考。他想，山中的野兽、树木、河流、飞鸟从不会这么聒噪。

"京都真是个无聊的地方，"他对跛脚女说道，"你难道不想回山里吗？"

"我觉得京都一点都不无聊嘛。"

跛脚女回答道。她一天到晚准备料理，洗濯衣物，和邻居们喋喋不休地谈天。

"在京都能跟人说话，所以不无聊。我讨厌山里，那儿才叫无聊呢。"

"说话就不无聊吗？"

"当然喽。无论是谁，只要张口说话就不会无聊。"

"俺怎么越说话越无聊。"

"你是说不上话才无聊吧。"

"哪有这回事。说话很无聊，所以俺才不爱讲话。"

"试着说说看嘛。一定会忘掉无聊的。"

"说什么？"

"任何你想说的。"

"哪有什么想说的东西嘛。"

男人心里觉得可气可恨，打了个哈欠。

京都亦有山，但山上非寺即庵，反而引得众多香客往来。从山上能将京都尽收眼底。何其繁多的屋宇，何其脏污的景色，他想道。

他每夜都在杀人，白天就忘得一干二净。因为杀人也让他深感无聊，毫无乐趣可言。刀头断罢了。人头是个柔软的东西，伸手去抓，完全没有骨头的触感，和切萝卜没什么不同。反倒是人头的沉重叫他大吃一惊。

他似乎明白了女子的心情。佛堂里有一个和尚，总是胡乱地撞响大钟。又开始干蠢事了，男人想，他们根本不知道自己在做什么。若要终日看着这群家伙的蠢脸过活，俺也会选择跟他们的人头一同生活。

可是女子的欲望一眼望不到尽头。男人对人头也感到无聊了。女子的欲望犹如在无尽天穹之中直线飞行的鸟儿，从无休憩，始终保持直线飞行。那只鸟不知疲倦，时常飒爽地划破疾风，心旷神怡，无休无止地轻盈飞行。

他不过是一介凡鸟。在枝杈间盘旋跳跃，偶尔跋涉山谷就得费尽气力。他更像是停伫在枝头打瞌睡的猫头鹰。他身手敏捷，爱跑好动，每个动作都虎虎生风，但他的心就像一只不轻易挪窝的鸟。至于不休不眠的直线飞行，他连想都不曾想过。

男人在山顶眺望京都的天空。空中恰有一只鸟呈直线远逝。天幕由昼入夜，自夜而昼，无限的明暗交替往返。天幕的尽头一无所有，无论何时，都只有无限的明暗罢了。男人无法将无限当作事实来理解。明日，后日，日复一日，明暗无限交替。一想到这里，他的脑袋都要裂开了。不是他疲于思考，而是思考的痛苦所致。

回家后，女子一如既往热衷于人头游戏。看见他来了，女子露出等候已久的期待模样。

"今夜给我带个白拍子[1]的人头回来。要最美丽的白拍子人头喔。因为我要让她为我跳舞。我来为你唱支今样歌[2]。"

男人试图回想起方才在山顶凝望的无限明暗。这

---

1 兴起于平安朝末期的歌舞种，亦指以其为业的艺妓。穿直垂，戴立乌帽子，挎银鞘短刀，女扮男装，咏今样歌而舞。见《平家物语》卷第一其六"祇王"。

2 与神乐歌、催马乐、风俗歌、朗咏等古典形式的歌谣相对，平安朝中期至镰仓时代流行的新样式的歌谣。代表性的歌谣集为后白河天皇编撰的《梁尘秘抄》。

座房间即是那片永远交替着无限明暗的辽阔天空，但他已经再也想不起来了。而且女子并非鸟，仍是往常那个娇媚女人。他却答道：

"我厌倦了。"

女子颇为惊讶，随即笑出了声：

"哎呀哎呀，你害怕了？原来你也只是个胆小鬼。"

"不是害怕。"

"那是什么？"

"看不到尽头，所以厌倦了。"

"哎哟，那就奇怪了。没有事情能够望得见尽头喔。每一日、每一日都要吃饭，是不是看不到尽头？每一日、每一日都要睡觉，是不是看不到尽头？"

"和那不一样。"

"有什么不一样呢？"

男人一时语塞，他想，总归是不一样。他受不了听女子指鹿为马，就灰溜溜地出了门。

"记得带个白拍子的人头回来。"

身后传来了女子的声音，但他默不作答。

他其实也不明白两者为何不一样、怎么不一样。

夜色愈来愈深。他再度爬上了山顶，但天空已经昏黑得看不见了。

等他回过神来，他发觉自己在思考天空的坠落。天空在坠落。他痛苦得仿佛被人勒住脖子。这痛苦就像杀死了那女子。

只要杀死她，天空中疾走的无限明暗将会戛然而止。然后，天空将会坠落。他松了一口气，但是他的心脏上开了一个洞。飞鸟从他的胸中穿过，倏尔消失。

那女人便是俺吗？然后，在天空中呈直线无休止飞行的鸟便是俺自己吗？他不禁起疑。杀死女子就是杀死俺自己吗？俺到底在想些什么？

天空为什么非坠落不可？他仍不得而知。所有的想法都难以捉摸。摒弃诸多想法之后，只有痛苦存留。拂晓已至。他失去了回到女子所在的家中的勇气。之后的数日间，他一直在山中徘徊。

有天清晨，他睁开眼睛，发觉自己睡在樱花之下。那是一棵孑孓独立的樱花树。满树的樱花怒放。他震惊地一跃而起，但并不是为了逃跑。因为，只有区区一棵樱花树罢了。他突然想起了铃鹿岭的樱花林。那座山中的樱花林一定也已盛开。他在怀念中忘我，陷入沉思。

回到山里去吧。回山里去。这么单纯的事情，为什么会遗忘呢？为什么要沉迷于思考天空坠落之类的事情呢？他感觉自己从噩梦中醒来，感觉自己获得了救赎。曾一度被感官忘却的早春之山的气息包围住他的身体，他感觉到凛冽的寒意。

男人回了家。

女子满面欣喜地欢迎他。

"你到哪里去了？都怪我净说些任性的话，让你受苦了，是我不好。但你也该体谅一二，你不在之后我有多么寂寞。"

女子迄今为止从未说过这般温柔言语。男人感到胸间作痛。他的决心险些因此融化，但是他去意已决。

"俺要回山里去。"

"你要独留我在这儿？你的心中怎会有如此残忍的想法？"

女子的眼眸中燃起怒火。她的脸上写满了被背叛的悔恨。

"你什么时候变得这么薄情？"

"都说了。俺讨厌京都。"

"有我陪在你身边也不行吗？"

"俺只是不想继续住在京都了。"

"可是，不是还有我在吗？难道你已经讨厌我了吗？在你外出的这段时间里，我满心想的都是你呀。"

女子泪眼婆娑。这是女子第一次眼中含泪。女子的脸上已经不见怒火的形迹。她忿恨男子的无情，满腔悲苦。

"因为你不住在京都便不行，而俺不住在山里便不行。"

"我离开你就活不下去了啊！你还不明白我的心思吗？"

"但俺不住在山里就是不行。"

"既然你执意要回山里，我也随你一同回去。纵使只与你分开一日，我也活不下去了。"

女子的眼睛被泪水浸湿。她把脸埋进男人胸间，任凭热水流淌。泪水的温热渗入男人的胸膛。

确实，女子离开男人已经活不下去了。新的人头就是女子的生命。而且能给女子带回人头的，除他以外别无他人。他已是女子的一部分。女子绝不会放走他。男人的乡愁得到慰藉之后便会带她回京都，女子如此坚信着。

"但你能在山里生活吗？"

"只要和你在一起，哪里都能生活。"

"山里没有你想要的人头噢。"

"如果必须在你和人头之间选其一的话，我会放弃人头。"

男人简直怀疑自己是在做梦，欣喜若狂以至于难以置信。他做梦都没想到如此求之不得的事能够成真。

他的心中充满崭新的希望。这希望来访得既唐突又粗暴，直至刚才为止还折磨着他的苦闷思绪已经被分隔于难以触及的彼方。他甚至忘了女子昨天还没有丝毫温柔。他眼中只剩下现在和明天。

二人即刻动身启程了。跛脚女被留在了京都。临行前，女子悄悄对着跛脚女留下一句话："我们很快就回来，你等着。"

★

　　昔日的群山重现在眼前。仿佛只要呼唤，它们便会应声回答。男人决定走一条旧道。那是条无人行走的路，甚至连路的形状都已消失，变成随处可见的森林、随处可见的山坡。沿着那条路走，必然会从樱花林下经过。

　　"你背我。我走不了这样没路的山坡。"

　　"噢，好嘞。"

　　男人轻轻背起女子。

　　男人想起了得到女子那一天，他也是这样背着女子从山岭彼侧的山路爬上来的。那一天他心中也盈溢着幸福，但今天的幸福更加丰沛。

　　"第一次遇到你那天，你也背我了呢。"

　　女子同样忆起往事。

　　"俺刚才也在想这件事。"

　　男人喜笑颜开地说道。

　　"喏，你瞧！那些全都是俺的山。山谷、树木、飞鸟甚至云彩，俺的山里应有尽有。山真好呀，让人忍不住想跑起来。京都可没有这一切。"

"那一天，也是我叫你背着我跑呢。"

"是啊。真把俺累坏了，跑得头晕眼花。"

男人没有忘却那片盛开的樱花林。然而，在这幸福的时日里，樱花盛绽的森林又有什么所谓呢？他丝毫不怕。

随之，樱花林出现在他眼前。满眼的樱花盛开如海。风吹过，花瓣缤纷而落，土地被落花覆满。这些花瓣是从何处落下的呢？因为，目力所及之处莫不是纷繁盛开的樱花，在头顶上蔓延开来，令人觉得它们之中仿佛从不曾凋落过任何一枚花瓣。

男人走入盛开的樱花下。四周冷寂无声，寒意渐生。他忽然察觉女子的手变得冰凉，顿时不安起来。他猛然清醒——女子是鬼。俄而，从樱花下的四面八方一齐吹来阵阵冷风。

用力搂住男人后背的是浑身泛紫、脸庞硕大的老妖婆。她的嘴裂至耳根，蜷曲的头发呈现绿色。男人拼命逃跑，想要把她摔落。鬼使劲扼住他的喉咙。他的眼前顿时一片模糊。他不顾一切，使尽浑身力气把鬼的手松开，脖子从鬼双手间的空隙挣脱，顺势向后曲身，把鬼重重地摔在地面。这次轮到他揪住鬼不放了。他勒紧鬼的脖子。当他回过神时，自己正用尽全身力气掐住女子的脖颈，而女子已经气绝身亡。

他的眼前蒙上一层云翳。他试图睁大双眼，却感觉仍未恢复正常的视觉。因为，他勒死的不是鬼，横陈在那里的只有女子的尸体。

他的呼吸停住了。他的力气、他的思绪以及一切都同时停住。女子的尸体上已经落有几片樱花瓣。他摇晃女子的尸体，呼唤她，拥抱她，但皆是徒然。他号啕大哭。自从定居此山直至今日，他兴许都没有哭过。当他自然地平静下来时，他的后背已经积满了白色花瓣。

那里恰是樱花林的正中央。四方的际涯都掩藏在樱花深处，目不可见。往日的恐惧和不安已经烟消云散。自花海尽头吹来的冷风也荡然无存，唯有樱花仍在静寂无声地悄然散落。他第一次在盛开的樱花林下落座，而且他能够永远地坐下去。因为他已经无处可归。

盛开的樱花林下的秘密至今无人知晓。或许，所谓的秘密便是"孤独"。因为男人已经没有畏惧孤独的必要。他就是孤独本身。

他开始环视四周。头顶是樱花，花下是无限的虚空悄然延伸。樱花无声地飘落。仅此而已。此外再无任何秘密。

曾几何时，他感觉到有个微微发热的东西。然后他意识到，那是他心中溢满的悲哀。被樱花与虚空的清冷所包围，那股膨胀的温热也一点一滴变得清晰可感。

他想要拨开女子脸上的花瓣。正当他的手将要触摸到女子的脸庞之时，似乎发生了什么怪事。他的手底仅剩零落的花瓣，女子的身影消失不见，化作几片落花。而后，当他想要挺身去拨开花瓣时，他的手、他的身体都已经消弭形迹。唯余下花瓣与无边无垠的冰冷虚空。

月澹庄绮谭

三岛由纪夫

一

去年夏天，我泊宿于伊豆半岛南端的下田。沿着城山海岬有条步行道，距离下榻的酒店不远，我常去那里散步。抵达的第一日，我穿行于海岬的西侧，沐浴在落日的耀眼夕晖之中，兴致盎然地眺望着那些小海湾。每逢走过一个转角，都是一幅迥异的风景。

随着离岬角越来越近，海湾逐渐变作荒凉的岩滩。巨大的岩礁被腐蚀殆尽，乱岩散立，斜倾叠合，仿佛遭受极大破坏后的残景。我走到通往位于海岬尖端之茜岛的茜桥，是时吹来一股强劲的东风。

我渡桥来到了茜岛。烈日越发灼晒着我的脊背。

茜岛是一座无人居住的荒岛，高挺的松树斜枝横逸，纷乱交错，斜阳将彼松的枝影历历映照在此松的树干上。

我登上坡道。坡道的顶端有两棵枝柯作闪电状伸出的参天老松，矗立左右有如一扇大门。远方的青空更显辽远。再往前走的岩壁上被凿出一处洞窟。穿过岩洞，道路就断了。岩壁上方传来细微的足音，但见海鸥鸣啭振翅，朝小岛的南方飞去。这里径直面向太平洋。

我倚凭在岩石上，向四处远眺。荒滩被残阳的暮影笼罩，大海如梦似幻地闪烁着光辉。

我抬头仰望，背后屹立着茜岛南端的断崖，崖顶是一片枝繁叶茂的松林。岩壁裸露在外，在接近崖顶的地方才允许草芽萌生，稠密的绿意徐徐向上入侵。浓密的荫影里点缀着小黄花，灌木丛中散布着星点的红色果实。我想，那兴许是夏茱萸吧。

山崖上尽是寻常可见的草木，从山麓至半山腰之间则是秃秃的岩表，宛如擦伤发红的皮肤。两者的对照极为醒目，就像是一方想要伪装乔扮成另一方，却反而摆露出不伦不类的姿态。

我接着把目光投向脚下。赤红粗砺的岩石间有条小河般的水路，间隔开我所在的地方与凸入海中的荒滩。洞窟的左右地势都很低，内与海水相通，故而这条水路不断随着波浪的来去而起伏摇晃。两旁粗粝的岩肌上挂着一条瀑布，水路俄而在岩洼积汇为深潭，转瞬间又汹涌飞腾。波涛翻滚，浪花四溅，斑白的泡沫洒满整条水路。这种剧烈变化叫人惶恐不安。水看似是某种做深呼吸而膨胀的异样生物。正当我疑惑水位会涨到何处时，水势却再度急剧萎缩，甚至干涸得露出水底。

看着看着，我被一种陌生的不安情绪所驱使。漆黑的水路在赤红的岩礁间不断引发激荡可怖的摇晃。遥望海面，闪烁的夕晖拯救了我的不安。

海风轻抚我的脸颊，行驶在海面上的货轮左舷在落日的照耀下映出刺眼的白光。海上夏云的形状流散不定，变得朦胧难辨，渲染上些许黄蔷薇的色彩。

……还差十分钟五点。

我踏上归途，穿过方才的洞窟，从闪电形状的松枝下的浓荫路往下走。我迎面正对着西沉的落日。路上的石砾反映着黯淡暮光，道旁的深草舒展开无数金色弧线，低垂的草颈仿佛镶上了金边。彼岸交错的松木之间露出熠熠生辉的皎白海滩。

我渡过茜桥返回海岬。只要沿来时道路就能回到酒店。不过离太阳沉落还有些时间，我便朝相反方向走去。怎知就是迈出的这一步，令我不容置喙地走入了那个奇异的故事。

二

我顺着海岬的道路向东前行，寻找攀登城山公园的近道。城山近在眼前，我却没看见通往公园的路标。

我跟一对迎面走来的男女问路。男子自言不是本地人，他也答不上来。

海崖上搭建着一间小屋，有个老人正坐在发黑的草席上缝补渔网。他的脸和身上都被日头晒得黝黑，昏暗的小屋中只有老人绑在头上的白毛巾格外显眼。他似乎听见了我的问询。从小屋中传来破锣般的嗓音，说道：

"公园吗？那边的采石场旁边立着告示牌，从那里向上攀登就是近道了。道儿特别窄，走起来很辛苦的。"

"原来如此，"我趁机追问道，"月澹庄也在那边吗？"

没有应答。我想大概是老人嫌麻烦，不肯爽快回答。于是我撂下一句谢谢，径直正欲离开。

老人走出屋门将我叫住。他看起来仍然不愿痛快回答，却迟钝地站起身来想要追上我。我停在原地，上下打量起老人的模样。

老人贴身套了件和服外褂，脸像是粗暴却不失精确地用凿子雕出的假面，质朴的眼鼻间镂刻着深深的皱纹，剃得齐短的白发下散发着黑檀的光泽，让人确切感到某种野性的存在。这张脸没有任何令人忌惮之处，但老人这副面无表情、质朴单纯的面孔，不禁使人想象到野兽的阴暗灵魂。

"你是说月澹庄？"

老人叫住我问道。

"是的。"

"这三十年来从没有人问起月澹庄。你年纪轻轻，是如何知道的？"

我转过脚步走近老人。

"我只知其名而已。我在书中读到，明治维新的元勋大泽照久在城山麓下修筑了名为月澹庄的别墅。我很中意这个名字，所以一直记得。想着若是来到下田，一定要去参观，但是旅行指南却未提及。'月澹庄'之名想必是化用了唐人吴子华[1]的七言绝句'月澹烟沉暑气清'，作为消夏别墅的名字着实绝妙。我对这方面有一些研究……"

即便面对未受过良好教育的粗人，我也不会在对话中刻意俯就对方。我这种做派屡屡受人诟病，但我坚信这么做是正确的。因为这样反而能使对方敞露心胸，并且为发现意想不到的共通知识而喜悦。

事实上，老人一听到我引用的古诗，立即有了回应：

"没错，我也是这么听说的。'月澹烟沉暑气清'。不错，的确如此。"

他连语气都变得郑重，起初毫无表情的脸上似乎有欣喜的影子浮过。他进而说道，

"上一次听人跟我说起这句诗，还是在几十年前。

1　吴融（850—903），字子华，晚唐诗人。此句出自《凉思》："松间小槛接波平，月澹烟沉暑气清。半夜水禽栖不定，绿荷风动露珠倾。"

自从月澹庄被烧毁，想来已经过了将近四十年了。"

"这我倒有所不知。月澹庄早在四十年前就被烧毁了吗？"

"是的。你看，那边的采石场就是月澹庄曾经的所在。"

老人再一次指向刚才所说的通往公园的道路。山麓那边的路是白石铺就，简陋的小屋立在悬崖边，不见人影。只见草丛间散落着些赤红色的点，似乎是在茜岛上见过的夏茱萸。

我望着空荡荡的采石场，连我自己也不晓得为什么要如此执着于月澹庄。这里只不过是明治政治史的一段插曲，大泽照久侯爵当时特意选在交通不便的地方营建别墅，自东京乘船来到下田港，在这里度过远离人喧的假日。他只留下《月澹庄日记》这本关于明治政界的回忆录。如果这本书只是散文体的回忆录倒也还好，然而侯爵采用了日记的体裁。这本记录中夹杂着对于下田风景的描写，充斥着似是而非的风流。

四十年前烧毁的别墅遗址里没有留下任何可以追忆往昔的东西，对此我丝毫不感到惊讶。不仅如此，我甚至怀疑那座别墅是否真实存在过。月澹庄如今已

月海与游梦人

经从人们的记忆中消逝，仅仅存在于我与老人的脑海之中。如梦如烟的月澹庄终与地上王国的权力殊途同归。

老人让我稍等片刻，独自回到小屋中。等待期间，海湾的景色变得更加细密，夕阳落得很快，回望来时的道路，只有与海岬之西隔海对望的茜岛一角还浸没在燃烧的暮光之中。

老人换上了一身干净利落的衬衫和裤子，趿拉着草鞋走了出来。这么一捯饬，他仿佛年轻了十多岁，步伐也变得稳健。

我在后面追赶这个叫人等候却头也不回地独自走远的老人，直至来到采石场的月澹庄遗址，我才终于明白老人是想要为我引路。杂乱堆积的石材露出白得耀眼的断面，周围的草上也沾满白石的灰粉。

从这里眺望，小海湾的右边是耸峙的茜岛，左边的山峰遮挡住港口的繁杂景象，只能看到往来于海面上的船只。当这座广阔的别墅在这里拔地而起时，就已将大海无瑕的景观据为己有。

"那里原来有座大门。"

老人指着海边的斜坡说道。

"从那里走石阶可以上来。从这里起是正门，你站的地方曾是一扇折枝门，那真是一座气派的庭院。年轻的夫人初来之时也为这座庭院之美而惊叹。"

"年轻的夫人是指？"

"当然是第二代侯爵的夫人嘛。"

老人不耐烦地撂下这句话，忽地一个人深深陷入回想之中。我就仿佛是个旁观者，眼见有人猛然坠入深井却来不及伸出援手。我意识到老人之所以时常表现得无动于衷，是因为他把大部分的感情生活寄托在那段久远的回忆中。

他在一块石头上坐下，从旁边的草丛中摘了些夏苿黄的果实，没有放入嘴里，而是面露不悦地拿在手里把玩。不一会儿手掌就染成了鲜红色。

接着，老人开口说道：

"最初那年的夏天，年轻的夫人乘坐轿舆来到第二代侯爵的宅邸，那是两人第一次相携来到月澹庄。夫人真是美得不可方物。那是大正十三年（1924）夏天的事……"

"请等一下，"我打断了他的故事，"我有些在意，你来这里的时候为何郑重其事地换了身衣裳。"

"我每次来到宅邸遗址时都要换身衣服。因为，这里曾是那位美丽的夫人折下庭中花、采摘夏茱萸以及带女仆散步的地方。"

老人说。

三

以下是我从老人那里听来的故事。

老人似乎还从未向过路的行人说起这个故事。或许是被我无意中的问询触及内心深处的波澜，所以他才将这段秘密的过往告诉素昧平生的我。如今，月澹庄已经被世间遗忘了三十余年，在机缘巧合之下，老人从我口中听到它的名字之时，想必倏忽间唤醒了许多记忆。

老人还依稀记得儿时见到的初代侯爵的模样。他当时只敢站在远处怯生生地瞟向侯爵，那是位颇具威严的瘦削老者。往下我就不再称老人，干脆直呼其名"胜造"好了。胜造曾经是侯爵家长子的夏日玩伴，他因此接触到月澹庄的生活。侯爵家长子名叫照茂，比胜造年长一岁。

照茂自孩童时代起就从不亲自做任何事情。父亲照久出身于下级武士，但仅用一代的时间便跻身显赫权贵之列。照久效仿大名华族[1]的生活，为此，幼小的照茂被父亲剥夺了所有精力，只能充当替身，为父亲实现他自己儿时的梦想。照茂只需把双手揣在和服里，一切都会随他的心意顺利进行。他就是这么被养育成人的。

起初，幼时的胜造并不喜欢娇生惯养的照茂，但随着渐渐相熟，他开始乐于忠实扮演好自己的角色。不知何时起，照茂也就没那么令人不快了。

非但如此，来年夏天，胜造还等来了回到月澹庄的照茂。在其他季节，月澹庄便交由胜造的父亲打理，尽管对繁杂的事务管理很上心，但修剪庭院木植之类的活计还是让这位渔夫大感棘手。胜造经常来帮忙。他喜欢在庭院中散步，那神情仿佛已将老爷的园子占为己有。夏天来临时，胜造仍可以作为照茂的玩伴进入庭院，但老爷的目光总让他觉得拘束难耐。

1　指出现在明治维新后皇族以下、士族以上的特权贵族身份。其中包括旧时的公卿、大名，以及对国家做出贡献的政治家、军人和官员等。"二战"后废止。

月海与游梦人

在胜造看来，照茂是个不可思议的孩子。纵使是钓蜻蜓的时候，他也绝不肯亲手钓，而是命令胜造钓，自己只是静静旁观。胜造心想光看能有什么意思呢？但是照茂依然面无表情，凝神观望，仿佛要把一切巨细靡遗地看在眼中，他内心其实觉得有趣极了。

　　照茂沉默寡言，动作也不机敏，但他那双眼睛硕大莹澈，胜造觉得一旦被那双眼睛定定地注视着，就只能束手就擒。不过，照茂从来不会揪掉捉住的蜻蜓的翅膀。他孱弱的体格无法和强壮的乡下孩子匹敌，但他不会通过欺侮动物来补偿自己的无力。他只是静静地看着，乐在其中。行动则必定命令他人执行。

　　那双眼睛着实美丽冷彻，胜造觉得像是高档眼镜的镜片。照茂年岁渐长，但那双仅仅凝神注视便能收获愉悦的无害眼眸，即使在初代侯爵逝世后由照茂继承家督之位的时候也未曾改变。少年时代的照茂和胜造一同去钓过鱼，但也和钓蜻蜓一样，照茂自己对钓鱼不甚热心。实在看不下去的胜造拿过鱼竿，巧妙地将鱼钓了上来。很显然，在一旁观看更让照茂欢喜。

　　整个夏天也没见照茂用功念书，但胜造听说他在学校的成绩非常优异，不由打从心底生出敬意。但是当胜造被求知欲驱使向照茂求问的时候，他只是笑而不答。于是胜造明白了他不喜欢这样被人提问。

他的眼睛永远如此，从无感动，盈溢着淡泊如水的喜悦，凝视着他命令别人做出的事情。不禁让人想起孔子等中国的圣人，他们不就长着一双这样的眼睛吗？眼角细长，略微凸显，有如两颗蕴含着智慧之喜悦的水晶，在高挺冷峻的鼻梁两侧闪烁着静谧的光芒。

四

……老人继续讲述着。

不过，胜造未能仅仅通过看那双眼睛就准确把握照茂的成长轨迹。胜造与照茂的年龄相差无几，又是一起长大的，他本该对此知根知底。不知过去了几个夏天，照茂成年之际即通知他自己已经成婚。胜造听了很是吃惊，因为对他的人生而言，结婚尚且是遥不可及的事情。

夏天来了，新婚夫妇来到了月澹庄，于是胜造第一次被介绍给了新夫人。夫人真是位美人，美得令人连仰望都心生顾忌，胜造想。

这对年轻夫妇看起来琴瑟和谐。随之，胜造的职务便只剩下在泛舟游玩的时候为夫妇俩摇桨了。

胜造不敢直视夫人的原因不只是她的美貌，还因为夫人发现了胜造知道很多照茂结婚前的事情，胜造很害怕夫人跟他问起。

那年夏天的某个黄昏，照茂偶然起兴地抱着素描簿出了家门。这是他在结婚以后发现的新消遣。当时最时髦的兴趣爱好之一就是揣着素描簿外出写生。他羞于让人看见自己初学者的拙劣画技，既不许妻子陪同，也不想给胜造瞧见。见照茂找到了如此适合他的安静的"观看"乐趣，胜造也感到高兴。

照茂外出写生那天的黄昏，恰是他们夫妇来到月澹庄的第十日。胜造从海边循石阶走上来时，年轻的夫人恰巧倚立在正门前。

"是啊，她所站之处正是我现在坐着的地方。"胜造说道。她沐浴在夕阳之中，面朝大海，站在门前的石级上。

月澹庄耸立在她身后，屋脊辉映在夕暮中，仿佛隐秘地夸耀着从前代继承而来的庄严。这间由厌恶人群的大泽侯爵建造的家宅，多少残留着明治时代的矫揉风格，但它并非徒有宏伟外观的宅邸。前代侯爵在世的时候，它是下田地区最令人敬畏的宅邸，其威严足以使得每个从大门前通过的人敛声息语。

正门的屋脊上铺着雅致的洲浜瓦，主屋多是歇山式屋顶，借景于大海和茜岛的庭院，仿照真实山水栽种的正真木[1]、夕阳木以及寂然木，还有西洋式建筑面向的侧庭中竞相绽放的繁花……整座月澹庄变成这位年轻夫人的背景，她独倚门扉，身边罕见地没有旁人跟随。

此时的月澹庄全然不像是一座悲剧即将降临的宅邸。照茂成为一家之主后，这座别墅恢复了年轻的朝气，时时能闻听笑声传来。照茂本来有改建的打算，将这里建成真正的西式洋馆。这栋象征着前代家主那沉郁的厌人癖的家宅，就这样还未经改建便已从内部焕发青春的明朗，显露出彻底改变的征兆。胜造尽管失去了像在孩提时代那样接触照茂的机会，却也得以

1　出自江户时代的造园书《筑山庭造传》的术语，指栽种于庭院中央，作为景观中心的高树。夕阳木，指栽种于庭院之西的落叶树。寂然木，指栽种于庭院之东的常绿树。

月海与游梦人

摆脱宅邸的重压。自这个夏天起，胜造感觉月澹庄本身变得非常容易亲近了。

当然，之所以鲜有与照茂交谈的时机，主要是因为美丽的夫人的出现。胜造至今还清楚地记得，那天站在夕阳里的夫人身穿一袭明丽绚美的洋装。布料纤柔的白色褶裙配以蕾丝衣领的白色衬衫，在当时亦是颇显古典风格的洋装。而且夫人把秀发梳成晚会盘发[1]，纵使海风也无法吹乱一缕青丝。

"胜造先生。"

夫人鞠躬行礼后叫住了胜造。

"你总是这般匆忙。偶尔来跟我说说话也好呀。老爷经常向我提起您这位儿时的伙伴呢。"

"是。"

听她这么一说，胜造冷汗直冒，赶紧擦了擦额头。回想以往的夏天，胜造即便是光着身子在外边晃悠也毫无顾忌，可是近来，就算是片刻的外出，他也会换上整洁的衣服，随时以备夫人像这样伫立在门前。

"胜造先生，其实我一直想找个时间问你。自从

1　明治大正时代流行的西洋式女子发型，将头发从后颈向上梳起，在头顶盘成圈形发髻。

来到这里以后，我总觉得……"夫人稍微顿了一下，"……不知怎的，总觉得在被谁看着似的。就算我跟老爷这么说，他也只是笑了笑，不做答复。"

胜造胸中涌现出一股奇妙的不安。他不知道夫人究竟想要问什么。若说"被谁看着"，胜造所能想到的，一直看着她的只有照茂那双一眨也不眨的眼睛。那一瞬间，胜造的心中顿时浮现出疑问：夫人使用这种谜一般的表述，或许指的就是自从结婚以来始终盯着自己不放的良人的双目？

胜造的心仿佛麻痹了。丈夫观看妻子的身体，这是夫妇之间理所当然之事，却使胜造产生了某种郁结于胸的想象，那段想象之中掺杂着恐怖。这恐怖源自于照茂结婚之前的夏天发生的一件小事。那时，照茂简短而冷酷的命令；那时，他犯下的一系列不祥而可憎的行径，那时，一晃瞥见的照茂那对不曾转动的瞳孔，那时，周围茱萸果实的猩红……

倘若照茂的眼睛流露出丝毫的轻蔑或者喜悦，便能令他感到安心，然而，那双眼睛虚无地睁着，将眼前的事象悉数吸收……犹如洇染的白色吸墨纸般永无止境地吸收着。

如果将夫人的裸体置于那睽睽目光之下，凝视或许比爱抚更能让这位新娘的心在漫长到多余的时间中战栗不已。想到这里，年轻的胜造不禁感到战栗。

但是夫人所说的似乎不是这个意思。

"我在庭院里摘花的时候，周围明明空无一人，但总感觉篱笆外有双眼睛在窥视似的。我好几次都叫来了女佣。女佣去门外查看，远远能听见一阵啪嗒啪嗒作响的急促的草鞋声。"

"请问那是个女人吗？"

"你可有什么头绪？"

"不……啊，只是感觉罢了。"

夫人不满地噤声不言。胜造又一次流下汗珠。短暂的沉默过后，见夫人没有继续追问，胜造到头来还是开了口。

"村里有个白痴姑娘，名叫君江。虽然不会伤害别人，但她常在这一带徘徊。即使被孩子扔石头，她也从不会生气。说不定是这个姑娘。"

"呀，真让人不舒服。"

夫人眉头轻蹙，那神情却更显出高贵的美来。不安恍如迷漫山谷的朝雾般浮现在她的眉眼间。

"老爷知道这个女子吗？"

胜造的回答巧妙得连他自己都惊讶。

"是的。我想老爷是知道的。但是，或许是不愿让夫人担惊受怕，才选择避而不谈的吧。所以，也请您别说是我向您禀报的。如果偷窥的家伙真是君江，我会看紧她，不许她再接近这座宅邸。"

"这样啊……谢谢了。"

夫人柔声说道，然后又叮问了一句，

"那个姑娘不会伤人的对吧？"

"是的，绝对不会。"

胜造信心十足地回答道。

夫人久久将目光投向大海的方向。那是良人前去写生的茜岛。恰逢落在海岬以西的斜阳照耀，她眺望着闪烁着橘色夕光的茜岛一角。海藻随着海浪拍打上岸，被阳光晒得发热，直至腐烂的浓烈气味飘荡在空气中。夫人转身消失在月澹庄的门内。

五

——讲到这里，胜造十分笨拙地转换了话题，忽然说起月澹庄失火那一日。

月澹庄的焚毁是在方才所说故事的翌年晚秋。我不知道，他为何急切地把话题转到月澹庄被烧毁一事上。

无人居住的别墅陷入火海的原因，通常是混进去的流浪汉燃起篝火之类来自外界的偶发因素。胜造不知道月澹庄的大火是从哪里烧起来的。之后，他接受了警方的调查，但他们认定胜造没有放火的动机。

胜造的父亲已经死去，年轻的别墅管理人不得不承担所有的责任。然而，照茂夫人从东京寄来一封言辞恳切的书信，她认为别墅被焚毁正是上天的恩惠，并要趁此机会把月澹庄的土地捐赠给下田町，因此，胜造不必感到任何自责。诸如此类的话语，夫人用温柔的语调在信中细细叙来，仿佛当面在和他说话似的。胜造把脸抵在信上哭了起来。他并非因为前面的文字而哭。他哭是为了信末最后一句话："我这一生也不会再去下田了。"

在相当长的一段时间里，月澹庄的深夜大火成为人们反复议论的话题。那一夜，人们惊讶于月亮分外明亮，继而海湾映作一片赤红，之后他们才惊讶地看到月澹庄正在燃烧。

月澹庄寂静地燃烧着，仿佛一只点着了的萤笼。这座古老的木结构宅邸悄无声息地委身于火焰之中，火势四处蔓延，主屋、洋馆以及旁厅同时被大火吞没。海湾内倒映着火光，使得波浪的起伏在夜间也清清楚楚。火焰比城山的峰峦更加秀逸，无数的火星落在海面。

我听到这里不由起疑：为何照茂本人不写信安慰儿时的朋友，而是由夫人来执笔呢？身份尊贵的夫人给下人写亲笔信，在当时是无法想象的特例。我怀疑胜造在他与夫人之间的关系上肯定对我有所隐瞒。抑或是，胜造故意用颠三倒四的叙述方法，诱使我相信他与夫人之间毫无瓜葛。

但是，胜造的回答简单明了。

"死人是写不了信的。因为照茂大人已经逝世了。"

"他是什么时候去世的？"

"火灾的前一年夏天。"

"夏天？这么说来，他是在月澹庄去世的？"

"正是如此。"

"那么……夫人……这么说的话，夫人在发生火灾那一年的夏天，是独自一人回到这里的喽？"

"是的。她没有孩子，成为寡妇之后，便一个人来到了这里。至于她为什么独自回来，我也不太清楚，多半是……"

"是什么？"

"不，我想她一定是为了追忆亡夫才回到这里的。那是一个很寂寞的夏天。夫人总是形单影只，沉默地把自己关在房间里。"

"然后在夫人返回东京数月之后，月澹庄就发生了火灾？"

"是的，没错。"

但是老人讲到这里便不再言语了。

六

我不知等了多长时间，老人才再度开口。

大海已经暗淡下来，夕阳余晖也已散尽，傍晚的天空中残余着些许蓝色，但是远方的茜岛已经变成一团黑影，从下田港驶出的船点亮了灯火。

我们所坐的地方只有石材还在泛白。我无所事事地把手探进幽暗的草丛，偶尔手指会碰到茱萸的果实，便摘下来放在手掌上揉搓。无光的暗夜下，深红的果实在掌心里看起来黑乎乎的。

我知道，老人想要告诉我的正是接下来的事。但恐怕这也是他最不愿提及的事。

我只有耐心等待。即使山峦阻隔了港口上空，也仍能望见夜空在灯火的映照下微微泛红。船员们小小的夜间娱乐时刻即将到来，这附近却见不到行人的踪影。天空中隐约显出点点光润的繁星……

"发生火灾那年夏天，夫人一人独居。可怕的事情终究还是来了。那晚，夫人唤我去月澹庄。"

老人说道。

——如今回想起来，那是个月色澹泊之夜，海上漂浮着如烟的雾霭，水烟低沉，海面上迷濛模糊，就连海湾口的景致也已失去了距离感。尽管无风，但也毫不闷热，暑气不可思议地令人感到清凉。胜造穿着白色浴衣，下身套着裤裙，来到了宅邸。

胜造第一次作为客人走入客厅。等候期间，他的心脏悸动不止。虽然是个身强力壮的年轻人，但他觉得自己是那么软弱、渺小和无力。

不久后，随着一阵窸窣的衣裳摩擦声，苇帘被掀起，妍丽的照茂夫人出现了。她身穿业平纹样[1]的明石纺和服，头发与往时一样纹丝未乱，更没有出汗的迹象。胜造心想，这个人或许从来没有流过汗。

夫人隔桌落座，递给胜造一面团扇，上面隐约飘来香水的细细芬芳。胜造无论如何也不敢抬头看夫人的脸，只是隐隐瞟见浮泛着紫藤色的衬领一带。

"今天，不论如何都想请您把一切讲明白。我本想在丈夫的一周年忌日祭拜完全结束前不问此事。不过，东京那边的周年忌已经操办完了，这边的事儿也都安排妥当。我想从你口中听到事情的真相，所以，今夜请你来做客……老爷究竟为什么会以那种方式死去？"

即使不被这么询问，胜造也深知今夜必须坦白一切。至今藏在他心中的事情，不只对夫人，对胜造同样是痛苦。

他微微抬头看向夫人的脸，见她面浮微笑，便感

1　和服花纹的一种，由粗线与细线交织而成的菱形中缀以十字图形。相传为在原业平偏爱的纹样，故得其名。

到安心。那一抹微笑宛如庭院山水彼方的一轮淡月。

"是。我会把一切告诉您。那是夫人与老爷成婚的前一年夏天……"年轻的胜造开口说道。

"是关系到那个白痴姑娘的事吗？"

夫人打断了他，沉静地说道。团扇不再挥动，唯有涛声占领了客厅。

"是的。没有错。正是那个君江。有一天，老爷厌倦了我为他划船，他说想趁着烈日当空去爬城山。以往，老爷散步时总有我陪伴左右，所以我也跟在后面，从庭院侧边的近道向山上攀登。

"快要爬到山顶的时候，我们听到了一阵跑了调的奇妙歌声。我立刻明白，是那个白痴君江。君江坐在山顶的草原上，一边唱着歌，一边不住地采摘夏茱萸的果实，放进和服的袖兜内。我们望着她的身影，忽然响起一片蝉噪，君江看向这边，浮浪地放声大笑。那笑容保持了好一阵，仿佛电影静止了一般，就当我们觉得她会一直笑着望向我们的时候，她却突然背过身去，热忱地采摘起茱萸的果实。

"我感到很不自在，便催促老爷赶紧回去。但是，老爷怔怔地凝视着君江的腰肢，一手扶着旁边的松树，也不顾毒日头的暴晒，一动不动地伫立着。然后，他回头顾盼，向我下达了命令。

"那道命令太过出人意料，我甚至怀疑起自己的耳朵。从儿时至今，老爷跟我提过很多不讲道理的要求，但从来没有像今天这般荒谬绝伦。但是我这辈子一次也没有违抗过老爷的命令。

"见我犹豫不决，老爷照我的肩膀猛推了一把：'快点做！'最终，我除了依命行事以外别无他法。

"我不情愿地接近君江，把这个吓得吊起白眼的姑娘拖进浓荫下的树丛。我还记得，从她的袖兜里撒落了几枚茱萸果实。

"然后我就遵从命令做出了无异于野兽的行径。我把君江扑倒在地，尽量不看她的脸，强迫她掀起衣裙，依照老爷吩咐干出那桩勾当。我发誓，无论是在那以前还是在那以后，我从来没有主动做出那种事。我仿佛半在梦中，紧闭着双眼，闷头莽干，只想着赶紧完事儿。但是当我张开双眼那一刻，不料眼前出现的不是君江的脸，而是老爷的脸。

"老爷正用那双清澈的眼睛，尽可能近地凝视着君江的脸庞。弓起身子的君江拼命反抗，她好像也注意到了老爷。我死死压住胡乱挣扎的姑娘的双手，以免她伤到老爷。也就是说，和往常一样，老爷能够从一个安全的地方，而且是一个距离最近的安全地带，静静凝视着这个姑娘的脸。

"姑娘眼中噙满泪水，发出了小孩儿似的奇妙哽咽声，白皙的喉头抖动着，努力把脸背离老爷的视线。但是，老爷就像在观察水中的水栖动物的生态一样，那双清澈的眼睛一眨也不眨，定定地凝视着姑娘的脸。

"这时，我终于完成了任务。我就像浑然不知发生了什么事，渐渐放松了手臂的力道，丢下像人偶一样横陈在草地上的姑娘，和老爷一起头也不回地走下城山。然后，我脱下衣裳，急忙跑去游泳。

"……这就是您结婚前一年的夏天发生的一切。"

胜造讲完了，擦拭起滴落的汗珠。夫人听罢，许久沉默不言。随着空气中飘荡开香水的气息，夫人把脸转向月色迷茫的庭院，这样说道：

"我明白了。我全都明白了。我明白了，那个白痴姑娘并不憎恨你，她把所有的怨恨都倾注到老爷身上。谢谢你把这么难以启齿的事情告诉我……把这件事忘了吧，不要再对任何人提起。"

胜造低垂着眉目正欲回答，但他想起，既然要起誓，还是直视着夫人的脸作答更加郑重。于是，他开始注视着那张面向庭院的雪白侧颜。

淡淡的月影笼罩下，靠近廊下的夫人的侧颜上浮现出一种无与伦比的美。胜造从不曾见过这般姣好的侧颜。这是一张背离人间、镌刻在白石薄片上的侧颜，略微尖细的鼻梁因那通向唇畔的优美线条而显得柔和，轻轻凸出的下唇上涂抹的口红此时呈为黑色，有如春水微皱般静静地流溢着光泽。

"是，我发誓绝不告诉任何人。"

胜造好像快要窒息似的回答道。

夫人仿佛被一根丝线牵引般轻启朱唇，她的脸并未完全转向这边，只是微微倾转几寸：

"你已经向我坦白了一切，今夜，我也告诉你一件从未对任何人说起的事。

"我们夫妇自从结婚以来，一次也没有同过房。老爷……就像你知道的那样，只是……该怎么说好呢？他只是，一处不落地，热忱地观看我的身体罢了。"

七

"那么……"我受最后的考据癖所驱使，焦急地试图触及老人口中这个时序屡屡颠倒的故事的核心。

"那么……年轻的照茂侯爵是怎么死的？"

"被杀死的。"

这是我预料之中的回答。

"怎么被杀的？被谁所杀……"

"警方很快调查清楚，杀害他的是君江。那是老爷开始去茜岛写生后第三天的事。直到晚上，他也没有回来，町内很多人都去寻找了。最后，在茜岛南端的荒滩上，有一处随着潮汐涨落而浮现的地方，老爷就死在那里，头盖骨摔得粉碎，尸体险些滑落大海。他是从悬崖的顶峰坠落下来的。"

"那有可能是他自己失足跌落的，为什么断定是君江所为？"

"事情一目了然。"老人用决绝地说道，语气中透露出神经质的威严，"至少我一看就立刻明白了。老爷的尸体被剜去双眼，虚空的眼窝里塞满了密密麻麻的夏茱萸。"

解说

王子豪

 茨维坦·托多罗夫在《幻想文学导论》（*The Fantastic: A Structural Approach To A Literary Genre*）中下过一个著名的论断："幻想"即一个只通晓自然法则之人在面对超自然现象时心存的"犹疑"。因此，幻想只能存续于一种悬而未决的不确定性之中。一旦读者不再怀疑语言与指称，选定某种对于世界的解释、赋予事件相应的名称之后，幻想便戛然而止。

 有趣的是，日本当代幻想文学的执牛耳者涩泽龙彦在其监修的《日本幻想文学大全》的序文中揶揄托多罗夫此书"煞是无聊"。托多罗夫对于幻想文学的定义琐碎而又严苛，稍有不一致便被归入"怪诞（uncanny）"或者"奇迹（marvelous）"的其他类型，但在才子性情的涩泽眼中，这些显然都是同一座幻想王国的领土。他甚至直言幻想文学选集的编纂未妨全依编者喜好，因为无论对概念和选录标准进行多么严谨的规定，编者最终还是会收录自己偏爱的作品。毋宁说，涩泽龙彦监修的两卷本日本幻想文学大全《幻想的迷宫》《幻视的迷宫》（青铜社，1985）以及承接其衣钵的东雅夫编纂的三卷本日本幻想文学大全《幻妖的水脉》《幻视的谱系》《日本幻想文学事典》（筑摩书房，2013）都反映出战后一代幻想文学作家的私人趣味。

本书的选篇希望尽可能围绕涩泽龙彦留下的"通史性编纂"这一课题展开，主要收录近代名家短篇的同时，兼收少数古典作品。另外，除了上述书目以后，国书刊行会的三十三卷本《日本幻想文学集成》（1991—1995）亦是本书的重要参考。这套丛书按照一人一书的编纂方针，收录了明治至昭和年间的 33 名作家，是目前为止对于日本幻想文学系谱最精当的勾画。有兴趣的读者不妨以本书为敲门瓦砾，一窥日本幻想文学之堂奥。

当我们谈论日本幻想文学的时候，或许会惊讶于它丰饶的"越境性"。这不仅是指从幻想文学本质

月海与游梦人

而言的某种逾僭现实藩篱的超越性意向，更是在说幻想文学在日本史历次异文化传播——6世纪中叶佛教传入日本、由唐至清的中国古典文化东渡、江户时期兰学的兴盛、黑船开国后的欧风美雨——之中发生的奇妙变化。譬如，成书于平安末期的说话集《今昔物语集》不但描画东瀛狐鬼，也包含了大量反映印度佛教因果报应观的故事；唐传奇和明清志怪在大阪城的风靡，引得一众草子作家痴迷于写作翻案故事；当明治维新令古老的列岛浸淫欧化风潮数十年之后，大正末年的江户川乱步、梦野久作等人充满怪诞风格的作品亦处处透露出技术崇拜神话的影子。这一声声回音不恰恰是"幻想文学"在现实与天开异想之间泅渡的证明吗？更逸趣横生的是，这些越境的文化元素并非完全迭代，而是超时间地共同栖息。江户时代的上田秋成把物我两忘的心绪寄托于一个翻案的中国故事，而明治时代的幸田露伴将西方的畸零人主题消解于山寺所藏的中国画，这些未落在时序之中的草蛇灰线不由让人心有戚戚。

奈良朝和铜五年（712）的《古事记》与养老四年（720）的《日本书纪》所记述的"记纪神话"是

后世无数物语、怪谈的源头。伊邪那岐命、伊邪那美命二神往返于黄泉国，是为日本最早的"冥府遍历谭"。在妖冶生姿却又无比粗砺的神话之中，母神的扼杀与父神的助产阐释了日本国土之上一切"生死"的由来，也为后来的幻想文学奠定死亡与情欲的基调。天之岩户是黑暗与光明之主题的舞台，天照大神躲入岩窟，致使"高天原皆暗，苇原中国悉幽，由是永夜不逝。无数神祇的声音如五月蝇般喧嚣"，日本的妖怪文化由此肇始。八百万诸神的笑揭示了神话的人间性，在猥亵与神圣的辩证之中逐渐由神话转向通俗的民间故事。少彦名是最早的"异生谭"，亦是辉夜姬、桃太郎、一寸法师等的祖型。此三故事选自《古事记》叙述神代故事的上卷，高天原、黄泉国、苇原中国、常世国……记纪神话的世界地理（尤其是黄泉与常世）将成为后世幻想文学中屡屡出现的幻视空间。三轮山传说与葛城一言主，分别取自《古事记》阐述天皇家系的中、下卷。三轮山传说是最古老的神婚故事、地名起源神话，葛城一言主是最早的关于回声与海市蜃楼的绮谭。

《今昔物语集》的故事具有某种奇异的双重性，

王朝时代遗风尚存的秩序世界与中世放浪残酷的反秩序世界在这里并存，精妙的佛理、风雅的和歌述说着古典的权威，狡诈的妖怪、莫名的尸体却点破污浊世相中的鲜活与野性。

时殊事异，江户时代的一代草子名手浅井了意的《牡丹灯笼》脱胎于明人瞿佑的志怪小说集《剪灯新话》，原典的故事背景是中国的元宵花灯夜，了意将其移至京都夏日的盂兰盆会，原作富于道德说教意味的结尾被删去，换为余味悠长的人鬼至情。大阪商贾出身的俳谐家井原西鹤的《梦路风车》显然取材于陶渊明的《桃花源记》，早为方家所论及，但是较之于五柳的避世乌托邦，西鹤运用"梦中梦"的叙事结构缔造的秘境却与人间相差无几，在深山遥林中隐藏的仙境是另一个欲望横流的人间。我们至今读来，仍不难从中听到西鹤关于"人即怪物"的嬉笑。18世纪中叶，名为"读本"的崭新的小说体裁风行于世，上田秋成用和汉混淆的高蹈文体写下了怪谈文学的集大成之作《雨月物语》。"九篇物语各自独立，却又如圆环般彼此连接，形成了一个精致的言语宇宙。"

随着文运东渐，兰学兴起，曾在《古事记》中号为丰苇原千五百秋瑞穗中国的日本，已然变为荷兰水手的地图上的小小一片秋叶。异人的主题开始出现在江户作家的闲谈随笔当中，曲亭马琴编的《兔园小说》中的"虚舟女"是其中最有名的一桩。锁国数百年的日本人将初识世界的模糊幻景付诸幻想的笔端，这在人人皆是安乐椅侦探的现代读者看来，颇有几分稚拙的妙趣。

近代日本幻想文学虽然承接了上述古典系谱，但我们很难从文学史视角去审视它的诞生，恰如须永朝彦在《日本幻想文学史》中所言："这些作家对幻想文学的追求或者嗜好通常无关乎流派，更多是诞生自私人的文学趣旨之中。"众多文学流派中都不乏具有幻想文学气质的作品，譬如在新诗运动中结成的明星派、以耽美派和白桦派为主的反自然主义、大正末期的新感觉派，然而在众多名家之中，镜花与百间二人堪称近代幻想文学的双璧。

《龙潭谭》是镜花早期关于神隐题材的代表作，这一诡谲妖艳的故事的主角是一个牙牙学语的幼童，但通篇的叙述文体是鸥外式的拟古调。叙述者与经历者之间的罅隙造成了阅读的"犹疑"，最终在结局处才揭示一切均是成年后的千里的追忆，先前的不和谐的文体也变成了预定调和意义上的"内在自白"。繁复绚烂的文笔与冷峻简洁的文体构成了镜花式极不对称的叙述，在臆想的疆界处幻化出俗世的苍白。三两笔，极短，却藏着万里风烟。

同为漱石的门生，芥川的小说向来以曲折奇情见长，而百间的作品则刻意削弱故事性，以凸显四溢的鬼气。无尽的荒野、周期性出现的月亮、来去无据的人墙以及沦为怪物的主人公，百间关于荒诞命运的隐喻令人无法不想起卡夫卡，然而相较于复数的K面对荒诞时的决绝，百间的主人公们对光怪陆离的世界大多保持着不置可否的犹疑。顺带一说，百间名字里的"间"是日语中的异体字，正确写法是将门中的"日"换作"月"。

最能体现幻想之越境性的莫过于露伴的《观画谈》。露伴给他那被囚禁于近代合理主义牢笼之中的现代畸零人主角起了个充满中国古典趣味的名字：大器氏晚成子。明治维新后的日本宛如西洋杂景，连奇异的大雨也不禁带有机械性的反复意味。和、汉、洋的意象弥漫在幻象与现实的边境线，由满纸讥嘲的边缘人主题起笔，最终落笔在了"欲辨已忘言"的古意。

更加纯粹的西洋趣味出自乱步和久作的手笔。昔日诸神令天照大神观照自身的镜子，在来自西方的凹面镜原理的作用下变成确定异世界微茫坐标的机械装置；曾经乘坐虚舟漂泊而来的异国女子，尔今又出现在白人醉鬼讲述的虚实无辨的故事之中。最精熟的东瀛风味是且只能出于安吾所写的飞騨王朝物语，正如《古事记》以素淡的行文记述妖冶的神话，安吾率性天真的无赖派文风正堪写就最合古典韵致的物语。

本书篇目顺序的依据是作品问世时间，如若不受此限，中岛敦的古谭四记之《附身》用作收尾当是再适宜不过了。你至今读过的所有故事或许都是这位纽利人的妄想。面对幻想入侵现实之际的片刻犹疑令他陷入迷狂，也为人类第一位诗人招致了厄运——幻想太过漫长，却禁不起一句来自现实的狭促玩笑。

当然，托多罗夫的"犹疑"没有理由蒙受涩泽龙彦的无端指责，也许这件事更该怪怠惰的后者自己耐不得哲学家繁多而精细的分类。"犹疑"似乎在告诉我们，这本书中的所有故事都有另一种解法，比如说，葛城山一言主的真身实为回声或者海市蜃楼等不足挂齿的物理现象；龙谭只是发疯的孩子与忽如其来的山洪同时发生的巧合；猫町不过是沉溺药物不能自拔的诗人之妄想。《虚舟女》便用"虎头蛇尾"的奇特文体暗示着复数的可能性：以一个来自大海的怪异女人开篇，却以乡民的精于算计与残忍行事结尾，梦幻的情致尽数消散在世情人俗。所谓幻想文学，也许恰似《今昔物语集》中漂流至海岸上的巨大死人，没有头颅、右手和左脚，裹挟着无尽的秘密，然而，庞大的幻想逐渐走向武士的逞勇、官员的私心，在诸多凡俗心思之中不了了之。于是，那具巨大的谜腐烂在文字之中。然而，富于想象力的读者自然可以悬置犹疑，甚至选择背道而驰的遐想：《梦十夜》第一夜的女子是否便是樱花树下埋藏的尸体？新几内亚飘零的细雪与盛开的初樱做的是同一场梦？——白昼做梦的作家与置身梦中的读者，在书写、阅读与幻想中连接起一座座漫无边境的王国。

幻想文学的醍醐味或在于此：

犹疑，无论刹那与久长，都无须担忧。因为幻想与现实的虚实比例如何裁定，皆取决于打开这本书的你。

喂，别往潭中扔石头。

不要惊扰那位美人的梦。